戦争

ルイ＝フェルディナン・セリーヌ

森澤友一朗＝訳

幻戯書房

目次

ロゴ・イラスト――丸山有美
装丁――小沼宏之［Gibbon］

編集についての注記——パスカル・フーシェによる

『戦争』は、唯一発見されている第一稿の手稿に沿って書き起こされたものであるが、手稿には数多くの訂正や削除が加えられており、なかには丸ごと修正されている頁も存在している。ここに提示されたテクストはそうした執筆の最終段階を復元したものであるが、稀《まれ》な例外として、判読不可能な修正についてはそれ以前のヴァージョンによって代用した。

手稿の保存状態は良好で、六つの《シークエンス》から成っていた。第一シークエンスは合計三十八頁あり、そのうち最初の頁の上部に丸で囲まれた10の番号が記載されていたが〔七頁の［図1］参照〕、これは別のシークエンスから続くものであることを示しているのかもしれない。「完全にってわけじゃない（Pas tout à fair）」という冒頭の数単語はあえてそのまま書き起こさなかったが、これもこの仮説の信憑性を強めている。第一シークエンス最終頁はここでのみ「ノワルスール＝シュル＝ラ＝リス」に言及しており、このヴァージョンに属するものでないことは明らかであるが、実際にこの位置で発見されており、また他のシークエンスにも挟まれるべき位置は見当たらない。この頁は註のなかに書き起こしておいた〔本書邦訳では一八一頁の註００５参照〕。第二シークエンスは合計七十一頁、冒頭に青鉛筆で1の番号〔八頁の【図2】参照〕、第三シークエンスは合計三十七頁、青鉛筆で2の番号、第四シークエンスは合計三十二頁、青鉛筆で2'の番号、第五シークエンスは合計二十一頁、青鉛筆で3の番号、第六シークエンスは合計五十一頁、青鉛筆で4の番号がそれぞれ記されていた。第四シークエンスのいくつかの頁には、裏紙が使用されていた。表には「医療証明書」の無記載のものが何枚かあり、これはデトゥーシュ〔セリーヌの本名〕医師が一九二九年一月より勤めていたクリシーの無料診療所における「高齢者、身体障害者、廃疾者への義務的援助」の枠内において就業不能の程度を証明するためのものである。また一枚は、エリザベス・クレイグ宛の手紙の草稿であり、彼女のロサンゼルスの住所も記載されていて、これは一九三四年の上半期のものであろうと推測される。

　複数にわたって見られる未来形と条件法現在の混同など、著者の意図せぬ誤りであることが明らかな場合にのみ、綴《つづ》りに最小限の修正を加えた。セリーヌは草稿では繰り返し頻繁に単語の短縮を行うが、これも通常の語形に直した。明らかに誤って削除された単語については、テクストができるだけ理解しやすいよう、これを復元した。同様に誤って省略されたと考えられる単語については、角括弧《クロシエ》〔本書邦訳では［ ］で示す〕に入れて斜体字でこれを復元した。

　判読が困難でそれゆえ不確実な単語については、推測される読みとして留めておいた。これも角括弧《クロシエ》に入

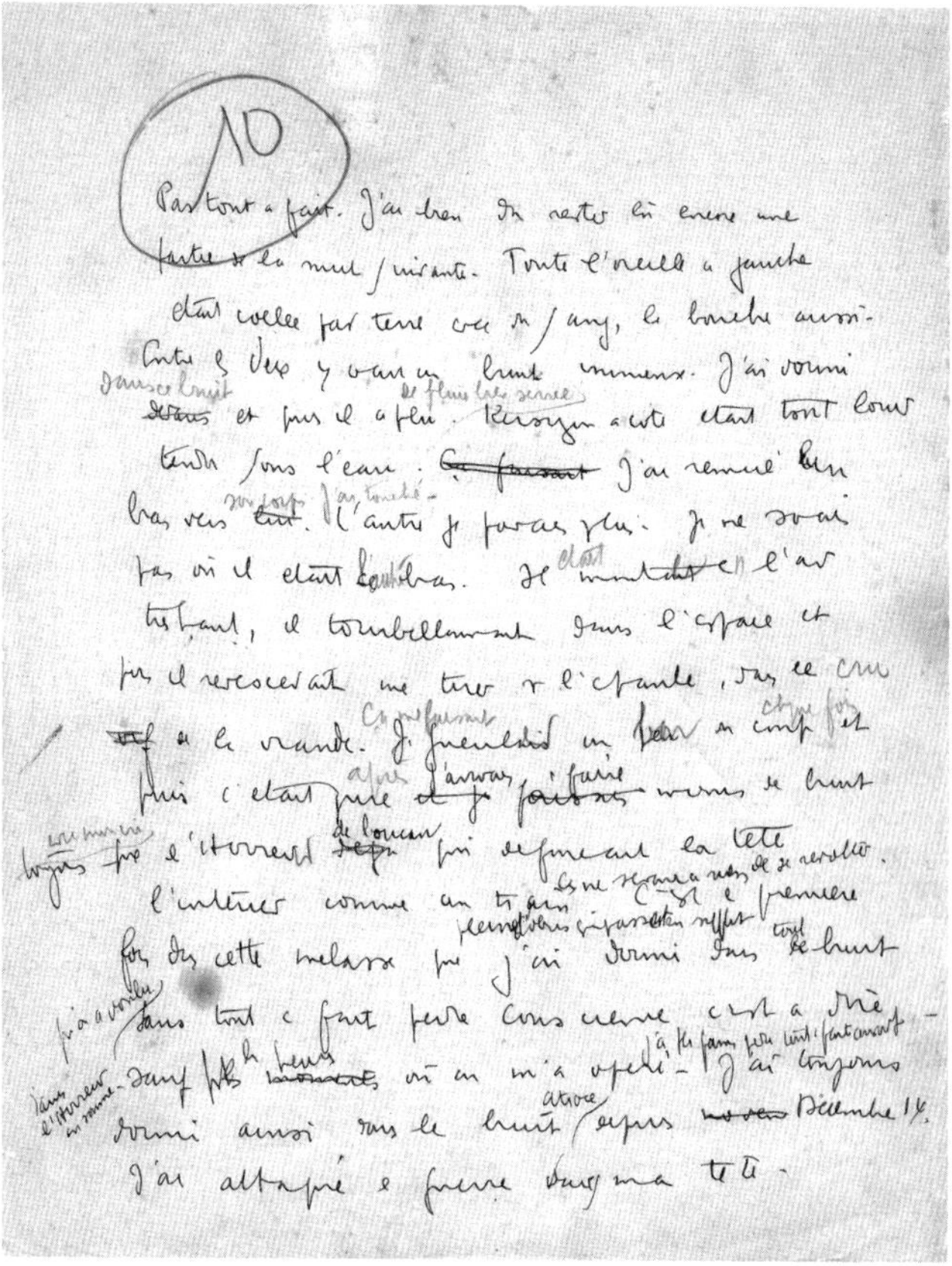
10

Pas tout à fait. J'ai bien dû rester là encore une partie de la nuit suivante. Toute l'oreille à gauche était collée par terre avec du sang, la bouche aussi. Entre les deux y avait un bruit immense. J'ai dormi dans ce bruit et puis il a plu de la pluie bien serrée. Kersuzon à côté était tout lourd tendu sous l'eau. J'ai remué un bras vers son corps. J'y ai touché. L'autre je pouvais plus. Je ne savais pas où il était l'autre bras. Il était monté en l'air très haut, il tourbillonnait dans l'espace et puis il redescendait me tirer sur l'épaule, dans la viande. Ça me faisait gueuler un bon coup chaque fois et puis c'était pire après. J'arrivais à faire moins de bruit que l'horreur de l'océan qui défonçait la tête l'intérieur comme un train. C'est la première fois depuis cette mélasse que j'ai dormi dans tout le bruit sans tout à fait perdre conscience c'est-à-dire sauf les heures où on m'a opéré. J'ai toujours dormi ainsi dans le bruit atroce depuis Décembre 14. J'ai attrapé la guerre dans ma tête.

［図1］『戦争』手稿　第1シークエンス1枚目

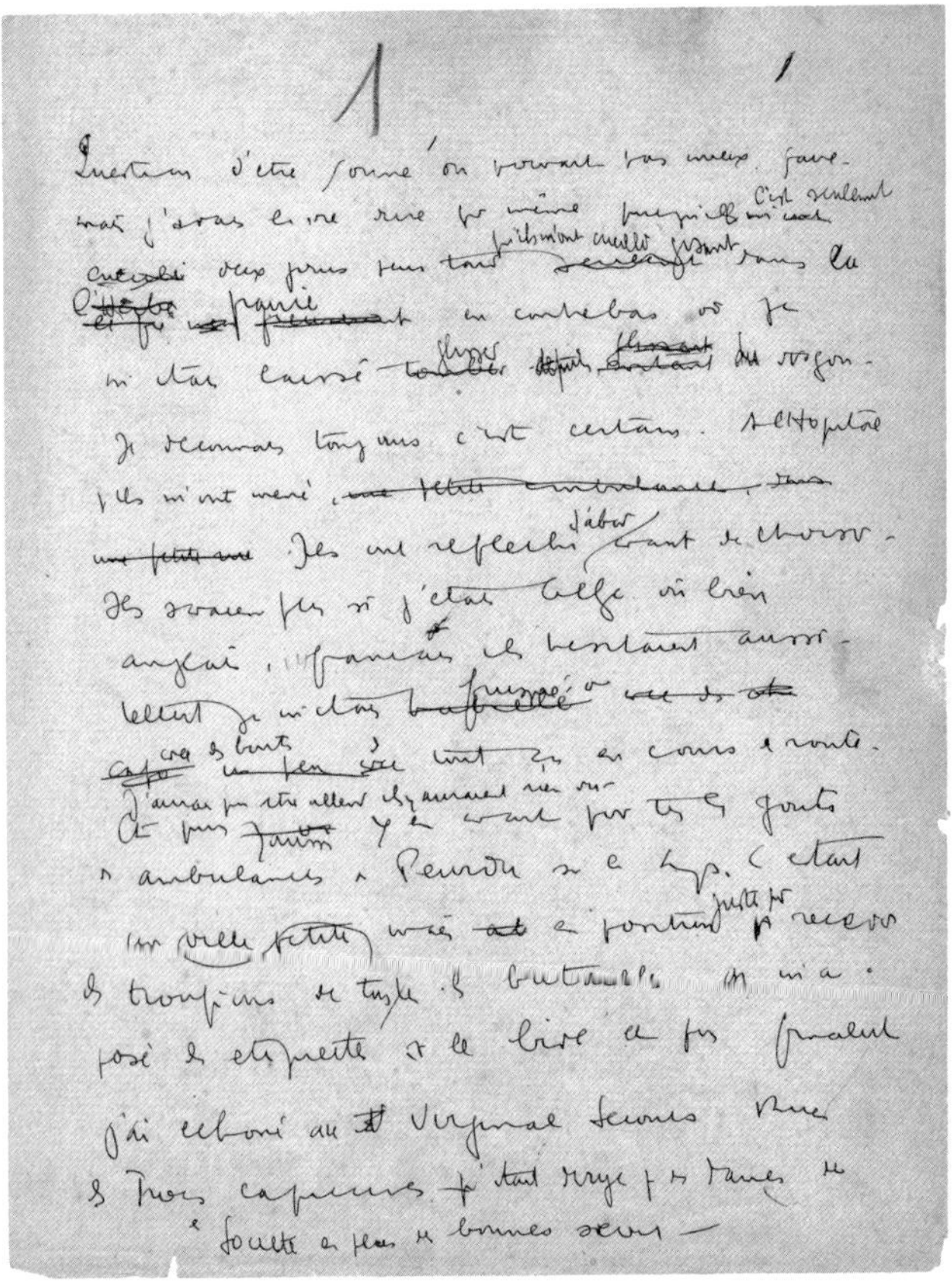

［図2］『戦争』手稿　第2シークエンス1枚目

れてある。

多くの場合は急いで書き加えられた単語などだが、最終的に判読不可能であると判断された単語も存在し、このことは角括弧《クロシエ》内に斜体字で示した。

句読点については、読むに際して役立つと考えた場合のみ、訂正し、あるいは追加した。

固有名詞の綴りは尊重しつつも、テクスト全体のなかで最も頻繁に現れる形に統一した。登場人物が名前を変えた場合には、註〔本書邦訳には収録していない〕においてこれを示した。

行変えについては、セリーヌは手稿においてはかなり少なく、書き直しの過程でいつもこれを追加していくならわしであったが、読みやすさを考え、こちらで追加した。同様に会話に関しても、ほとんど示されていなかったが、行を改め、ティレ（――）を先頭に追加した〔本書邦訳では鉤括弧に改めた〕。

この度も信頼を寄せてくれたアントワーヌ・ガリマールに、そして、亡くなる直前までそのセリーヌに関する博識で私を支えてくれたジャン＝ピエール・ドーファンに感謝を述べずにはいられない。

テクスト決定版の作成は、アルバン・スリジエ、マリーヌ・ショヴァン、フランソワ・ジボー、アンリ・ゴダール、エリック・ルジャンドル、ユーグ・プラディエ、ヴェロニック・ロベール＝ショヴァン、レジ・テッタマンズィの助けと貴重な助言がなければ決して成り立たなかった、彼ら彼女らに尽きせぬ感謝を送りたい。

戦争

翌《あく》る日の夜中もまだしばらくはそこから動けなかった。左耳がまるごと、それから口も地面に血糊《のり》でへばりついてる。耳と口との間では轟音《ごうおん》が唸《うな》りを立ててる。おれが眠りを取ったのはこの轟音のさなか、それに雨、激しい雨に降られながらだ。わきにはケルシュゾン、やつも雨に打たれながらでんと横たわってる。やつの体のほうへ片方の腕を動かしてみる。やつに届いた。けどもう一方の腕は動きやしない。どころかそっちの腕ときたらどこにあるのか見当もつかない。そいつは空中高く舞い上がり、あたりを飛び回ったかと思いきやおれの肩の上めがけ落っこちてきて、肉の中でぎゅっと縮こまる。そのたびにこっちは大絶叫で喚《わめ》き声洩《も》らす、ますますひどくなる一方だ。こうやって相変わらず始終がなり立ててはいたが、それでも少しは大声出さずにすむようになってきた、と思いきや今度は脳内つんざく大爆音だ、そいつは頭の中で鉄道のごとくに唸りを上げる。抗う余地なし。そうこの日が最初だったんだ、びゅうびゅう音を立てながら弾丸の嵐吹き荒れるこのしっちゃかめっちゃかのなかでおれが寝たのは、ありとあらゆる轟音を抱え込み、しかも意識はいくぶん保ちつつ、つまるところ全き酸鼻のただなかで。それから以後手術の時を除いては、おれは意識を完全に失ったことは一度だってなかった。十二月十四日このかた、おれの眠りはいつだってこの轟音のまっさなかだ。おれはこの頭の中に戦争を捕まえたんだ。そいつはいまだってこの頭の中に閉じ込めてある。

　大丈夫。そうひとりごちたのは夜も更けて、寝返りを打ってみてのこと。だいぶ良くなってきた。聞き分けられるようになってきた、外の音と金輪際おれを離さないこの音とを。痛みのほうは肩と膝とにまだたっぷり残ってたが。それでもなんとかして立ち上がる。何を置いてもひどい空腹だ。あたりを見回してみる、そうだった、ここの農園目指してル・ドレリエールはじめ輜重隊《しちょうたい》のやつらとやってきたんだ。やつはいったい今頃どこにいるんだ？　それに他の連中は？　みんなして滅茶苦茶にされてからもう何時間も、丸一晩も、いやほぼ丸一日も経過していた。坂のところにはもはやわずかの跡形、それから果樹園の方ではおれたちの車両が煙を立て、ときにぱちぱち爆《は》ぜながら燃えくすぶってた。溶鉄車はまだまだこっぴどく燃え盛ってる、飼料車の方は既に無きも同然。あたりに曹長は見当たらなかった。遠くに騎馬が一匹それからそいつの後ろに何かが見える、轅《ながえ》の切れ端だ、そいつが灰にまみれ農場の壁に貼り付いてたが、その壁がいままさにバラバラになって崩れ落ちた。そうだこの騎馬たちは瓦礫《がれき》のなかを爆撃のまっさなか一目散に駆歩《ギャロップ》で駆け戻ってきたに違いない、機銃掃射にケツ煽り立てられ。まったくル・ドレリエールめ、とんだことしてくれたもんだ。おれはまだ同じ場所でうずくまったままで考える。あたり一面ぐちゃぐちゃの弾丸の泥沼だ。あのときは二百以上もの弾丸が飛び交ってたんだ。それで死体がそこかしこ。雑嚢いくつも抱えたそこのやつなんかザクロの実《グルナード》さながらにくたばってる、榴弾《グルナード》で首のところからズボンの真ん中までぱっくりやられて。腹のなかにはもうはやネズミが二匹立派なサイズのが駆けつけてやつの雑嚢を漁りながら固い骨の髄までぱくついてる。農場一帯に腐肉の臭いが立ち込め焦げ臭い、けどなにより中央付近では騎馬たちが十何匹かハラワタ抉《えぐ》られ絡み合ってる。てことは、やつら、ここで駆歩《ギャロップ》終えたってわけだ、どでかい一撃、一発あるいは三発、二メートルもあるようなやついただいて。と突然、ル・ドレリエールが抱えてたカネの入った袋のことが思い出される、こんなぐしゃぐしゃの状況のただなかで。

どうやらおれときたらもう何を考えたらいいのか分かっちゃいない。頭ひねって考えられるような状態なんかじゃありゃしない。それでも、この惨状のまっただなかでも、例の一件ばかりはひどく気にかかる、そこへ加えてこの轟音の嵐だ。いずれにしてもこのとんだ企てのなか生き残ったのはどうもおれひとりらしい。向こうで大砲の音が響く、そいつにしたってもはやほんとに聞こえてるのかは定かじゃない。頭の中で全部がごっちゃになってんだ。と、あたりに馬や徒歩の集団が遠ざかってくのが目に入る。ドイツ兵たちだろうとこっちは大歓迎だ、けどやつらこっちには近づこうとしない。きっと他所《よそ》でやることが他にあるんだ。そういう指令が下ってるんだ。ここらは戦闘で荒れ果てちまってて。結局のとこ自力でうちの連隊を見つけるほかすべはないってなりゆきだ！　にしてもいったいどこにいるんだ？　もはや考えるってことにしてからが、ほんの少しだろうと、幾度も幾度もやり直さくちゃまともにできない、あたかも駅のホームで列車が通ってるとこで会話しているような按配だ。強烈な思考の切れ端が次から次へと一斉に襲ってきて。あんたらに断言しとくがこいつはなかなかどうしてきついトレーニングだ。今じゃもうしっかり訓練積んできたが。二十年の間、おれは鍛えてきたんだ。ちょっとやそっとじゃ動じぬ頑丈な魂を作り上げ。安き方へなぞ流れない。今じゃ、永遠に絶えることのないこの轟音のなかから引き抜いた憎悪の切れ端でもって、音楽も作れれば、眠ることだって、許しを与えてやることだって身につけた、それからいまあんたらもご覧のとおり、麗しき文学にしたってお手のもの。話に戻ろう。

溶鉄車の残骸の中からは猿缶[001]が見つかった。火災のさなかで破裂しちまってたが、それでもおれにはじゅうぶん上等だった。けど今度は喉が渇いてくる。手摑《づか》みで貪るものどれもが、おれの血や他の連中の血で全部血まみれになってたもんで。それで酒瓶忍ばせてる死体がいないか探し回る。奥の方、農場の出口の方に騎馬狙撃兵がひとり見つかった。そいつの外套の中にボルドーが、それも二本も隠れてた。もちろん盗品、上官のボルドーだ。そいつご馳走《ちそう》になった後、おれらがやって来た東の方へ向かってった。その距離一〇〇メートルほど。どうもだんだんあたりのものが正確に見えなくなってきたようだ。野原の真ん中に馬を見たように思ったんだ。それでそいつに乗ろうと思った矢先、近づいてみるとそいつは三日も前にくたばって膨れ上がった雌牛じゃないか。そんなわけで輪をかけて疲労が襲ってくる。ちょっとしたら、今度は絶対そこにあるはずのない砲台を目にした。こうなりゃ耳の方とお似合いの状態ってわけだ。

本物の兵隊さんたちにはいつまで歩いたって出会いやしない。さらに何キロも歩いてみた。溢れてくる血を飲み下しつつ。轟音の方は頭の中でいくぶん落ち着いてきたらしい。と思いきや今度は全部を吐き戻しちまった、二瓶まるごと。あらゆるものごとがグルグルしてくる。クソッタレ、と我が身に呼びかける、フェルディナン、おまえは一番キツいところを越えてきたんだ、こんなとこでくたばってたまるもんか！

我ながらかつてない勇敢さだった。それから例の袋のこと、〔連隊の〕トラックの略奪のことが頭に浮かぶ、いまや三重の苦しみにはまり込む、すなわち腕と、ひどい轟音の頭と、それからもっと奥の方の良心と。思わず取り乱す、なにしろおれってやつはほんとのところウブな青年だったんだ。舌に張り付く血さえなかったら独り言大声でくっちゃべってたはずだ。そうすりゃだいたい元気は戻る。

この地方は平坦じゃあった――けどそこかしこに隠れた溝が危なっかしい、深くて水がたっぷり満たしてある、そいつのおかげで進むのはなかなかどうして容易なことじゃない。次から次へと曲がり道させられたあげく、元いた場所に後戻りだ。それでも弾丸がピューピューいう音が聞こえた気はする。なんとかして水飲み場で足を止めたのは間違いない。片方の腕でもう一方を支えながらだ、そっちのはもうはや真っ直ぐ伸ばすことすらできなかった。おれの傍にぶら下がったままでご臨終。肩のあたりじゃ血と布とが一体になってまるで巨大なスポンジを形作ってた。もしちょっとでも動かしたらばお陀仏だ、それほどまでに烈しい痛みだった、生命の奥まで響くほどの。

おれは体の中ではまだしっかり生命が踏みとどまってるのを、いうなれば自己防衛してるのを感じてた。もし他人から聞かされたってこんなことがありうるなんて信じられなかったろう。いまやかなりたっぷり歩けてさえいた、といっても二〇〇メートルずつくらいだが。痛みはどこもかしこも酷いなんてもんじゃない、膝の下から頭の中まで。そいつが我慢できても耳の方は高鳴るお粥《かゆ》だ、それから周りの全部がさっきまでとはいまや全く違ってきてた。空気は乳香《マスチック》のように粘りつき、木々にしたって全くひとところに留まっちゃくれない、足元の道だって小刻みに隆起したり陥没したりを繰り返してる。軍服と雨粒だけを身に纏《まと》い。どこまで歩いても誰もいやしない。だだっ広いばかりで何もありゃしない野っ原で我が脳髄の拷問《ごうもん》は大音声《だいおんじょう》で響き渡ってた。自分でも聞いてて怖くなるくらい。この音量じゃ戦闘再開をけしかけちまうんじゃ、そう危惧せんばかりの轟音を抱え込んでた。おれはおれの中に戦争も敵わぬほどの轟音を高鳴らしてた。向こうの日の照ってる方、野原の上に本物の鐘楼、それもどでかいやつが浮かび上がる。あそこへ行こう。あれがひとまずの目的地。そう考えちゃ座り込む――オツムの中はどんちゃん騒ぎ、腕は粉々、それからこの身に降りかかったことを思い出そうとする。が、とても出来ない。記憶の端々がはしゃぎ回ってる。それよりなにより体が焼けつく、さっきの鐘楼にしたって見通しが安定しない、こっちの両の目に至近距離で迫ってきたかと思いきや、ずっと遠くに遠ざかる。きっとこいつは蜃気楼なんじゃないか。けどおれだって決してバカじゃない。おれの体がどこもかしこも痛む以上は、したがって鐘楼だって存在するに違いない。ある種の推論ってやつだ、もう一回信じられるようになるための考え方だ。こうして道を下の方に向けて出発する。ひと曲がりしたところで、奥の田舎道の方に男がひとり動いてるのが目に入る、どうやらこっちに気づいたらしい。いや死体が身を捩《よじ》っただけじゃなかろうか、きっと幻影を見ただけのことじゃ。先方、黄色い服着て銃を持ってる、こんなヘンテコな制服なんぞ見たこともない。やつがぐらつく、いやそれともおれか。こっちへ来いと合図してくる。言われるままに歩いてった。何も失うものなどおれにはなかった。するとやつは間近で話し始めた。おれはすぐにピンとくる。こいつイギリス兵だ。おれとしては、彼がイギリス人だってことがなんとも可笑《おか》しく思われてたまらない。口の中は血まみれのまま、英語でやつに返事する、咄嗟《とっさ》に口をついて出てきたんだ。英語を勉強するために向こうにいた頃はちょっとした単語だって口にしてやるもんかと意固地になってたこのおれが、すすんでこいつと英会話を始めてた、この黄色い服着たあんちゃんと。きっと何がしか情動がそうさせたんだ。そのうえやつに英語を話すのは耳にも良かった。轟音もちょっとマシになってきたらしい。それでやつはこっちが歩くのを手助けする。気を配りながら肩を貸してくれた。こっちはしょっちゅう立ち止まる。思うにこいつに見つかってずっと良かったんだ、うちの隊の阿呆どもなんかに見つけてもらうより。少なくともこいつだったら戦争の一部始終、おれらの遠征がどうなふうにしてダメになったかなんぞ話して聞かせてやる必要はないんだから。

「Where are we going?」とやつに聞く…

「イーペル[002]へ！」とやつの返答。

イーペル、そいつはきっとあそこの鐘楼のことだ。てことはあれは本物の、街の鐘楼だったんだ。それからまだたっぷり四時間びっこ引き引き歩いてった、山道やら野っ原やらを突っ切って。もはやぼんやりとしか見えてなかったがそれでも上の方が明るんでくのだけは見分けられた。いまやおれは全身がいくつかの部分に分かれちまってた。水浸しの部分、酔っ払った部分、酷く痛んでる腕の部分、とんでもないことになってる耳の部分、このイギリス兵に対して親しみを感じてる部分、こいつはだいぶ楽な部分だ、それから突拍子もなく逐電はじめる膝の部分、それに過去の部分、こいつは今だってはっきり覚えてるが、現在にしがみつこうと必死にもがくが出来やしない――それに他のどれにもまして恐ろしい未来、それから最後におかしな部分、そいつは他の部分を押さえつけておれに作り話語って聞かせようとしてやがる。災難なんて状況は通り越し、いまやどうにも可笑しなことになっていた。それからもう一キロも歩いておれはもうそれ以上歩くのを拒絶する。

「どこへ向かってるんだ？」ただ知りたくてそう尋ねる。

おれは立ち止まる。もうこれ以上歩けない。イーペルはそう遠くないのに。野っ原が周りで回転してやがる、巨大な隆起が動き回ってそこかしこが膨れ上がり、あたかもどでかいネズミたちが畝の真下を走り回って地面を押し上げているよう。いやむしろ人間どもだ。そのくらいに巨大で、いうなれば軍隊一隊が地表を持ち上げてた…そいつが海上の波さながらに揺れ動く…このまま座ってるに越したことはない。それに両耳の間で荒れ狂うこの轟音の嵐。頭の中でハリケーンが吹き荒れてた。それでおれは大声でがなり立てる。

「I am not going！ 機動戦へ I am going！」

それでおれは有言実行。全身は血まみれ、それにこの腕とこの耳の状態でそれでも立ち上がる、それでいましがた歩いてきた、敵のいる方向へ再出発。すると片割れはおれに大声で怒鳴りちらしてきたがこっちは一語一語が理解できた。熱に浮かされてたんだ、熱が上がれば上がるほどおれは楽に英語が理解できるらしい。びっこ引きながらそれでも武勇にかけちゃおれは譲れなかった。やつの方ではもうこっちをどうやって止めていいものか見当つかない。野っ原のど真ん中で殴り合いがおっ始まる。幸い誰も見てるやつはいやしない。しまいに勝ったのはやつの方、おれの腕を、自由のきく方のを捕まえる。そりゃどうしたってやつが勝つに決まってる。おれはやつについていく。けどそれから十五分も経たないうちに町の方角の道の上、カーキ服着た騎兵隊が十人ばかりこっちに向かってくるのが目に入る。こんな近くでそいつら見つけてこっちはよからぬことばかりが頭をよぎる、戦闘が再開するんじゃなかろうかとか。

「Hurray!」と、そいつら目にするなり、おれは遠くからがなりたてる。「Hurray!」

イギリス兵たちだと察しがついたんだ。

「Hurray!」と向こうも返す。

連中の将官が近づいてくる。おれのことを褒め上げる。

「Brave soldier ! Brave soldier ! Where do you come from?」

そんなことはもうすっかり頭から消えていたのに、おれがどこからcomeかなんて。こいつ、おれを不安の中に突っ返しやがる。

おれはこうなってもまだトンズラしようとしていた、前へ後ろへ、いや一挙に両方。おれの面倒を引き受けた片割れ、やつがおれのケツに一発蹴りを入れる、町の方角に向かうよう。おれの武勇なぞもはや誰もお望みじゃないんだ。おれはもうどっちに意識向けていいのかてんで分かっちゃいない、前か後ろか、そのうえおまけに中は酷いありさま。ル・ドレリエール、あいつはこういう目にはあっちゃいない。やつは死ぬのが早すぎたんだ。と一瞬、道路がこっちに向かってゆっくり盛り上がってくる、おれに向かって接吻《せっぷん》だ、こっちの目の高さまで、それでおれはふかふかのベッドさながらその上に横になる、オツムの中には轟音の爆撃抱えたまんま。するとそれもいくぶん静かになってくる、それからカーキ服の連中の騎馬たちがこっちへ戻ってきた、といってもそいつらの駆歩《ギャロップ》の音が聞こえていただけ、もはや何も見えちゃいなかった。

どうにかこうにか意識を取り戻したときにはどこかの教会の中、今度は本物のベッドの上だった。目が覚めたのはなお止まぬ両耳の爆音、それからおれの左腕を貪る犬の音らしきものが響いてきたから。だがそんなことには構っちゃいられなかった。このまま直に腹を切開されるんでもないかぎり、これ以上の苦痛はあり得ないほどの激痛だった。しかも一時間そこらの我慢じゃない、まる一晩だ。目の前の暗闇がへんてこな動きをしてるのが目に見えてた、柔軟でかつ旋律豊かなその身振り、そいつがおれのなかの何がしかを目覚めさせる。

もはや信じられなかった。そいつは女の腕だった。そいつが頑としておれのイチモツ目がけて動いてくる。こっちはそいつのケツがどこにあるのか目で探る。あった、ベッド台の上にぴんと張られたシーツのその上、そこでケツは波打ってた。こっちはまたぞろ夢を見てるんじゃと疑った。生命ってはやつには妙ちきりんなことがあるもんだ。戻ってきた意識はあらぬ方へ向かって、五里霧中のなか迷走する、さりながら待機中のケツだけは賢明に追っかけつつ。おれはこの教会の一画、陽の光がたっぷり当たるあたりに運び込まれた。そこでまた失神したらしい、おそらく何がしかの匂いのためだ、きっとおれを眠らすための。そうしてさらに二日が経った、痛みはいや増すばかり、頭のなかの巨大な轟音も相変わらずで、生きた心地なんてしやしない。この時のことを覚えてるってのもおかしなもんだ。いま思い出せるからって、当時は決して落ち着きすまして味わってたわけじゃない、バカになったみたく何にも気を払っちゃいなかった、もはや自分の生き身のことすらも。恥辱の限りで、虫唾《むしず》が走る。与えられ、これまで守ってきた人格の全体、おぼつかないながらも残酷にして既にじゅうぶん過酷だった過去、そいつらが粉々に分解されてその破片のなか転げ回る。

生命ってやつの正体をおれは見たんだ、生命がおれを拷問にかけてる真っ最中を。いつか今際《いまわ》のきわの苦しみで再会したらば、そいつのツラに唾吐きかけてやろうじゃないか。ある一線越えると生命ってやつはただの阿呆に成り果てやがる、騙そうったってダメだ、おれはそいつのことをよく知ってんだ。おれはそいつをこの目で見たんだ。いつかまた会うだろうさ。勘定は出揃ってんだ。クソッタレめ。

とはいえ残り漏らさず語らねば。そうして三日するうち、まごうことなき砲弾が飛んできて大祭壇をぶっ飛ばした。野戦病院を取り仕切ってるイギリス兵たちは総員退却を決定した。おれとしちゃどちらでもたいして変わりはなかった。この教会にしてからが中身は絶えず移動中だった、列柱はマシュマロと化してお祭りさながらステンドグラスの黄や緑で飾り立てられてた。こっちは吸飲みでレモネードご馳走になる。なかなか悪くはなかった。というのはお飲み物が経巡る周囲の様子にお似合いってこと。あるときは悪夢にうなされ、アーチのてっぺんのとこに、翼生やした黄金の騎馬に跨《また》がるメテュル・デ・ザントラーユ将軍が駆けてくのを見かけたこともあった、きっとおれを探しにきたに違いない……こっちをじろじろ見つめてる、おれが誰だか思い出そうとしてるんだ、するとやつの口が動き口髭《ひげ》が蝶々みたいに羽ばたき始める。

「メテュル将軍、自分きっとずいぶん見違えましたでしょう？」そうやっておそるおそる親しげに問いかけてみた。

それから、結局どうにかこうにか眠りにつく、けれど不安ときたらいや増すばかりで両の眼窩《がんか》の間のあたりにしっかり陣取り意識の奥の方へと食い入ってくる、この轟音よりももっと奥まで、とはいえこの轟音の方だって書いても書いても書き尽くせないほどの代物なんだが。

おれたちは駅舎に運び込まれ、それから各列車に振り分けられたらしい。貨物列車だ。まだホカホカの堆肥の臭気が立ち込めてる。列車はずいぶんとろとろと走ってやがる。いざ戦争に加わらんと反対側の線路走ってやって来たのだってそう遠い昔のことじゃなかった。一カ月、二カ月、三カ月、四カ月と既に経過してたか。おれの貨車の中ではどいつも担架に乗せられ並んでる、二列縦隊だ。そのなかでおれは扉のそばを割り当てられてた。どうやら車内には別の匂いも混じってた、死体の臭いだ、この臭いとは馴染《なじ》みだった、それに加えてフェノール臭。すると、野戦病院からの退避はよほど慌しかったに違いない。

「ウー…ウー！」おれは少し目を覚ますなり牛みたいな喚き声漏らす、ここはもともとそいつらの居どころなんだから。

一回目は誰からも返答なし。列車の方はまるで一歩一歩踏みしめながら走ってやがる。三回目でやっと、奥の方の二人から返答が来る、

「**ウー！　ウー！**」この叫び声は、負傷兵にはおあつらえ向き。一番楽に口にできる。

チュー！　チュー！…と今度は遠くからご返答、きっとこいつは車体が坂に差しかかって発した音だ。自分の耳の爆発音、もうそいつに騙されることもなくなってた。お月様に流れを汲《く》む河のふもとで一同一斉に

静かになる、それからまたゴトゴト揺すぶられながら音の方も再開。概してこういうことは往路と似たり寄ったりだった。それゆえペロンヌでのことが偲《しの》ばれる。いまごろ新たに貨車に横になってる歩兵さんたち、そいつらは一体どんな連中だろうか、フランス兵か、イギリス兵か、あるいはきっとベルギー兵か。

ウー！　ウー！　なら誰にだって分かってもらえる、それでこっちはまた取りかかる。

ところが、もう誰も答えちゃくれない。呻《うめ》き声漏らしてた連中すらもがいまやだんまり。例外は、**マリア**　**マリア**やってるのが一人いる、しかも訛《なま》り混じりで、それからもう一人おれのそばに**グルーグルー**、おそらくお口から排水中だ。この音だっておれには馴染みだった。この一カ月間でおれは地上と人間のほとんどあらゆる物音を学習済みだった。それから土手のところで、極寒のなか二時間ばかり停車する。聞こえてくるのは貨車の**チューーチューー**ばかり。しばらくしたら前方の牧場から雌牛の**ムームー**も加勢してきた、おれなんかのよりずっとデカい鳴き声だ。おれもためしに返答してみる。どうやら雌牛のやつ、腹が減ってるらしい。列車もゆっくり**ブルーンブルーン**を再開する…車輪も全部、生身も全部、思想も全部、地上のあらゆる物事がおれの頭の奥の轟音のなかにごった詰めにされていく。けどふとその瞬間、もうこれでたくさんだと頭をよぎった。もううんざりだ。足を床に突きつける。なんとか使いものになった。そいつで反対側に寝返りを打つ。見事座ることに成功した。貨車の暗がりを前後見渡す。集中して観察する。担架のシーツの下の体はどれも動いちゃいなかった。担架が二列だ。おれはそいつらに向かって、

「ウーウー」

やっぱり誰も答えない。それでおれは立ち上がる、もちろん長時間は無理だがなんとか扉のとこまではたどり着いた。それから片腕でどうにかこうにか扉を開く…あたりは真夜中、列車の端っこに座り込む。こいつは戦争行きの上りの列車を彷彿させた、けど下りはもっとずっとゆっくりだ。今度は馬だって貨車の中にはいなかった。外はかなり寒かったはずだ、もうとっくに夏は終わってた、けどおれは真夏みたいに火照《ほて》って喉も渇く、やがて夜の真っ暗闇のなかが見渡せるようになってきた。おれの内部の轟音のおかげで声まで聞こえてきた、縦隊が野っ原を突っ切って行く、地上から二メートルほどの高さを行進しながら。今度はやつらの番だ。やつらはみんな戦争行き。こっちは帰りだ。おれたちが詰め込まれてたのは小型の車両だったが、今振り返ればその中じゃゆうに十五人は死んでたはずだ。どうやらかなり遠くから砲声が響いてくる。他の車両だっておれたちのと似たり寄ったりだろう。**チュー！　チュー！**　機関車はそいつらみんな乗せて苦悶《くもん》に喘《あえ》いでる。おれたちは銃後へ行くんだ。やつらと一緒に残ってたら、間違いなく死んでたはずだ、けど痛みと頭の轟音のことを考えたらある意味きっとそっちの方がましだったのかも。右手の奥の方で担架に乗せられた死体、ふとそいつの顔が目に入る、それから他の死体の顔も、それらがちょうど貨車が停まったときガス灯の明かりに照らし出された。そいつ拝んでおれは思わず口に出す。

「**ウー、ウー！**」と、みんなに向けて。

列車はあいかわらず野っ原の隅っこを徐行してたが、その草原は全体が相当に分厚い霧に覆われてたもんで、おれは心の中で――フェルディナン、きっとあの霧の上でなら家のなか同然に歩き回れるぞ。

それでおれはその上を歩いてみた。そう、列車から地続きにその羽毛布団に向かってった。からだ全体に濃霧をまとい。とうとうやってのけた、と口にする、今度こそこれで戦争から逃げ延びたんだ。そこへ座りこむ、あたりは湿ってる。やや遠く離れたところには街の壁も見渡せた、高く聳《そび》える城壁、まごうことなき要塞が街を取り囲んでる。きっと北部のどこか大都市に違いない。そいつがもうおれの目の前だ。これで助かった、もう一人じゃない。そう得意げに口にする。まわりを、ケルシュゾン、ケランプレック、ガルガデル、それからル・カン坊や[003]が車座になって囲んでた。けどやつらみんな目を瞑ってる。そうやっておれのこと非難してやがるんだ。やつらおれのこと見張りにやってきたってわけだ。ほぼまる四年も一緒にいたのに！　けどそう言えばやつらには、おれの作った物語を聞かせてやったことは一度もなかったな。ガルガデルのやつは、顔の真ん中のあたりが血まみれだ。それで足元の霧も真っ赤に染まってる。そのことを本人に教えてやった。ケルシュゾンは両腕ともに無くしてた、けどどでかい耳で聞き耳立ててる。ル・カン坊やは目玉のところがそっくり欠けてて、顔を透かしてお日様が照っていた。全く珍ちきりんな風貌だ。ケランプレックは髭が伸び、髪も女みたいに長くして、兜《かぶと》かぶったまま銃剣の先端で爪を磨いてる。こいつもおれを尋問しにやってきたんだ。ケツの穴から漏れ出た腸《はらわた》が遠くの草原までうねってる。何か連中に事情を話さないことにはやつらおれを密告するに違いない。戦争に行くんだ、とおれは言う、戦争は北の方でやってるんだ。ここじゃ戦争はやってないんだ、と。ところがやつらからは返答なし。

クロゴルド王[004]がご帰還なさるんだ。おれがちょうどそう口にしたとき、そこらの平原で砲撃が立て続けに響き渡った。こっちは聞こえないふり。いまのは空耳なんだと否定する。四人はみんなで歌い出す。クロゴルド王がご帰還だ！　裏声で歌ってやがる。おれはケルシュゾンのツラに唾吐きかける、真っ赤に染まったツラめがけ。そのときだ、妙案を思いついたのは。全くすばらしい思いつきだ。おれたちはクリスティアニイを前にしているんだ。こっちは今度はそう言い張る。すると街道には、すなわち南の方から、ティボーとジョードが現れ、こっちに向かってやってくる。こいつらも劣らず奇怪な出で立ちだ、全く襤褸《ぼろ》同然の身なりして。やつらクリスティアニイからやってきたんだ、おそらく略奪目的だ。みんな熱に浮かされてやがれ、この腐れ外道ども！　そうやっておれは怒鳴りつけてやった。ケルシュゾンも他のやつらも誰ひとり反論しない。そうだ腐ったっておれは伍長なんだ、たとえなにがあったにしたって。戦争から脱走したのかしてないか、そいつ知ってるのもおれなんだ。全部を知ってなくちゃならんのだ。

「話してくれ」そうガルガデル・イヴォンに向かって言う、やつはこの地方の生まれなもんで。するとやつが答える、「ティボーが殺したんです、モルヴァン親父を、ジョードの父ちゃんを殺したのはやつなんです」

「話してくれ」とおれは促す。「もっと詳しく、そこに至るまでの成り行きを。どうやって殺したんだ、匕首《あいくち》か、ロープか、サーベルか？　そうじゃない？　巨大な岩石をやつのツラに叩《たた》きつけたってのか」

「そうなんです」とガルガデルの返答。「まったくおっしゃるとおりです」

モルヴァン親父はティボーに金を貸してたんだ、やつが黙っていてくれるように、息子をはるか彼方の冒険へ連れ出さぬよう、ヴァンデ地方テルディゴンドで生涯そっとしといてくれるよう、そう、ソンム地方ロマンシュでのかつての我々、第二十二連隊で退屈持て余してた戦争前の我々と同じふうに。ある日、ジョードの父ちゃんはお偉方やお大尽、議会の連中を自宅へ招いた、そこで客人連中はしこたま酒に酔いしれる。モルヴァン親父だって負けず劣らず、大声がなり立てて酔っ払う。いっとき彼は酒席から離脱し、窓に向かって身を乗り出した。外の道には誰もいない。いや、子猫が一匹、それに巨大な岩塊。そしてティボーもちょうど到着し、近くを通るところだった。

「やっぱりあいつは来ないじゃないか。余興のため、やつの楽器の演奏にこっちは金払ってやってるってのに、やつは来ん。前払いで二十エキュ払ってやってるんだ…いつもながらティボーときたら盗人同然の野郎め」

これを聞いていたティボーはこのとき岩塊を片手に立ち上がりそいつをモルヴァン親父のこめかみ目がけてまともに打ち据え一発で即座に死へと至らしめた。やつを中傷したらただじゃ済まない。まったく恐ろしいやつなんだ。こうしてその場で、重い釣鐘が打たれて響く音さながら、親父の魂は昇天していった。

　ティボーは巡礼を引き連れモルヴァンの家へと足を踏み入れる。それからモルヴァン検事が埋葬されたのは三日後のこと。モルヴァンの妻は悲嘆に暮れて何も気づかない。死体横たう部屋にもティボーは友人として列席した。やつはジョードを連れて酒場から酒場へとはしごする。やがて二人はそれにも飽きた。ジョードの頭をめぐるのは彼方の恋のことばかり、王女ワンダ、クロゴルド王の息女、クリスティアニイのさらに北、モルアンドの高地に住まうかの女への。ティボーにしたって冒険のことしか頭にない、豪勢な実家のお屋敷になど引き止められようはずもない。彼が殺したことに理由などなかった、ただおのれの快楽のため。こうして二人は出発した。いまや二人はブルターニュを横切ってゆく、かつてのガルガデルとそっくりに、二人はヴァンデ地方テルディゴンドに最後の別れを告げる、ケランプレックとそっくりに。

「どうだ？」おれはやつらくそったれ三人に問いかける。「なかなか美しい物語だろ？……」

　やつらすぐには何も答えない、やや して カンベレクが現れおれの後ろにやってきた、こいつまで来てるとは思わなかった。やつは顔面真っ二つに裂かれてて、下顎がズタボロになって垂れ下がってる。

「伍長」やつがおれに言う、両手を駆使して口をなんとか動かしながら…「私どもは不満です、私どもが必要としているのはそんな物語ではありません…」[005]

おれのイカれようにはこれじゃ何人《なんぴと》だってかなうまい。けどほんとにあわやの状況だったんだ、なにしろ貨車から滑り落ちて野原の低まったあたりに横たわってるところを助けられたのはそれからようやく二日も経ってのことだった。相変わらずバカ喋《しゃべ》り続けてたに違いない。おれは病院へと運ばれてった。まず病院選ぶにあたってやつらたっぷり頭を悩ませてた。連中おれがベルギー兵だかイギリス兵だか検討つかない、フランス人たちまでが迷ってた、そのくらいに身なりはボロの継ぎはぎだらけで、道中ひどいありさまに成り果ててたもんで。たとえおれがドイツ人だったにしてもやつら見分けがつかなかったはずだ。それにプルデュ

＝シュル＝ラ＝リス[006]にはあらゆるお好みに応じた野戦病院が取り揃えてあった。小さな村じゃあったがあらゆる戦闘から兵隊さんたち収容するにうってつけの位置だったから。おれはお腹の上に番号札乗っけられそれからトロワ＝カプシヌ通りの処女救援《ヴィルジナル・スクール》、上流貴婦人連が修道女たちと共同で経営している夜戦病院へお世話になるって手筈《てはず》に落ち着いた。ところがそいつはとてもじゃないが無難な送り先とはいえなかった、そのことについちゃおいおい話そう。具合がマシになってきたことでこっちは逆に辟易させられてた、というのも搬送されてるあいだ無理してバカ喋り続けなきゃならなかったから。もはや完全に本気でやってるわけじゃなかった。二日と二晩草っ原の中で横になってたのはどうも体には良かったらしくて生命のやつ、ばかに元気取り戻してた。おれは自分の寝台の周り、薄目透かしておれのこと街へ運んでく連中を窺った、白髪生やした看護師たちだ。激痛と轟音、耳鳴り、例のどんちゃん騒ぎ、そいつらは意識取り戻すやすぐさま戻ってきちゃいたがそれでも全然我慢できるものだった。要するにおれにとっては前の滅茶苦茶な状態、激痛と音楽と思考の他はほとんど死人同然のあの時分の方がよっぽどマシだったんだ。だって今の状態じゃもしも話しかけられたら返答しないわけにはいくもんか。そうなると事態はまずい、たとえ口の中では血が溢れ続けそのうえ左耳にはどでかい綿詰め込まれてたにしたところで。例の伝説の夢にしたってその手使ってやつら相手にいけしゃあしゃあと捲《まく》し立てるほどの茶目っ気はもう残っちゃいなかった、なにせ寒気《さむけ》でブルブル震えてたから。まるで死人のごとくに冷え切ってた、とはいってもたかが寒気だ。これじゃいい按配とは言いがたい。やつらの車は街の市門を越えていった、当時は本物の跳ね橋だ、そいつをゆっくり気を払いながら。将官連と行き違う、それから将軍にも一人、続いてイギリス兵たち、カーキの軍服があたりにわんさか、それに何軒ものビストロに散髪屋。水飲み場に連れられてく馬たちも見た、そいつ見てるとたくさんのことが蘇ってきた。それらに目をやりながら、ロマンシュのことを思い出してた。あそこを離れてからもう何カ月になるだろう？　あれから世界がまるごと違ってしまったみたいだ、まるでお月様からでも落っこちてきたみたいに…

そうしながらでもこの新たな場所のことはほんの少しだって見逃さなかった。いまやこれ以上はないくらいのみすぼらしい落ちぶれよう成り果てようのこのおれだったがそれでもおれは気づいていた、おれになおこの四分の一の思考の残骸が、血まみれのこの肉の切れ端や雷鳴轟《とどろ》くこの耳、降伏誓ったこの大頭が残っている限りは、やつら見下げ果てた人間どもがいまだにおれのこの残り滓《かす》に対して怒りを覚え、おれがまんまと狩り立てられこれを限りのとんでもないことになるのをご所望だってことには。

「そうさ、フェルディナン」とおれは言う。「お前はちょうどいいタイミングでくたばらなかったんだ、お前は卑劣漢だ、お前はろくでなしのクズ野郎なんだ、おあいにくさまの間抜け野郎め」

そう、おれは大筋で間違っちゃいなかった。すぐにピンとくる才能があるんだ、そう言ったからって誰からも文句を言われる筋合いはないはずだ。おれは別に現実ってやつが怖いなどとは思っちゃいない、けどそれからプルデュ＝シュル＝ラ＝リスで起こったことは大勢の軍隊の肝っ玉寒からしめるに足る出来事だった。質問ご無用。おれがこれからきちんと説明する。判断するのはそれからだ。こうした出来事を前にしたって、人はなおあれやこれやと考え合わせる。それで希望が残ってる方角へと歩み始める。けどこの希望ってやつたいして明るく照ってなんかいるもんか、災厄ばかりが果てしなく続く廊下を挟んでせいぜいその一番奥のところにローソク一本がかそけくゆらめくばかりのこと。そいつで我慢するほかない。

「さあ、こちらへどうぞ」

一同到着。看護師たちはおれを建物の地下室へと運び込む。

「この兵隊さんは昏睡状態です！」と、人当たりの良さそうなおばさんが出てきて皆に告げる。「この兵隊さんはそこへ降ろしておいてください、後で見てみましょう…」

そいつ耳にしておれは鼻を使って大きな音を立てる。ひょっとしてあたりの木箱のひとつにこのまま放り込まれるんじゃやと怖気《おじけ》づいて。木箱や架台がそこらに転がってた。それでおばさまこっちへ戻ってくる。

「言ったじゃありませんか、この兵隊さんは昏睡状態なんです！」

それから尋ねる。

「この人、膀胱《ぼうこう》の方は大丈夫ですか？」

おかしな質問だってことはすっかり呆《ほう》けたおれにだってさすがに分かる。運んできた男連中はおれの膀胱のことなぞご存じない。こっちはタイミングよく尿意を催す。それで出るに任せる、担架を伝って流れて陶製の床にしたたり落ちる。おばさまもそいつを目にする。と、彼女とたんにおれのズボンを開け広げた。それからおれの陰茎《ロメオ》をまさぐり始める。男連中は次の病人を連れに出て行った。女の方はおれのズボンの上でいっそう精確に事を進め始める。信じたいやつだけ信じりゃいいがおれはしたたか勃起した。おれはあまり死人らしく振る舞って木箱におっぽり込まれるのもいやだったが、かといってあまり激しくおっ勃《た》てちまって、こいつは仮病だと思われるのはなおさらごめんだった。ところがダメだ、おばさまの手捌《さば》きときたらそいつは見事な腕前でこっちは悶《もだ》えてのたうち回る。薄目を開けてみた。白いカーテンが引かれた、床はタイル張りの一室だ。そしてゴワゴワした布で覆われた担架が置かれてあるのが右に左に目に入る。やっぱり勘違いなんかじゃなかったんだ。思ったとおりだ。そして架台の上には、次々と他の棺が運ばれてきてた。思い違いしてる場合なんかじゃありゃしない。

「がんばれフェルディナン、ここが踏ん張りどころだぞ。お前は詐欺師だ、見事騙しおおさなきゃ」

こっちは初見で彼女の気に入る必要があった。彼女嫌がっちゃいなかった。おれのペニスを決して手放さない。それでおれは自問自答、笑った方がいいか、笑わない方がいいか？　愛想よくしとくかそれとも意識戻ってないふりしておくか？　いろいろ考えたあげくに、おれは譫言《うわごと》口走る。こいつなら危険は少ない。おれの十八番《おはこ》を再開する、

――おれはモルアンドへ行きたいんだ……！　と、こうやって両の凵角の血塊の隙間からメロディー奏でる……おれはクロゴルド王に会いに行く……おれ一人で十字軍の偉業を成し遂げてみせよう……

それで彼女の方も俄然《がぜん》熱が入る、おれのムスコをきつくシゴく、おれがバカ言い出したんでほっとしたんだ、ただおれは腕の痛みが激しくてヒキガエルみたく痙攣《けいれん》してる。おれは少しばかり喘ぎ声漏らした後でイキ果てた、彼女の両手いっぱいに溢れてた、彼女おれが両目閉ざしてるのに目をやった後、脱脂綿で拭ってくれた。おれは錯乱、それでしまいだ。他の女たちが入ってきた。おれはそっちを窺う。まだ男も知らない生娘連中だ。そいつらにこっちの彼女が声かける、

「この人にゾンデをしておいてくださいね、ほらマドモワゼル・コティドン、この患者さんです、傷の程度を調べておいてください、膀胱にもちょっと何かあるようです…出かける前にメコニーユ先生が念を押しておられました…『排尿に問題がある患者にはゾンデをしておくように…怪我人にゾンデを…』」

それでおれは二階に運んでいかれた、そのゾンデとやらをするために。こっちは少しほっとする。あたりを窺うが二階には棺はないらしい。衝立の間にベッドが並べられてあるきりだ。

女性四人がかりでおれを脱がせにかかる。まず最初に全身を湿らせてからだ、ボロきれが頭のてっぺんから靴先までどれもこれも体に貼りついてしまってたから。両足なんかは靴の革と一体に成り果ててた。こいつはなかなかくたびれる作業だった。腕には蛆《うじ》がたかってた、そいつらがブルブル震えてるのが目にも見え

るし、感触も感じる。そいつのせいでコティドン嬢、少し気分を悪くしちまったらしい。我がセンズリ婦人が後を引き継ぐ。このセンズリ婦人なかなかどうして魅力的だ、歯だけは出っ歯で、しかも虫歯になったところがちょっぴり緑がかってはいたけれど。そんなことなんでもない。ここの雰囲気にはぴったりだったしむしろそそるものすら感じさせた。おれは両の目見開く、けど視線はじっと天井を見据えたまま。

――裏切り者のグワンドールに死を、裏切り者のドイツ人どもに死を…哀れなベルギーの侵略者どもに死を。

おれはいよいよエンジン全開でバカ捲し立てる。細心の注意を払いつつ、なにせみんなしておれの顔を見つめてる…かわらず四人のまま。

「可哀想な兵隊さん、錯乱してるんですわ。必要なものを持ってきてください。私が自分でゾンデしますから」そうセンズリ婦人が所見を述べる。

「わかりました、マドモワゼル、すぐにゾンデを持って参ります」

他の女たちは出て行っておれはご婦人と二人きり。彼女先に言ったとおりを実行する。けど今度は真剣に、おれのペニスの内部のお掃除も。どうも冗談でやってるわけじゃないみたいだ。こっちはとても勃たない。かといって喚き立てるのも気が引けた。続いて彼女包帯を巻いていく、おれの頭と耳と腕とを覆って、それから匙《さじ》で飲み物飲ませてくれそうして安静に横にする。

「どうぞ少し休んでいらしてください」とゾンデ隊長婦人、「そうしているうちにここの管理士官でおられるボワジー・ジュス大尉がいくつか質問に参ります。とはいえ、あなたがお答えできる状態でしたらですけど、それから今晩メコニーユ先生も問診にいらっしゃるはずです…」

こうしておれには未来が授けられた。おれは彼女がいうような「状態」なんかであるもんか。まず、ボワジー・ジュス、こいつにはおれは何も言わなかった。至極単純、これまでの十日間やつらあることないこと好き勝手に思い巡らしていやがった。身分証だっておれは手元になかった。あるものといったら明後日の方向に血を噴いてるこのツラに、そいつに輪をかけてひどい頭の中、それから負けず劣らずの他の部位、以上。度重なるゾンデ、こいつはもう怖くはなかった。やつらときたらゾンデ偏執狂《マニア》だ。レスピナス嬢、そいつがゾンデ婦人のお名前だったが、彼女が全ての指揮を執っていた。夜分おれは熱を出したが、たいしたことはない。壊疽《えそ》も起こしてない、ただの熱だ。熱が高いこと以外はなんともない。依然としておれにとって大事なことは、下でホトケさんたちのところに置いてけぼりにされるかどうかだけだった。レスピナス、彼女はもうおれのゾンデには食指が動かなくなっていた、おれのセンズリにしたってなおのこと。ただ、医者が忙しくて来られなかった晩のこと。彼女はベッドの並ぶ間を通ってやって来て、衝立に隠れてそっとおれの額にキスしてくれた。それでおれはそいつのご返礼にと我が詩情をば囁《ささや》きかける…あたかも末期の人のごとく

…

──ワンダはそなたの婚約者をもはや待ってはおらぬ、グアンドールも救い主の到来を待ってはおらぬ…ジョードも武勇を欠いたそなたの心など欲しはせぬ…私には見える、ティボーが北方からやってくるのが…モルアンドのはるか北、クロゴルド王がやってくる…この私を倒すべく…

そうしておれは**グルーグルー**、鼻から溢れる血を一息にすすって吐き散らすこともできるようになっていた。それ見て彼女は湿布で鼻の下を拭ってくれてまたしてもおれにキスしてくれた。実のところ情に厚い女だった。まだ彼女の性格をはっきり分かってたわけじゃないがそれでもゆくゆくこの女なしじゃとてもいられなくなるだろうことには気づいていた。そしてそいつは間違っちゃいなかった。

翌日、メコニーユ医師はおれを見るなり興奮して診断を開始した。即刻手術を行いたい、今晩にでもとのご意見だ。レスピナスはおれが憔悴《しょうすい》してるからと抗った。おれが命拾いしたのは彼女のおかげだ。医者のやつはどうやら、おれの耳の奥の弾丸をいますぐにでも除去したがっていた。彼女の方は反対だ。おれは一目見ただけでこのメコニーユ、やつがおれの頭に手を出した日には一貫のおしまいだってことははっきり分かった。やつが出て行くや、レスピナスの周りの女たちはおれのことで彼女が反対したことに賛同した、「メコニーユ先生はあくまで内科医であって、外科医じゃないんですから。手術したがるのは自分の手柄のためなんですわ。まずは簡単な患者から始めなければ。戦争はまだまだたっぷり続くんですもの…時間なら十分にあるんですわ。それこそこの人は腕の骨だってやられてるんですからなんならその修復から始めればいいはず、けど頭は絶対に先生の手には負えません…いきなり頭は」こっちはここに到着するやいきなり地下の隔離病棟を拝まされてたもんで、恐怖はその分いや増してたし、パニックにだって陥ってた。もし仮に例の隔離病棟で架台が並べられたその上に二基の棺桶が乗っかってるのを見せつけられてなかったとしたらおれだってきっとこんなに頑なにはならなかったはず、きっとせがまれるままに任せてたはずだ、けど全部知ってしまったからには、あの木箱をこの目で見ちまったからには、とことんまで抗わずにはいられない。隔離病棟を満たしてた死体の腐ったあの臭い、あいつにだけは悪寒が走る。それに万一メコニーユの手術で金輪際のおしまいとはならなくたって、おれの内部の深奥をいじくり回されたあげくに、おれの眩暈《めまい》は加速して頭の中のこの嵐とシューシュー吹きたてる列車が激しさを増すのは目に見えてた。それでその責め苦の捌《は》け口としてまたバカ口走るはめになるはずだ。心の支えになる信頼なんてやつに対してはほんの少しだって抱いちゃいなかった。一目拝むだけで十分だった。まず眼鏡の上にいつも二重に鼻眼鏡重ね、顔自体よりも大きな顎《あご》髭生やし、異様に小さな上着を羽織って腕も上がらない、両手は爪の先まで毛むくじゃらで、足は巻きゲートルがほどけ踵《かかと》の後ろで渦をなしてる。とにかくとことん醜悪で気を滅入らせる存在、そいつがメコニーユだ。そんなわけで処置は棚上げ、やつは毎朝問診にやってきちゃおれのことをぎろりとひと睨み、そうしておれは苦しむままに放置された、それでもレスピナス、彼女がある朝やってきて登録簿の必要事項を丁重に尋ねてきた。おれは適当な番号を返答する。こんなこと彼女には関係あるもんか。できる限り引き伸ばさなけりゃ、そうおれは考えた、おれが誰だか特定されるのは。そして翌日は早朝からエーテルの吸入だった。これまでひどい痛みをしこたま与えられておれはとっくにガタがきていた、けどそんなおれにさらなるお楽しみを与えてくれたのはレスピナスだった、彼女両手でおれの鼻の上に吸入器を固定する。たくましい身体つきだ。

そいつを初回からおれはたっぷりご馳走になった。そう、あまりにたくさんいただいたもんでしまいには自分から喜び勇んでこの錯乱マスクに飛びつくようになっていた。頭の中で轟く鐘の音についちゃ、エーテルはまぎれもないハリケーン級のを与えてくれた、さすがの自分でもぶったまげるほどの。このオーケストラにおれは没頭、なにせこんなのには二度とはお目にかかれまい、そいつは機関室でしか味わえないような代物だった。それでもこの凶暴さはおれの心臓から来てるんだってことははっきり分かってた。それでそいつのことを思いやる。フェルディナン、お前のは立派な［心臓］だ…そいつ濫用するのはよくないぞ…そんなことするのは見下げたマネだ…そいつ犠牲にしようってのは…

それでおれは轟音の表面へ向かって遡行しようとした、レスピナスのやつに一発食らわせてやらねばと…けどやつめ抱きかかえるみたいにしておれを押さえ込んでやがる…釘《くぎ》づけにされて遡れない…彼女の手中おれは身体をまるごと駆使して鐘の音を打ち鳴らす…あるいは頭のこっち側で…**バウーン**を両の目の奥で、**バン**を耳のところで。こうしておれはなんとか遡ってってた…赤い…そして地の色は…白…依然やつの勝利だアバズレめ。

よし。お次は目覚めの一撃…おれの喚き声が響き渡る、ほらこうだ…

——男の子！　我が愛しの男の子！…さらに大声で続ける。

なんと無限のさなかでおれが見出したのはそいつだった。おれはクソッタレの虚無の中から愛しの男の子引き連れて遡ってきたんだ！　けどおれは男の子といい仲になったことなんてありゃしなかった。おれのロクでもない人生を通じて男の子どうしでお相手務めたことなんて一度だってありゃしなかったんだ。おれの中を力強く遡ってきたこの情愛のほとばしり、そいつそばで「耳にして」我ながら反吐が出る。そしてかたや同時に花々や衝立が視界に現れ、それから枕に向かって手当たり次第ありったけの憤懣《ふんまん》をぶちまけた。我が身をよじる。腕を引きちぎろうとする。少なくともやつら四人はいたはずだ、そこに男も加わり、そいつらみんなしておれを押さえつける。それでおれはゲロ吐いた。それから最初にそれと分かったのはうちの母だった、続いて父、そしてその向こうにレスピナス嬢。それらがごっちゃになって水族館みたいに漂っててそれからしまいにはそいつらの形がはっきり定まってってそれから母だ、彼女がおれに語りかけるのが聞こえてくる。

「ねえ、フェルディナン、落ち着くのよ…」

彼女ちょっぴり泣きながらそれでもやはりおれが傍若無人に振る舞ってるのを見て気が咎《とが》めてる。錯乱のまったただなかそれでもおれは気づいた、それから父もそこに、少し奥まったあたりに控えてる。白ネクタイに三つ揃いの出で立ちで。

「フェルディナン、腕の治療は成功です」そうレスピナスが語りかける、「手術の結果にメコニーユ先生も大変満足でおられます」

「マドモワゼル、なんと感謝申し上げてよいものか」と母が相手の言い終えるのも待ちきれず口を出す。「きっと息子も先生には感謝が尽きません、それからマドモワゼル、こんなにも尽くして看病してくださったあなたにだって」

加えて二人はパリからお土産もご持参だった、自分たちの店の商品だ、彼らの献身に終わりはない。感謝の思いをたちまち形にできるようにって算段だった。ベッドの端で母はあいかわらずひどい気詰まりを感じてた、おれの喚き声に、おれの罵声に、おれの汚物に、父にしたっておれの振る舞いはとても見ちゃいられなかった。

いずれにせよこいつらに連絡が入ったってことはポケットのなかの軍隊手帳は発見されちまったに違いない。そのこと考えるとまるで脳味噌のなかに氷をぶち込まれたような気分になる。

まったくもってぞっとしない話だ。二人はたっぷり二時間も三時間も座ったままおれの意識が戻ってくるのを待っていた。それでおれはもう無理して二人の話聞こうとも思わないし状況理解しようとも努めない。で、母がまたぞろ話し始める。愛情の特権ってやつだ。こっちはだんまり。この女にはとことんウンザリなんだ。このままじゃしまいには張り倒すことになるぞ。理由ならごまんとあった、全部が明確な理由じゃなくとも十分に憎悪に値するのが。そんな理由をこっちは腹にしこたま抱えてた。父の方は口が重い。どうやら警戒してるようだ。魚フライみたいにうつけた目つきで。いざ戦争を前にしたからだ、やつがかつて始終くっちゃべってた戦争、そいつをいまや目の前にして。パリからはるばる二人しておれに会いにやって来たんだ。サン＝ガーユの警察で許可証出してもらったんだろう。出し抜けに二人は店のこと、尽きぬ心配の種について話し始める、風向きはこの上なき逆境なんだと。こっちは耳の騒音ではっきり聞き取れない、けどそれで十分だ。寛容に出てなぞやるもんか。おれはまた二人を見やる。ベッドの端でいかにも不幸に打ちひしがれた佇まい、けどこいつらなんて苦しみに関しちゃ童貞処女だ。

「クソッタレ」おれはしまいに口にする、「しゃべることなんか何もないんだ、とっととうせろ…」

「ああ！　フェルディナン」そう母が答える、「あなたって子は私たちにいったいどれだけ苦労をかければ気が済むんでしょう。ありがたいことなんだって思わなくちゃ。こうして戦争から抜け出せたんですもの。そりゃたしかに怪我はしました、けど元気にしてればそれだってすぐに良くなります。戦争もじきに終わる。そうしたら、きっといい仕事が見つかるわ。いまおとなしくしていれば、きっと長生きだってできます。あなたは身体はほんとに丈夫なんですもの、両親はどちらも健在なんですから。私たちはいかなる不摂生も遠ざけてきました…あなたは家でいつも大事にされ…ここでだってこちらのご婦人方に優しくしていただいて…先生にも上でお目にかかってきました…先生もあなたのこととても親切に話してくだすったわ…」

おれはもう一言も答えない。うちの両親以上に吐き気を催させる存在なんぞ目にしたことだって耳にしたことだってありゃしない。寝たふり決めこむ。二人はメソメソやりながら、駅に向かって出発していった。「錯乱しておられるんです、ご存じのとおり息子さんは錯乱しておられるんです」そうレスピナスが許しを乞うて慰めながら二人を見送った。

廊下で話してるのがこっちにも聞こえてきた。

じきに来ると思ってたんだ。不幸ってやつは続くもんだ。一時間もしないうちにオニム夫人直々のご来訪との知らせが入る、酒保の女将だ。小声で囁きながらこいつもベッドの脇にやって来た。こっちは錯乱始める。羽根付き帽子にヴェールを垂らし、長襟巻《ボア》に毛皮の出で立ち。高級品で着飾ってた。悲嘆のためのハンカチだって欠かさない、けどこっちはその隅のところにやつの両目を窺う。しっかり見覚えはある。やつめ質問を重ねてきた。例の惨劇めぐってあれやこれやと。そもそもどうやったらこいつに理解できるってんだ。おれだってもうそのことは考えなくなってたんだ、なのにまたぞろそのこと考えさせられるはめに。説明できる類のことなんかじゃない、おれたちの遠征とその顚末《てんまつ》は。感じ取るしかない類のことだ。こいつには感じ取りなんかできやしない、このあばずれオニムには。

「あいつは死にました」おれは単刀直入にそう口にする。「勇敢にあいつは死んでいきました！」これで返答終了。

　するとやつはその場にくずおれひざまずく。

「ああ！　フェルディナン」と、こう彼女。「ああ！　フェルディナン！」

　また立ちあがっちゃおぼつかない足でよろめき、そうしてこれ見よがしにくずおれる。おれの毛布で顔を覆って嗚咽《おえつ》する。こっちはこういうことには用心は怠らない。我ながら懸命な判断だった。それでやつはさらに泣きむせぶ。レスピナス嬢、彼女は近場で聞き耳立てていたらしい、きっと衝立の後ろかどこかで。彼女取りすました様子で飛び出してくる。

「怪我人を疲れさせてはなりませんわ、マダム、先生からもきつく言われております。面会はこれまでとさせていただきます…」

　こう言われてオニム夫人は気分を害し、無愛想にすっくと立ち上がる。

「フェルディナン」彼女は聞こえよがしに大声で話し始める、「兵営にまだ三百二十二フランの勘定が残っているのを覚えてらっしゃいますわね…そちらのお支払いはいつ頃のご予定でいらっしゃいます？」

「さあちょっとわかりません、マダム…なにぶんここでは給料も手にしておりませんし…」

「お給料がございませんですって！　それでは、ご両親にいま一度お手紙差し上げねばなりませんわね。それにしても、酒保ではもうツケは重ねませんとお約束なさっていたように存じますけれど…」

この話でレスピナスのおれに対する信用損ねようって魂胆だ。やつめ続けて畳みかけてくる。

「こちらへ来る途中でご両親をお見かけしたように思いますわ。きっと駅でお二人にお会いできるでしょうね」

そう口にするや大急ぎで退却、階段を駆け降りてった……こっちは百、さらに二百を数えてた。そうして十五分もしないうち父がご帰還……息せき切らし、すっかり動転して。

「どうしてこのことを私たちに言わなかったんだ、おかげでまたしてもとんだ目にあわされたじゃないか。酒保の女将さんがいきなり駅のホームで私たちに借金の支払いを要求してきた。お前が野営地を離れて以来抱えていた借金だ。赤字まみれの生活の中で私たち二人がどれだけ切り詰め切り詰めしてお前を養ってきたかお前は誰より分かってるはずじゃないか！　それに対するお礼といえば、毎度毎度、恥をかかされてばかりだ。いやそれどころかさらに三百フランも……まったくこのご時世じゃまた借入れるほかあるもんか、一切合切を犠牲にしなけりゃ、お母さんだってイヤリングをまた質に入れなけりゃ。借金の方は一週間のうちにお支払いしますと約束してきた、私みたいな人間には信義ってやつがなにより大事なものなんだ！　ちょっとは考えてみたことがあるかフェルディナン、え、いまは戦争なんだぞ、考えてみたことがあるか？　おかげで我々の商いは完膚なきまでに頓挫したんだ、それで私たちがどれだけ苦労を重ねてるか……それに私にしたってラ・コクシネルからいつ首を切られるか分かったもんじゃない」

父は涙ぐんでた…けどまたしてもレスピナスが間に入ってくれた、病人には静かにしておかなければと。父はモゴモゴ謝りながら出て行った。母とはまた駅で落ち合うことになってたんだ。こうして夜がやって来た。

その晩たしか十一時頃のはずだったがレスピナスがおれのところまでやって来て、新しい怪我人が到着したんでおれが明日には他の連中との共同病室に移されることになっている旨、知らせてくれた。昨日は手術が本当にうまく行きましたわ、その他ぺちゃくちゃぺちゃくちゃ、けどやはりまだゾンデは必要だと思いますわと。いまは文句言ってる状況じゃありゃしない、自由思想気取ってみせるような状況なんかじゃ。こっちは楽しみ方なら承知してた、彼女一連のゾンデの器具の中から一番デカいやつを持ってくる。そいつでおれのをこそげてく。他には誰もいない、彼女一人で作業を続ける。もし断りでもしようもんならと我が本能が警鐘を鳴らす、おれはさぞかしありがたい点数を頂戴するはめになるはずだ。こっちはどうも後ろでなにか全部がお膳立てされてる匂いを感じ取ってた。こうして例の作業はゆうに十分ほども続いた。しまいにおれは泣いた、別に感極まってのことじゃない。

まあいい。翌日の朝にはおれはサン＝ゴンゼフ病室に移された。おれのベッドはベベールとズアーヴ兵のオスカルとの間だった。後者については話すことは特にない、なにしろそいつときたらおれの隣にいた三週間のあいだ始終ゾンデ使ってご自分の用を足してばかりいた。やつが口にするのはそのことばかり。赤痢に頭からケツまで侵された上に内臓まで負傷して。それでやつの腹はまるでジャムの練り桶同然。そいつの発酵が進むとゾンデ伝ってベッドの下まで溢れ返る。それでやつの口からは、ああ爽快。そう言ってみんなに微笑みかける。一同爆笑。ああ爽快、また繰り返す、こうしてご満悦。そうやってやつは大爆笑の中で死んでいった。

けどおれの右側のベベール、こっちは話が違った。おれと同じくパリ出身、けどやつは第七十連隊、ポルト・プランシオンの防塞からのご来院だ。やつはいきなりおれの視界をおっ広げてくれた。おれの半生を語って聞かせたら、その苦労を分かってくれて。

「おれは自分で選んだんだ」と、やつ。「おれは十九と半年にしかならんが結婚してる、自分で選んだことなんだ」

最初はよく飲み込めなかったがだんだんとやつには感服させられた。おれだって世の中泳いでく術は身につけていると自負しちゃいたがやつときたら格が違った。怪我についちゃやつは足だ、正確には左の足指に銃撃を一発食らってた。レスピナスの手口もやつは全部お見通し、いやお見通しなんてもんじゃない。

「あの女に関しちゃ、怪しく思ってるのはお前ひとりじゃありゃしないぜ」

ベベールのおかげでおれは好奇心ってやつを回復した。こいつはいい兆候だ。腕はメコニーユの手術以来なんとか耐えられる状態になってはいた。マスは左手でかく、そうすることも身につけた。

とはいえ立ち上がってみるとたんに九柱戯《キーユ》のピンみたいにグラグラふらつく。二十歩も歩くごとに座りこまなきゃならなかった。耳鳴りの方は、想像を絶するお祭り騒ぎだ。あまりの大音量で思わずベベールにお前にも聞こえないかと確かめてみた。この馬鹿騒ぎ越しにやつの話を聞くのにも慣れてはいったがそれでもやつの方には大声で、馬鹿でかい声で話してもらわなきゃならなかった。それでしまいにやつは馬鹿笑い。

「そんなんじゃ、おまえ八十のジジイだ」とやつ。「そんなに耳が遠くちゃ、おれのアンジェルのとこの叔父さんとどっこいだぞ、あっちは海軍を退役した爺さんだが」

そのアンジェルこそが、やつの家族、やつの妻、れっきと籍も入れた連れ合いで、やつが話すのは決まって彼女のことばかり。年は十八なんだと。

同室の他の連中は怪我の種類は選《よ》り取《ど》りみどり、浅手の怪我から深手のまであらゆる負傷者が取り揃ってた、予備兵が大半だったがいずれ劣らぬ阿呆揃いだ。入ってくるのも大勢いりゃ出てくのだって大勢、地の下へあるいは天の上へと。少なくとも三分の一はぜえぜえ喘いでた。サン＝ゴンゼフ病室にはおそらく全部で二十五人ほどが怪我人として収容されていたはず。ところがある夜中の十時頃おれは百人以上がそこにいるのを目にしたもんで、寝台の上にうつ伏せに寝返って他の連中を起こさないよう自分の口を必死で塞いだ。ひどい錯乱に揺すぶられてるってことは自分でも気づいてた。翌日ベベールに向かって、ひょっとして昨夜おれがバカ口走り始めたときすぐさまレスピナスがおれのマスかきにベッドへ飛んできやしなかったかと尋ねてみた。いや来なかったとやつの返答。警戒してやがった。けどこっちは全部がまんざら幻覚でもなかったってことはわかっていた。こうして時が過ぎてった。しまいにおれはレスピナスの魅力をひとつひとつ洗い出し始めた。そうやって自分を支える。やつの緑がかった歯だって初めからおれにはなかなか悪くなかった、それに肉づきのいい立派な両腕だって。あれならきっと太ももだってさぞかし見事なはずだ。ケツの穴突いてやれ。おれはそうやって自分を奮い立たせた。あるときいつもほど錯乱が激しくないときのこと、その日は夜になってもやはりたいしたことない。彼女ガス灯が夜間用に暗くなってるのをいいことにこっそり忍び寄ってきた、おれひとりだけにおやすみ言《ボン・ソワール》いに。それも愛情たっぷり…キンタマには手を伸ばしちゃこなかったがこっちはそいつを期待する。詩情に溢れ、おれはすっかりのぼせあがった。ベベールにまで感づかれるほど。

「お前がお望みなんなら、やつが寄りかかってきたときモノにするくらいわけなかろうよ、あのおばさまの骨の髄までむしゃぶりつくしゃいい、けどのぼせあがっちゃダメだぞ、言っといた方がいいと思うが、手足ちょん切られたようなやつがここに入ってきた日には風向きはすっかり変わってお前さんなんかたちどころにお払い箱だぞ。別に好きにすりゃいいが忠告はしといたからな…」

ベベールのやつ信じがたいほど酸いも甘いも嚙《か》み分けてやがった…よかろう。こうして二週間が過ぎてった。外には出なかったし、外で何が起こってるか知りゃしなかったが、どうもやつら後退してることは間違いない、前線はこのへんまで接近していた。というのはおれたちが寝てる中庭に面したこの部屋からでも、大砲がはっきり見て取れるようになってきた。お昼頃には敵の飛行機も何機か定期的に姿を見せていた、とはいえさほどタチの悪いやつじゃない、たかだか爆弾都合三発お届けに上がるくらいのこと。ご婦人方は隅っこの方で声ひっくり返らせながら震えてた。ご婦人なりの勇敢さだ。メコニーユのやつはこういうときは迷わずさっさと階段からご退避あそばす。それでその後戻ってきちゃ…

「最近は前より随分よくやって来るね」とのご感想。

そうして気を揉《も》んでやがる。

父からは完璧な文体で完璧に物された手紙がどっさり。おれは我慢強くしていなければと、停戦は近いのだからと、それから二人の苦しい暮らし向きのこと、ベレジナ小道《パサージュ》[007]の店のこと、隣近所の筆舌に尽くせぬ嫌がらせのこと、ラ・コクシネルで召集兵の穴を埋めるため果たさなければならない残業のこと。

「酒保の女将への支払いは済ませておいた、今度の場所ではもう繰り返すことのなきよう、借金は必ず不名誉の種になるものだ」

けどおれの軍功のことは長々と褒め称《たた》えてあった。おれの軍功について父にこう大真面目に述べ立てられるとこっちは啞然《あぜん》とさせられた。父の方では何のことだかさっぱり分かっちゃいなかったんだ、これじゃおれにだってさっぱりだ。つまるところこっちはとことんうんざりだった。おれが糞だまりのなかでくたばりかけてようがそんなことにはお構いなしで、信じがたいまでにケバケバしく飾り立てられてた、けど父の手紙で心底おれが気にかかったのは、その音調だ。人間ってやつはたとえせいぜい生き延びられてあと十分って瀬戸際にもありし日の心温まる情感を見つけ出そうとするものだ。父の手紙には若かりしおれのいまやとっくにくたばった女々しさが充満していた。おれの方ではそんなものに何の未練もありゃしない、そんなのは鼻に付くばかりの、虫唾が走るばかりのクソの塊、ただただおぞましいばかりの存在だ、けどこのかつての腐れ小僧が検閲済みの父の葉書のそこかしこで彷彿させられていた、均整の取れた、たっぷり仕上げられた言い回しで。

おれとしちゃどうせくたばるならその際、もっとおれにぴったりとくる、もっと威勢のいい音楽を願いたかった。惨めったらしい父の振る舞い全部のなかでもとりわけ残酷極まる仕打ちときたら父の文章に流れてる音楽、そいつがおれには願い下げってことだった。もし死んだって、もう一度起き上がってこれらの言い回しのことで父をどやしつけてやったところだ。こればっかりはやり直しがきかない。末期の喘ぎ、そいつならまだ喘ぎ直しもできようもの、けどそれに先立つあれやこれや、臨終の一息に先駆けるこれらあらゆる腸詰作り、ベラベラ喋り、拷問騒ぎが、最期の詩情を枯らし尽くす。だから簡潔であるか、そうでないなら豊饒《ほうじょう》であらねばだ。その晩レスピナスが愛撫《あいぶ》にやって来たとき、彼女の腕に抱かれておれは危うく二度泣き出すところだった。おれはなんとかしてこらえた。父の葉書が悪いんだ。なにしろそれ読む前は自分でも自慢に思ってたんだから、それさえなけりゃむしろ意気軒昂《けんこう》だったんだ。

読者諸氏はプルデュ＝シュル＝ラ＝リスの街がどんなだかきっと知りたがってるんじゃなかろうか。おれが起き上がって外出が許されるようになるにはまだそれから三週間も待たなきゃならなかった。気を揉ませるあれやこれやに関してならもうおれは心構えができていた。ベベールには何も話さなかった。どうやらやつの方でも心配事には事欠かぬ様子だった。唯一のおれの拠りどころはほんとのところレスピナスだけだった。メコニーユなんて当てになるもんか、金を持っててこの野戦病院支えてるのは、レスピナスだ。

司祭は毎日やって来てた。こいつもおれらくたばり損ないの周りを巡回してたが、こいつなら満足させるに労は要さなかった。折につけ行われる告解、そいつがやつには極楽だったんだ。いまにもイキそうになっていやがった。おれも告解させられた。もちろん何も言いやしなかった、どうでもいいようなことでお茶を濁した。おれだってそこまでバカじゃない。ベベールのやつも告解させられた。

メコニーユの方はもっとずっと嫌らしい手合いだった、おれから弾丸を抉《えぐ》り取ることにご執心で。毎朝、おれの口の中それから耳をあらゆるサイズの拡大鏡で検査しながら、なんとか手術できないかと横目でジロジロ窺ってた。

「フェルディナン、ここは勇気を出して除去しなければ…そうしないと耳が手遅れになってしまいますよ…

それどころか頭の方まで…」

こういうときにはバカ口走るに限る、やつの機嫌を損ねることなく抵抗しなけりゃ。ベベールのやつ、おれがメコニーユとやり合ってるのを見て、やつは腹抱えて大笑い。レスピナスは離れたところでおれが抵抗するのを後押ししてくれていた、とはいえあまり目立たぬよう。おれがメコニーユに抵抗してるの見てるとどうも彼女ムラムラしてくるようだった。そういうときは夜中にやって来ちゃ何食わぬ顔でおれのイチモツをきつくしごいてくれた。彼女がおれのたった一人の拠りどころだった、かといってベベール言うにはあまり信用を置きすぎるのも考えものだと。なに構うもんか。レスピナスは参謀本部と懇《ねんご》ろだったから、彼女だったら半年間の病後静養をおれに与えるよう願い出たって決して却下はされるまい。

けどこうした日々の繰り返しの中にはまだ他のもいた。ある朝、四本筋の階級章つきの将軍がレスピナスに案内されながらやって来るのをおれは目にした。二人が大声でやり合うのを耳にして、いよいよ災難が飛び込んできたなと観念した。

フェルディナン、とおれはひとりごつ、あいつこそは敵だ、それも本物中の本物、お前の肉とその他全部にとっての真の敵…この将軍のツラをしっかり拝んどけ、ここからならお前がジロジロ見てたって向こうからは見られない、そうやってひとり自分に言い聞かせた。世界とおれを隔ててるのはほかでもないこいつなんだ。差し当たっていま間違ったことしゃべくりゃしないのは本能しか残っちゃいない。この本能さえ無事だったら、連中がシャンソン差し出そうが、お祭りだろうが、クリームだろうが、オペラだろうが、バグパイプだろうが、あるいは楽園の天使たちが繻子《しゅす》のケツを差し出そうが、万事切り抜けられるさ。

おれは肝を据え、頑として譲らぬ意志を固めた、たとえアルプスからモンブランがキャスター付きで迫ってきたってこっちは一歩だって退くものか。人間どもの卑劣さと対峙したときに間違わないのは本能だ。冗談抜かすのはもうおしまいだ。こうなったら自分の手持ちの弾の数を数えるばかり。それ以外のことは必要ない。やつはこっちに、おれのベッドに近寄ってくる。腰を下ろしぎゅう詰めの折りカバンを開く。ベベールのやつもおれがどんな風に立ち回るか聞き耳立ててる。レスピナスがおれにやつのことを紹介した。

「第九十二大隊軍事法廷の報告評定官をお務めのレキュメル少佐です、あなたがたの輜重隊が当時どういう状況にあったかお尋ねにいらっしゃったんだそうです、フェルディナン。たしか、敵を待ち伏せ中でしたわよね、フェルディナン、私はそのように伺っております…それで敵の間諜部隊に路上、追い詰められ…」

彼女、助け舟を差し出してくれた。いわばおれに身を守る術を授けてくれたんだ。レキュメルの方では、決して甘ったるいツラなんぞしちゃいない。おれは職務上、士官の食えないツラならごまんと拝んできたし、もし連中食い漁るネズミがいたって噛みつく際には思わず考え直しかねないような御面相のやつらばかりだった。けどレキュメル少佐、こいつのはこれまで経験したことのないような嫌悪感を催させる顔だった。まずやつには頬ってものが存在しなかった。死体同然にただ穴ぼこがあちこち空いていて、それでその上に毛むくじゃらの黄色い皮がかろうじて透き通らんばかりに張られてあるのみ。そのがらんどうの下にはきっと悪《あく》辣《らつ》非道が根を張ってんだ。眼窩の奥には強烈な眼球が鎮座していて、見る者の目はみんなそこに釘づけ。物欲しそうにギラつく眼、いくぶんアンダルシア風の眼だ。頭髪にしたって一本たりとも生えておらず、そこには白光が眩く照り返してた。こいつ拝むや、やつが一言目を口にするその前から、フェルディナン、とおれはもう一度自分に言い聞かせた、これ以上のやつなんていないぞ。きっとフランスの全軍隊集めたって、こいつ以上に悪どい、こいつ以上におっかないやつにはお目にかかれるまい、こいつは特級だ、こいつに弱み握られた日には、次のお日様が登る頃にはお前は銃殺刑だ。

やつの尋ねることに耳を傾けなければ。やつの質問はあらかじめ全部文字に書き起こしてあった、けどすぐにおれは気づいたしそのおかげでこっちは希望を取り戻せたんだが、やつときたら自分が喋ってることの一言だって理解しちゃいなかった。全部出まかせ。もしおれに学があったなら、やつをその場でカニさながらひっ捕まえてやることだってできたろう。やつは泡吹いてやがった。やつが出まかせにバカ口走ってるってことには感づいてた、けど残念ながらおれに学はなくやつに一泡食わせるには至らなかったが。そうしてやってたら同室の仲間連中を大いに笑わせてやれただろう。やつはル・ドレリエールや輜重隊に何があったかなんて全く理解しちゃいなかった。ただ分かってるふりばかりしようとしてた。そこがこいつの馬鹿なところだ。こんなのは想像できる類のことなんかじゃありゃしない、とりわけ悪辣な心持ちの連中には無理だ。

こういうことは感じ取れるか、それが全てだ。だもんでこっちにも説明できることなんかありはしない。おれは彼女が、レスピナスが喋るに任せた、彼女は喋る術を心得ていた、おれの父と同じで全く中身のない話をべらべらと。将軍だって口が挟めない。やっぱり彼女そこかしこで刀握ってんだ、実力者なんだ、おれは彼女の歯にキスしてやりたい気分だった。それでもこの死の使い、依然おれの命をご所望だった。やつは元の話に戻ってくる。というかやつの方では始終同じ話に踏み止まってたんだ。鉄製の小さな椅子の上でピクピク震えながらケツでカスタネットの音を叩き出し、絶えず身体を揺すぶってた。だがやつの話ときたら遠回しに仄《ほの》めかし仄めかしするうちにどんどん脇へそれていくもんでこっちは吹き出しそうなのを通り越して気の毒にまでなってきた。もうちょっとでおれの方がやつを正しい道へ連れ戻して、やつに手を貸しちまうところだった。こいつの愚鈍さにはほとほとウンザリだった。機動戦や［自由行動］騎兵隊のことなんか何ひとつ理解しちゃいなかったんだ。まずは竜騎兵隊のところへでも送りつけて、痛い目見させてやりゃよかったんだ。そうすりゃ帰ってくる頃には、やつにしたってそこのやり方見習って理解だってできたはずだ。人生万事、その場の音程を身につけることが肝心だ、人殺しやるにしたって同じこと。

「伍長、あなた方に伝えられた命令の詳細についてあなたがほとんどご記憶でおらないとのこと、それどころか伝令を介して疑う余地なくあなた方に宛てて届けられたはずの伝言の内容についてたとえ一点たりともご記憶でおられないとのこと、私としても承知しました。私の方では電報は十二通に上るものと調査が上がってきております。それらの日付についてですが…最初のものは、あなた方が…の駅を出発なさった時点にまで遡り、最後のものは、事態が風雲急を告げ、容易には説明あたわざる状況とあいなった時分、すなわち当初より四日が経過して後のこと、あなた方の輜重隊が敵の弾丸によって完膚なきまでに壊滅され、…の川から正確に七〇〇メートルの地点に位置するフランシュ＝コンテの農地からさらに前進するほかなきに立ち至った時分のことですが、それに先んじて最終的な方向転換、さらにはそれ以前にもあなた方の指揮官諸氏より命じられた行軍経路に幾多もの変転があったわけでありますが、その指揮官諸氏はこれらの経路変更に関して全くもって説明不可能、いや包み隠さず申しますと当惑を隠し得ぬ状態でおられます、と申しますのも当時あなた方は本街道の四二キロメートルも北に位置していたというではないですか。とは申せ、あなたにはいま一度力を振り絞っていただかねばなりませぬ、なにしろ今となってはあなたこそが、この奇妙奇天烈なる英雄譚のただ一人の生き残りなのですから…といっても、ただ一人の明晰《めいせき》さを保持した生き残りという意味ですが、というのは、第二騎兵隊のクリュムノワ騎兵は、モンリュック病院の近辺にて発見されましたが、かれこれ二カ月弱にもわたって失語の状態でおられますため」

おれとしては、そのクリュムノワに負けず劣らず喋るもんかと心に誓った。黙《だんま》り決めこむ。やつとおれとの間にあい通ずる点など一点たりとも存在しなかった。まずなによりやつの、うちの父同様の軽くめかした喋り方。それだけでこっちはもう願い下げだ。ベベールのやつは寝床で声をひそめて抱腹絶倒してやがった。

審問官はそっち振り返って悪意のこもった一瞥《いちべつ》を投げかける、この一瞥は決してやつに幸運運んできちゃくれなかった。そのことはおっつけ話そう…黙秘したまま、おれは一人考えてた、こいつは一体最終的におれを何の罪に問おうとしてやがるんだ？　敵前逃亡か？　それとも軍務放棄？　あるいはもうちょっと可愛らしいなにかだろうか…

「よろしい」とおしまいに彼は言った、「また連絡を差し上げましょう」そう言って彼は立ち上がった。

この男にはその後二度と会うことはなかった、が、それでも度々やつのことは頭をよぎった。全くこの世にはおかしな職務があったもんだ。レスピナス、彼女こそがおれの頼みの綱だった。お前はツイてるぜ、みんながそう口にしてた、けどほんとのところは嫉妬心からだ、周りの病床の連中ども、やつらくたばり損ないで呻きどおしで血まみれだったもんで。フェルディナン、と自らに言い聞かせる、もし報告官が見逃してくれたにしたって、その先うまいことやらなきゃならんぞ。うまいこと口実を見つけとくんだ、幸福のそばには嫉妬深いのが集まってくるもんだ…

なかにはアラブ野郎の伍長さん、片目失っときながら慎みもなにもあったもんじゃなく、彼女に手出そうと企てるようなやつまで出てくる始末だった。

それからまた二週間が過ぎてった。おれはなんとか起き上がれるようになっていた。耳はもはや片耳だけしか聞こえない、もう一方のはまるで溶鉱炉の中にいるみたいだ、けどなんてことはない、そんなことよりおれは外に出たかった。ベベールのやつも外の様子を自分の目で確かめたがってた。外出許可をレスピナス嬢に願い出てからもう二日になるってのに！　その晩も彼女はおれのベッドに戻ってきた、ガス灯が薄暗いなか、レスピナスだ、彼女がおれの枕元に腰掛ける。彼女おれの鼻に息吹きかけてくる。そうだ、ここが生きるか死ぬかの分かれ目だ、おれはそうはっきり自覚してた。おれは厚かましい態度にうって出た。今を逃せば永遠におしまいだ。おれは彼女の口を咥《くわ》える、両の唇を、それから彼女の歯をしゃぶる、歯と歯の間を、歯茎を舌先でねぶってやる。彼女くすぐったがってる。ご満悦だ。

「フェルディナン」彼女が囁きかける、「フェルディナン、あなた少しは私のこと好いてくれてる…？」

　大きな声で話しちゃダメだ、他の連中はどうせ空いびきだ。やつらおのおの自瀆《じとく》に耽ってやがる。外では夜をつんざく**バウーン**、**バウーン**、二〇キロの先から砲撃が絶え間ない、いやもっと近くか。おれは今度は両腕に口づけを始める。指を二本口に咥え、反対側の手はおれの陰茎に沿わせた。是が非でも彼女が、このアバズレがおれに首ったけってところへ持ってかなければ。もう一度彼女の口をしゃぶりにかかる。なんだったらケツの穴に舌突っ込んでやったってかまうもんか、どんなことだって厭《いと》いはしない、彼女の経血吸い飲んでそこに軍法会議の例の男が接吻できる場所空けてやりだってしたろうさ。けどレスピナス、彼女は決してそうすんなり騙されるような女じゃなかった。

「フェルディナン、あなたさっき怖かったんじゃない？　例の指揮官のこと…とても筋が通った説明じゃなかったわ…」

おれは言い返しはしなかった。こう出て来られるともはや彼女のことがよく分からなくなってきた…それでこっちは言葉を濁してその場を繕う。彼女あくまでおれがビクついててほしいんだ。そのぶん快楽が増すってわけだ。ベッドの上で激しく身を揺すぶる。フランドル産のたくましいケツ振って。まるでおれは自分がまるごと彼女の中に呑《の》み込まれたみたいな気分だった、それほどまでに彼女、強烈に昂《たかぶ》り膝立ちでオルガスム迎えてた。そいつが彼女の祈禱《きとう》なんだ。

「明日は朝一番のミサに出るといいわ、フェルディナン、神様にお祈りして、お護りいただいていることに、それから身体が良くなってきていることに感謝申し上げるのよ。おやすみなさい」

これでおしまい、自分が絶頂迎えるやたちまち彼女は出ていった。周りのびっこ連中は大爆笑。こっちはまるで剣玉で遊ばれてる気分だった。あと十二発。あと二発。最後の一発…命中《リゴドン》…

翌る日はじっと来訪を窺っていた。軍法会議からは誰もやって来なかった。それでおれは戦闘経験のある負傷兵たちにそれとなく情報を求めてみた。

「おまえ銃殺刑を見たことあるか?」そうやっておれは砲兵相手に尋ねてみた、そいつは砲弾の破片を肺に食らいこみさらに別の破片で舌先を切断された兵隊だった。

「ああ、しそんぬでしょけいいさえるろをひろりみらころがあるお、うんおうえかあさんかいむっかけあれるろこおらっらら…みしゃられらかったら」

なかなかぞっとしない話だ。

「さいゔぁいぐんそうがそのまえり」と付け加える、「らんがんさんぱつぶちこんれやっらんら」

そいつ聞きながら、おれはたやすく自分の場合が想像できた。そのときはロマンシュにまで連れて行かれて銃殺されるんだろうかそれともここプルデュで即座に銃殺だろうか。いずれ劣らずありうる話だ。

それでおれは耳鳴りと発熱と今後の見通しに苛《さいな》まれながらその晩を過ごすはめになった。もうちょっとでレスピナスのやつを探しに行くところだった…クソッタレ、それから、おれはやられたくない、やらてたまるか、そう口にしてた。そうしてさらに二日過ごし、三晩過ごした。あいかわらず軍法会議からは音沙汰なし。連中、行軍の最中に連隊の金庫がぶっ壊され、こじ開けられたことについちゃまだおれには話しちゃいなかった、けどきっとそいつこそおれを巧みに追い詰めてくための一番大事なとっておきなんだ、最期の瞬間ようやくお顔を拝見することになるはずの札つきの悪党連中にとっては。夜なか熱に浮かされながらそれでもおれはなんとかして馬鹿げた言い訳こしらえようと躍起になってた。ところがいっこうに思い浮かばない。それでも明け方、日が昇ってゆくのをじっとおれは目にした、きっちり磨かれた窓ガラス透かして、雨滴にきらめくフランドルの尖り屋根が立ち並ぶなか、北部特有の灰色がかった太陽が昇ってくのを。おれはそいつをしかと見た、生命が帰還するのをこの目でおれは見た。

例の死の使い、それからおれが生きてる間に弾丸引き抜けるか心配してるメコニーユ、一日に二回やってきちゃその都度おれに永遠を授けてく聴罪司祭、それとおれのオツムをブルンブルン揺さぶってやまぬ耳鳴りのやつ、これらに取り囲まれて暮らすのはなんとも素敵な日々、拷問続きの日々で、その苦しみ通しのなか、おれは眠りを完全に、あるいはほとんど失っちまった。金輪際、言うまでもない話だが、もうおれが他人どもと同様の日々を味わうことなどはありえなかった、眠りと静寂とがさも当たり前にこうしてあるもんだと思いこんでるあらゆる阿呆どもの生活、そいつはおれから完全に失われたんだ。朝の六時に当直の看護婦の部屋の扉が開くのをおれはそれまでにだって三度四度は見たことがあったが、今度はある朝、なんの通告もなく、曲射砲で片足が膝の上までしっちゃかめっちゃかに潰されたアラブ野郎が一人、列車から運ばれてきた。

「お前さんの女には要注意だな」そうベールが忠告してくる、「さっと愉快な目にあわされるぞ」

ずばりそのとおりだった、サン＝ゴンゼフ病室にアラブ野郎が入ってきた途端、もはや彼女、おれのことなんてほとんど眼中から消えちまった。やつの病床に付きっきりで彼女が働きまわる様ときたら、あたかもこっちの肉はすっかりしゃぶり尽くしてお次の骨つき肉にむしゃぶりついたかのような按配だ。彼女初っ端からそのアラブ野郎におれもよく知ってる例の極大ゾンデ使ってゾンデしにかかる。そいつの方は衝立の後ろで呻き声上げてる。おれたちの存在なんぞどこ吹く風。翌る朝にはもう医者が手術だ、腿のところで大胆に切断。それからはもう彼女そいつから片時たりとも離れやしない。ゾンデしますわ。おれは〔嫉妬〕に苛まれた。それでベベールの物笑いの種だ。もう一度ゾンデしますわ。アラブ野郎の容態は最悪らしい。四方を衝立で囲われた。こうなるとベベールはなおさらやつのことをおれに語って聞かせる。おれは信じたくない、けどおれの方も打たれ強くはなっていた。きっとベベールのやつ話膨らませてやがるに違いない。それでおれは起き上がってこの目で確かめにいった。メコニーユは何も目にしちゃいなかった。つまり見たのは、ベベールとおれだけだ。他の患者なんかは蚊帳の外だ。けどアラブ野郎、やつは衝立の後ろでぐずぐずしちゃいなかった、二日もするとやつの容態はさらに悪化し地下の隔離病棟に運ばれてった。

最後の日はゆうに十回はセンズリかいてもらったはずだ、それにゾンデも、それももはや遊びごとじゃないようなやつを、衝立の後ろで婦長の手で。それで今はもうご臨終、下の部屋行きの運命だ。おれは自分が知りえたことを言い触らして回ることだってできたんだろうがそいつは間違いなくおれにとっても高くつく。それで今はもう起き上がって部屋の隅まで歩いてくこともできるようになってたもんで、おれは厚かましくうって出た。レスピナスのやつをきっと睨みつけて。

「今日こそ昼飯の後、街に外出してもいいかな？」そう尋ねてやった。

「でもフェルディナン、そのことは考えない方がいいんだわ、あなたまだまっすぐ立ってるだけでやっとの体なんだから」

「心配いらない」とおれは返す。「おれがひっくり返ったってベベールが支えてくれるさ」

今度はこっちが向こう見ずに振る舞う番だ。軍法会議の件がある以上、本来おれは決して外出はままならぬ身だった。なにしろいつ引っ捕えにやってこられるかわからない状況だったから。

外出にしてからがそこの野戦病院ではかなり例外的なことで、特別に許される措置だった。尻込みしてちゃ手に入らない。

おれは言い放った…

「五時間の外出許可を願いたいんだが」

彼女おれをじろじろ眺めながら、両唇を歯の上にたくし上げた。彼女嚙みつくぞ、とおれは思った。が、そんなことはなかった。

「いいでしょうフェルディナン、外出なさるがいいわ、けどベベールと一緒よ、それから大通りには行っちゃだめ、要塞警備隊に見つかったら私にもお咎めがあるしあなただってそのまま監獄送りよ」

おれは感謝の一言すら口にしなかった。

「ベベール、二時に出発で話は着いた、けど周りの怪我人どもにこいつら散歩だって気づかれないようにしなけりゃな。病室の連中にはおれが専門医のところに行くことになっておまえもその手助けでついていくって話にしとこう」

「オーケー！」やつはそう答えると大声で言いふらした、わざわざおれだけのためにとびっきり特別の専門医が来てくれてそれで駐屯地の反対端まで行ってくるんだと。

それにしたって怪我人てのは猜疑心《さいぎしん》の塊だ。［依然きっとなにかもめごとだと思いこんでやがった。］かまうもんか。二時に街路に降り立った。窮屈な道だ。それでも爽やかな風に吹かれて心地よかった。

「冬も終わりだべベール」と、おれが言う。「希望はすぐ目の前だ。春がやって来りゃおれの頭の耳鳴りもこれまでに輪をかけて荒れ狂うだろうよ！　そうなったら教えてやるよ」

べベールのやつはあいかわらず疑り深い。お偉い連中に出くわしちゃ事だ。それでスリッパ履いて足音忍ばせ、扉から扉へ身を隠しながら進んでく。そこには庭園が広がり、木々が低いレンガ壁の上に立ち並んでた。空にはどでかい大砲の砲撃が続き、同じくどでかい雲が赤みがかったり青みがかったりして連なってる。すれ違う兵隊連中はおれたちのとは違う制服、単色で飾り気のないのを身に纏ってた。処女救援《ヴィルジナル・スクール》に入れられてる間に流行も移り変わったってわけだ。時間てやつはあっという間に過ぎていく。きれいな空気に吹かれてるとときおり軽い眩暈に襲われたがそれでもべベールに支えてもらってなんとかおれは進んでった。敷石道の上に足を踏み入れるや俄然その上を歩き回りたい欲望がうずいてきた。おれはまだ死んじゃいなかったんだ。雇い先の［店］の彫金細工抱えて大通りの端から端まで売り込みに歩いてた頃のことが蘇ってくる、そいつはひどい結末だったたが。こうやって思い出たどってちゃダメだ、せっかくの一日が気分台無しになる。

まったくおれときたらロクな思い出がありゃしなかった。

プルデュ＝シュル＝ラ＝リスって街はなかなか面白い街だった。少なくともおれたち二人にとっては。真ん中には広場があって、その周囲を石造りの綺麗な家々が美術館さながらに取り囲んでる。中央では人参やら蕪《かぶ》やら塩漬け食品の市場が開かれてる。心弾ませる風景だ。それからトラックが走ってあたり一帯をブルブル震わす、家屋に、市場に、女たち、それに大砲の後ろに陣取るあらゆる軍隊の兵隊たち、両手をポケットに突っ込み、アーケードの下、隅っこの方に各々の一団をなしてがなり散らしてる、黄色の制服や緑の制服、それに北アフリカ兵やインド兵も、その他外人部隊がぞろぞろ、公園いっぱいに車両を並べ…それらがみんなブルブル震えて［二語解読不可能］まるでサーカスの中にいるみたいだ。ここが街の中心なんだ、ここから出発してくんだ、弾丸だって、人参だって、人間だって、ありとあらゆる方角へ。

帰ってきた連中だっていた、打ちひしがれて泥まみれの列をなしながら不承不承に歩いてく、広場と同じ色した［竜騎兵隊］のなかを横切って。おれとベベールにとってはこういう見せもの眺めてるだけで満足だった。小さなカフェの中の目立たないところへ腰を下ろし、外の光景を引き続き拝む、だんだんと状況が飲み込めてきた。

ベベールってのは人好きのする見た目じゃ決してない。初対面で信用を勝ち得るタイプじゃなかったがほんとは芯の通った男だった。

まず払いは彼が持ってくれた。金はあったんだ。

「おれの嫁はうまいことやってくれてるよ」と彼が教える。「あいつは働き者なんだ、おれは金には困りたくないもんだから…」

おれにも理解はできる。こっちだってそこまで馬鹿じゃない。

大広場では街中の人間が来ては去ってった。

「このぶんだときっと」おれはベベールに話しかける。「ここでもう少し粘ってりゃそのうちレキュメル司令官も拝めるだろうな」

「そのことは忘れるんだ」と、やつ。「そんなことより、あそこの女給を見てみろ…」

なるほどそいつは立派なオッパイしてた…けど、既に植民地部隊の兵隊が二人そいつのケツをひっ摑んでた、片半分ずつを分けあって。

「もう手がついてるよ」とおれは返す。

「おれのアンジェル前にしてみろ、見た目だってなんだってこんなんとは段違いだぞ。こいつなんぞただの乳臭い三流品さ」とやつは彼女に聞こえよがしに大声出す。「もしおれのペニス磨いてくれるったってこっちから願い下げだ」

そう言ってやつは口先だけじゃないとこ見せようと、女給の靴に激しく唾吐きかけた。それで彼女もこっち振り返ってベベールを見る、ベベールの方は相変わらずのうんざり顔でそっち横目で伺ってる。と、女給いきなり相好を崩し満面の笑みを顔に浮かべ、下士官の二人はほったらかして、やつの方へすっかり首ったけの様子で近寄ってきた。

「おっとねえちゃん脚には気をつけてくれよ、こっちは怪我してんだ。ピコンを二杯だ、そいつ持ってきてとっととうせな。なんなら代わりの役くらいは三流品なりに務めさせてやったっていいんだがそれには本物のアンジェルがいないことにはな…」

そう言って彼は顔をしかめ半カーテン越しに大広場の方を眺めやる、女給の方には彼女なんかまるで存在しないかのごとくに目もくれず。ところが彼女は必死で、なんならやつにもう一度唾吐きかけてもらいたいふうだ。けどやつにはもうその気すらない。やつはなにか考えごとしてる。

おれはやつの考えごとの邪魔はしなかった。おれもしばし沈思黙考。こっちだって侮れないとこ見せつけようと。

「ほら見てみな」ずいぶんしてからやつが口に出す、「イギリス人がいっぱいだ!…アンジェルのやつにも手紙書いて教えてやろう…外出できるようになったからにはそのくらいのことはなんでもないさ…もしこの脚がもう二カ月三カ月も膿み続けてくれるようだったら、フェルディナン、おまえもアンジェルと一緒に面白おかしくやってくことになるはずだ。なんならそうして稼いだ金でおまえの両親に為替送ってやることだってできるさ…そこの女給の方はおまえにやるよ、おまえになびくように仕向けといてやる…おれにはそれが精一杯だ…代わりの役には他のを選ぶよ…レスピナスみたいな女についちゃおれは決して信用しない…ああいうのは油断がならん。つまるとこサディストなのさ、それである日その刃はおまえに向けられるんだ、絶対にはまり込んじゃいけないタイプだ、けどアンジェルのことはおれは扱うすべは心得ている。あいつは告げ口なんかするもんか…猟犬って類の女なんだ…おまえ、実際に狩猟を見たことがあるか…」

ああ狩猟ならおれは見たことあった、けどそのことについちゃ話したくなかった。いずれにせよこうしておれたちはたっぷり気晴らしできた。ベベールはピコンの酔いが回ってた。やつはちょっぴしバカ喋くって、自慢話に花咲かせてた。そいつがやつの弱点だった。二杯目を、さらには三杯目をやつは飲み干す。女給はやつがみんなにもう二杯ずつ奢ろうとするのがお気に召さない。全部自分に捧げてほしいのに。

「おいブス、足踏むんじゃねえぞ」お礼にやつはそう返す。

やつは彼女にはケツをつまんでやるだけだった、けどそいつが強烈で、しかもスカートの中のそこかしこをひねり上げるもんでさすがの彼女も顔を歪《ゆが》める。彼女が青ざめてくるまでずっとつねってた。そうしておれたちは立ち上がり、店を出ていった。

「振り返っちゃならんぞ」とベベールがおれに釘を刺す。

おれも用心し始めた。カフェの中には一般人ばかりか、軍人や私服警察らしきやつらも大勢たむろしてた。

それからあらゆる種類の商人たち、農民たち、ベルギーの擲《てき》弾兵たち、イギリスの海兵たちも。機械仕掛けの巨大ピアノがシンバルの機銃掃射を伴いながら音楽打ち鳴らしてた。上空の砲撃と重なってこいつはなかなか愉快な音楽だ。こんなふうにして『チッペラリー』008をおれは初めて耳にした。外はもうほとんど夜だった。建ち並ぶ家屋沿いに帰らなければ。とはいえゆっくり、なにしろおれたちどっちも決して速くは歩けない。

「もしおれの足があと二カ月のあいだ膿んだままでいてくれりゃ」話の続きをベベールが口にする、「たった二カ月で十分なんだ、アンジェルさえ一緒なら、そうさ、彼女さえ一緒だったら、おれはひと財産こしらえてやるさ…」

こんなふうにくっちゃべりながら。けど姿は見せちゃならなかった。なにしろ街路にはもう誰もいないはずの時間だった。おれたちが身を潜めているあいだ巡回中のおまわり連中、それから憲兵隊の一団、さらには警棒を携え腕章を纏ったイギリス警察のやつらが横切ってった。運よくおれたちが助かったのは工兵分遣隊のおかげだ、そいつがいなけりゃおれたちはおしまいだったはず。その架橋兵たちは船に乗ってやつらの輜重車まで引き上げたとこだった。それであたりはしっちゃかめっちゃかのバザールさながら、鎖におんぼろ車に片手鍋に。このなかだったら紛れ込める、新たな道具が二体加わるだけのこと。こうしてなんとか二人してびっこ引き引き、幸いにも進行方向に流れてく靄《もや》のさなかを進んでった。そうして外れまでたどり着き道に出る。角を三度曲がれば処女救援《ヴィルジナル・スクール》の裏玄関、地下の隔離病棟に面した入口に帰り着いた。おれはそこを通って入るのは気が差した。

「気にするこたあないさ」とベベール、「一緒にご帰宅ってのはまずかろうから、おれは庭の方から回ってくよ、階段降りるのはおれの足じゃ無理だからな。おまえは地下を通って行くんだな」

そういうわけでおれはそこのくぐり戸を開けた。物音はさせず。扉をそっと滑らせる。それでも少し軋《きし》んだが。すぐには進まず暗がりの奥に目を注ぐ。そこには扉がもう一枚、その下から明かりが筋になって漏れていた。そこに向かっておれは歩いてく。足音響かせぬようなおのこと注意を払いながら。けどこっちは耳鳴りのなかなもんで果たしてどれだけ自分の足音が響いてるのか響いてないのか、自分じゃとても心許なかった。いずれにせよ扉のとこまでたどり着いた。奥では釘が板に軋む音が響いてる、それから木材もたわんで、みしみしいってる…どうも中じゃ棺桶にフタしてる最中なんだろう。おそらく中身は例のアラブ野郎だ。明日には葬式って手筈じゃないか。ぐずぐずしてる暇なんかなかった。早いとこカタつけないとアラブ野郎、壊疽のおかげで既にフェノール越しでもきつい臭い放ってたから。隔離病棟の中には他にも担架に乗せられたのが何人かいてやつの後に続いてくことになってたが、そいつらは臭いもまだだった。こっちは扉を隔ててだが中で誰かが何かを囁いてる声も聞こえてきた、しかもそいつは大男のエミリアンの声じゃない、エミリアンてのはここでは皆なじみの家具屋のことだが仕事柄いつでも多少酒が回ってた、それで声にしたって酔っ払い声。ところがこいつは祈禱だ、それもラテン語。きっと作業と同時並行で臨終のお祈り捧げにやって来た誰か尼さんの声なんじゃ？

こっちとしちゃ意表を突かれた。なかなかすぐには決心がつきかねた。もしいまを逃せばこの先ずっと何があったか分からぬままだ。爪先立ちすると仕切り壁の上には十分届いた、が、少し奥まったあたりのことでよくは見えない。おれはなにか踏み台になるものを探しに行き、空き箱いくつか持ってきてその上によじ登った。物音させちまったんじゃ…おれは目を凝らす。耳には大砲の音もこだましてた、そいつはガラス震わせ地下室の周りで鳴り響いてた。おれはさらにじっと目を凝らす。心は平静を保って。けどなんてことだ、さっきも口にはしなかったがひょっとしたらとは心をかすめてた。そう、レスピナスの声だったんだ、おれがさっきラテン語喋ってるように思ったのは。いまや目の前にいる彼女は必死だった。棺桶の中に己の生命がまるごと詰められてでもいるかのごとくそいつこじ開けようと躍起になってた。繋ぎ目に鏨《たがね》押し入れてく、そいつがさっきの軋む音の正体だったんだ。エミリアンの方じゃ棺桶にはもうとうにフタし終えてたってわけだ。

両手で作業にかかるが、彼女なかなかうまくいかない。蠟燭《ろうそく》の薄明かりじゃこっちからは顔ははっきり拝めない、なにしろヴェール纏って棺の蓋にかがみ込んでるもんで。臭いのことなんか彼女気にもならないらしい。こっちは気になるどころじゃない。理解しようとする気も失せかけてたが、不意に彼女の秘密に自分は足を踏み入れているんだと気がついた。そいつ利用しない手はない。仕切り壁を軽く打ち鳴らす。彼女は顔を上げ蠟燭の明かりのなかにおれを見出す、その距離二メートルほど。

ところがその瞬間おれは縮み上がった。思わず少し後ずさった。彼女の顔ときたらしかめっ面なんて生やさしいもんじゃない、蒼白《そうはく》の顔の全面に巨大な傷口がぱっくり開いたかのよう、それで唾液まみれで痙攣が止まらない。

「顔面血まみれじゃないか」と彼女に言う、「死骸の血だ!」

そうやっておれは彼女を罵った、なんて声かけていいのか分からなかったんだ。それにその罵倒はおれの芯の方から込み上げてきた、分別弁《わきま》えてるようなときなんかじゃなかった。足元がふらつく。おれは部屋の扉を押し開けた。

「血まみれだ、血まみれだぞ!」

馬鹿なこと言ってるのはわかってた、けど口にできるのはそれだけだった。すると彼女おれの上に覆いかぶさってきて顔すり寄せながらおれのことをしゃぶりまわし舐《な》めまわす、まるでおれまで死骸になっちまったみたいに、それから両手でおれをがっちり摑まえ彼女身を揺すぶる。それから急にその体が重くのしかかってきたかと思うや今度は完全に脱力し地面に滑り落ちる、そいつをこっちはなんとか支える。

気分はずいぶん悪そうだ。

「アリーヌ」そう声をかける、「アリーヌ!」

彼女の愛称だった、そいつをおれも所々で耳にしたことがあったんだ。彼女、暗がりで徐々に状態を回復していった。

「おれは部屋に戻るよ」と彼女に告げる。

「そうね、フェルディナン、明日また会いましょう、また明日。こっちはだいぶ良くなってきました。フェルディナン、ありがとね、あなたのこと好きよ…」

彼女は街路の方へ出て行った。ほとんどいつもと変わらぬ様子で。けど上で気を揉んでたのはベベールだ。

「こっちはおまえが管理人にでも捕まったかと心配したよ」とやつ。

なにかあるなと疑ってた。おれはこのことについちゃ決して喋る気はなかった、やつにだって他のやつにだって。ひとは間違いしでかしたくなけりゃ気持ち強く持たなきゃいけないときがある、そのおかげで助かることだってきっとある、いや現におれはそれで助かったんだ。

おれは毎朝これから新しい一日が始まるなんてことはとても信じられなかった。夜中の間じゅう耳鳴りで二十回も三十回も叩き起こされるもんで疲労は来る日も来る日も上積みされていた。名付けようもない疲労、苦悶が昂じて生じる疲労だ。他人と同様の一人前の人間になりたかったらどうしたってそれには眠りが必要だ。あまりの疲労で自殺しようって衝動すら湧き上がってこない。明けても暮れても全ては疲労だ。カスカード[009]のやつ、あっちは毎朝ご機嫌だ、包帯の交換のたび足の調子が決して良くなってかないのが確認できて。カリエスがぶり返してていまにも足の末節骨が二本ダメになりそうだった。ほんとならスリッパ履いてたってとても歩いちゃいけない状態だったんだ、けどやつもまたどういう事情かレスピナス嬢の特別待遇を頂戴できるご身分だった…そのことについちゃやつは決して突っ込んで話そうとはしなかった。依然おれにだって警戒緩めちゃいなかった。

「おい桃尻ちゃん、ところであんた名前は何てんだ？」と例の女給に、二度目の来訪の際にやつが尋ねる。

「アマンディーヌ・デスティネ・ヴァンデルコットよ」

「なに、いい名前じゃねえか」カスカードのやつさも嬉しげにそう評する。「ここじゃもう長いのか？」

「二年になるわ」

「それじゃ街のことならなんでも知ってるわけだな？　ここに住んでる連中のことさ！　レスピナスってのも知ってるか？　そうだ、おまえ女の股も啜《すす》るタイプか？」

「そうね」と彼女。「あんたはどうなの？」

「てめえのケツをズタボロにさせてもらった後でなら答えてやるさこのスベタけどそれまではダメだ！　にしてもこういう女どもときたらいつも興味はしっかり持ってやがるくせしてなんだかんだと物怖じしやがる！

まったく扱いようのねえ連中だ！」

そう言って不満顔、さも気分害したふうを装ってる。おれに感銘与えようとして大きく出てやがるんだ。実際このアマンディーヌ・デスティネ相手にはやつはなんら気を遣う必要はなかった。彼女これほどまで男に首ったけってのは初めてのことだった。

こうして毎日お昼の食事後にそこのカフェ、マジュール広場のカフェを訪れるのが習いになった。おれたちの一角、おれたち専用のテーブルに陣取って。あらゆる物事が見渡せた。それでいてこっちは見られない。おれたちばかりが処女救援《ヴィルジナル・スクール》から外出許されてるのは嫉妬を招いた。周りの腐れ怪我人どもには毎日外出してるのは電気治療のためなんだと伝えておくようレスピナスのやつから約束させられた。

「オーケー！」おれはレスピナスにそう返答。

ベベール同様、おれも喋る術を身につけ始めた。とはいえ自分の秘密は明かさない。ベベールにだって警戒は欠かさなかった。やつが世間にいた頃どういう食いぶちで生きてきたのか気にかかった。ひとつも噂は漏れてはこなかった。やつは口を片手で覆ってあまり積極的に話そうとはしなくなってた、例外はデスティネ・ヴァンデルコットに悪態を吐くとき、そのときは彼女いままで耳にしたこともないような下品な名前で無遠慮に扱われてはクスクス笑い声を漏らしてた、その上カウンターとこっち往復する速歩《トロット》の合間に左右のケツを手ひどくつねられて。まったく過酷極まるベベールだった。少なくとも一週間の間、おれたちは誇張法《リベルボル》の半カーテンの後ろのいつもの席にこうして身を潜めてた。ベベールのやつ広場全体を、軍隊や人々や士官たちが動いてるのをじっと眺めてた。ありとあらゆる軍隊の制服を前にして食い入るように見つめ入ってた。アマンディーヌ・デスティネ、彼女がやつの手助けをする。

「ほら、あそこの角の方のお城みたいのが見えるあたり、あれがイギリス軍の参謀本部よ。なかでも軍帽に赤い縞《しま》が入ってる軍人さんたちは一番のお金持ち」

彼女チップの額で学んだんだ。

おれは夜が明けるとカスカードの話に耳を傾けた。アンジェルのことをいくらか教えてくれた、髪はマホガニー色で腰まで垂れるほどの長さなんだとか。オルガスムの方は彼女ぶっ続けに十二回も応じられるんだとか。なるほどそいつはただもんじゃない。それ以上はさすがの彼女も気分が悪くなるんだと。フェラチオにかけちゃ一切の誇張なくそいつは信じがたいほどのものなんだとか……

「おまえもいまに味あわせてもらえるさ！」

ベベールは決して頭はやられちゃいなかった。こういう類のことに関してはやつの精神のなかで無傷のままで保たれてた。おれも想像たくましく働かせてみる。そうすることはぜひとも必要だった。勃起もしなくなっちまえば人生の過酷さはいよいよもって耐えがたい。そうなっちゃ賢くない。

「アンジェルについてもっと聞かせてくれ」と、おれは周りを起こさないよう小声で呼びかけた。

やつは最初に彼女のケツ穴掘ってやったときのこと、初めは彼女痛がっていて一時間も喚きどおしだったたってことを聞かせてくれた。

左手のズアーヴ兵、朝になるとそいつが朝日で真っ青に照らし出されその都度ついに死んじまったかとおれには思われた。そいつが少しずつ身動きを始め呻き声を再開する、やつがようやく死に至ったのは翌月になってのことだった…

おれはレスピナスのやつの後をつけて彼女がいまはどいつのセンズリかいてやってるのか確かめようともしてみたがここの怪我人の数ときたらキリがない、一日に何度か貨車ぎゅう詰めのが何台分も届けられるもんで、それで結局は見失っちまった。プルデュ＝シュル＝ラ＝リスにはなにからなにもがが寄せ集められてた。話によると少なくとも司令部が四つに病院が十二、野戦病院が三つ、軍事法廷が二つ、さらには砲兵練兵場が二十、これらがマジュール広場と第二城壁の間にひしめいてた。大神学校の中はこのへんの十一の村からの補充兵でぎゅう詰めだった。レスピナス嬢は彼女言うところのこの可哀想な兵隊さんたちにも尽くしてあげなくちゃと立ち働いてた。

この大神学校の後ろの囲い地、銃殺刑はそこで早朝行われてた。一斉射撃が響き渡る、さらに十五分後にもう一度。週におおよそ二回。サン＝ゴンゼフ病室からおれはだんだんとペースを把握していった。ほぼ毎週水曜日と金曜日だ。木曜日は市場が開かれてて、こいつはまた違った騒がしさだ。カスカードのやつも勘づいてた。やつはそれについちゃあまり話したがらなかった。ただ現地に行ってみたがってた、そのことはありありと見てとれた。場所だけでも見てみたかったんだ。おれだって同じだ。ただそれには一人じゃなければ。外出はいつもいっしょだった。機会はお互い思ってもみなかったようなおかしな流れで転がりこんできた。駅まで用事があったんだ。薬を調達してきてくれって。おれは自分には遠すぎるし運ぶにも重すぎるしそれに途中で度々転びそうになるだろうから行けないと言って断った。そういうわけでカスカードひとりで出発だ。けどやつの表情じっと見てるととても平常どおりとは言いがたい。何かひとりで考えこんでた。

「おれは行かないよ」とやつに言う。

けどやつが靴を履こうとこっちに背を向けてる隙に椅子の上に置いてあったやつの軍用外套から預かり証の紙切れを失敬する。そのままやつは出発。こっちは五分待ってそれから看護婦連中を呼び集めた。

「ほら、あいつこの紙切れを忘れて行きやがった。あいつこれじゃ受け取れないぞ」

やつを追いかけてくると言っておれも出発。

なんのことはない、と外に出るやひとりごつ、これで神学校の後ろを見に行ける、いったいどんなことになってんのか…

おまわりとすれ違わないよう注意を払う。その袋小路みたいな場所が通りとつながっている箇所までたどり着いた。奥では囲い地の鉄の扉が堡塁と連なってた。そこへ向かって歩いていく。体をかがめて穴から中を窺う。見えた。芝生の敷き詰められた庭みたいになっていて、奥には壁が一〇〇メートル以上も続いてた、珪石造りのさほど高くはない壁。どこに連中を並ばせるんだろう？　想像働かせる余地などそうありゃしなかった。しまいにおおよその検討はついた。銃弾の跡形も見ときたかった。あたりは完全な静寂だ。小鳥たちのいる春の風景。小鳥たちの鳴き声は銃弾の音さながらだった。銃殺用の柱はきっとその都度新しいのを据え付けるんだろう。おれは駅に向かわなくちゃならなかった。そこを後にした。カスカードのやつは程なく見つかった。相当のろのろ駅に向かってたんだ。互いに何も喋らない。やつは顔を引き攣《つ》らせてた。お互い頑張って気を張ってたんだ。こっちはやつに例の紙切れを手渡した。

「ほら、これで荷物受け取ってきな」と、おれ。

「おまえも一緒に来な」と、やつ。

ほとんどおれの方がやつを支えるようにして預かり所まで連れてった。後になって知ったことだがこのときやつはおれを見て何か予感するものがあったらしい。帰りは誇張法《リペルボル》に立ち寄った。やつは何も話さなかった、デスティネ・アマンディーヌにも一言も。それで彼女は泣いた。酒はキュラソーを一リットル開けた。カスカードのやつこの晩は一睡もできなかったに違いない。翌朝やつは妙な心得顔をしていやがった。ベベールは決して鈍感なやつなんかじゃなかった。現にやつは沈黙ってことを知っていたんだ、何時間もの間、あれやこれや考えながらじっと前方を眺めてた。おれの判断が間違ってなければ、どちらかといえばやつは優しい顔つきの男だった、ほっそりして上品な目鼻立ちに理想家を思わせる大きな目。だが黄金時代がやってくるまでは差し当たって女たちには残酷に振る舞ってたしなにより女たちだってそれでやつは間違ってないんだと、真実それがやつには似つかわしいんだってことを理解してた。それに比べりゃおれなんてただのそそっかし屋だ、お人好しで、センズリかきで、仕事の日々で頭イカれちまってて。やつにはおれのことは全部話した、ほとんど全部。ただレスピナスのことだけは黙っといた、一番の秘密の部分、いうなればおれの命に関わる話だ。

差し当たり軍事法廷のレキュメル司令官のことはあれ以来耳にしなかった。例の囲い地で事が営まれててそこでカスカードが何か予感を感じただけのこと。例の行軍に関しておれの不利になる証拠をレキュメルのやつが固めたなんてことはありえなかった。度々やつに話しかけられるのを耳にした気もした、が、あくまで軽い錯乱のせいで聞こえてきた会話だ、夜分またぞろ熱に浮かされたときなんかに。外出にストップがからないようおれはそのことは話さないでおいた。レスピナスのやつはもうおれのマスかいてくれなくなってた、ただ十時頃にキスしにやってくるばかり。彼女の方はこの頃少し落ち着きを取り戻したようだった。司祭のやつはもうおれに話そうとはしなくなってた。きっとやつだって気づいてやがったんだ。やぶ外科医のメコニーユ、こいつも慇懃《いんぎん》な態度を取り始めてた。おれたちの周りでのこれら些細《ささい》な変化に対してべべールだって感づいちゃいたがだからといってどうすることもできなかった。それでできることといったら相変わらず街で戦争の成り行きを観察し続けることばかり。いつもの、タバコの煙が立ち込めるなか、けど店内は雷鳴轟かんばかりにクソ喧《やかま》しい、とりわけ機械仕掛けのピアノ演奏も加わって。そうやって皆が一斉に喚き散らしてるとおれの耳にはかえって一種の静寂が訪れた。こっちの轟音とあっちの轟音がかけ合わさって。ただしたいてい気分は悪くなる。きっとこの頭にとっちゃその衝突は強烈すぎたんだ。

「おい、フェルディナン」ふとベベールがおれに言う、「顔色が悪いぞ。ほら、河岸を散歩でもしようぜ。そうすりゃきっとよくなるさ」

それでそこまでびっこ引いてく。遠くの空に砲弾が煌《きら》めいてるのが目に入る。ポプラ並木の裏手はすっかり春だった。それから誇張法《リペルボル》へ戻って観察の任務を再開する。軍隊の縦列行進ときたらそいつはあたかも絵本の世界だった。［数単語解読不能］とりわけ夜の八時頃は任務交代のために通過していった。

その時分、連隊はマジュール広場を上から下へ、右から左へ、溶岩のごとくに流れ、転がってった。市場をぐるっと囲むアーケードの方へと流れてゆき、あたりのビストロに絡みつきながら泉のあたりを通過、やがて車軸の合間に揺らめく提灯灯りの回転花火に取り囲まれつつ飼い桶をみんな空にして回る[010]。こういった全てが素材をそれから肉を軽く粉々にしてやりさえしたならマジュール広場で互いにドロドロに溶け合ってくところが拝めたはずだ。実際そいつはそうなったんだ、あくまで伝え聞きだが、やがてバイエルン兵が全てを粉砕していった、十一月二十四日の爆撃の夜[011]。

それでマジュール広場のこれらの周回は全てが停止しベルギーの師団は四十三発の砲弾で一斉にゼーラント産のハラワタへと還《かえ》っていった。死者十名。

大佐が三人、司祭館の庭でポーカーしてたところをやられちまった。といっても実際どうだったか保証はできない、なにしろおれは自分で目撃したわけじゃなかったから、後になってから伝え聞いた話だ。カスカードと昼過ぎに訪れてた頃の誇張法《リペルボル》ではまだキラキラしてて表情豊かな景色を拝むことができた。言っておかねばなるまいが、プルデュ＝シュル＝ラ＝リスで二時間ばかり足を休める連中にとって残念この上ないことときたら、連中マジュール広場へやってくるわけだが、アルコールが足りないなんてことはない、各種取り揃ってる、そうじゃなくて問題は女だった。女給はアマンディーヌ・デスティネ、おれら馴染みの彼女ひとりで、しかも彼女はカスカードひとりを愛してる、周りからは一目瞭然、一目惚《ぼ》れって惚れ方だった。下半身の抑えがきかない他の連中は彼女のためにはるばるイーペルから、勇敢なるリエージュから、あるいはアラスカからやって来たってのに、彼女にはそんな連中の臭いすらもが軽蔑の対象だった。淫売屋はここにはない、あらゆる軍規で禁止されていた、そのうえ非合法のを構えたところで四カ国の警察に追跡され、幽閉され、放逐される。

そんなわけでちょっと飲んでウトウトしたらあとは自分で自分のをシゴくばかり、きっとカマ掘りあってもいたんじゃなかろうか連合軍の連中、というのは当時おれたちの間ではまだ今ほど大々的に流通していたわけじゃなかったから。つまるところが、カスカードからしてみればそういう全てがどうぞ大金かっ攫《さら》ってけと言わんばかりの状況だった。アンジェルを呼ばなきゃならん、そいつがやつの意見だった。おれは反対したんだ、自分の名誉のためにも言っとかなければ。最後までおれは反対だった、なにしろ既に十分すぎるほどおれたちの運命は危険と脅威に取り囲まれてたわけだから。たとえやつが彼女と正真正銘夫婦の契りを結んでいようがしかもそれが共和国直々の書式に則っていようが、そんなことはクソの役にだって立つもんか、アンジェルがここプルデュ＝シュル＝ラ＝リスで小遣い稼ぎに体を提供している最中パクられでもした日にはカスカードのやつだって免れることはありえない、たとえやつの足が完全に腐りきってたにしたって、即座に第七十連隊第一部隊へ送られもう一度撃ち殺し合い始めさせられるのは目に見えてた、あるいはもっと手っ取り早い処置にあずかるか…でも結局こういう予感を口にするのはおれは気が乗らなかった。お互い分かっちゃいたわけだ。話してみたところでしかたがない。おれに言わせればカスカードのやつ己が破滅へと向かって心奪われ、取り憑《つ》かれてたんだ。彼女の方じゃいつだって通行許可証は手許にあった。こうしてやつのアンジェルはある朝なんの知らせもなしにサン＝ゴンゼフ病室に到着した。やつはウソ言ってなんかいなかった、彼女まさしくエロスの権化だった。視線ひとつで、仕草ひとつで男の肉棒に炎を注ぎかける。どころかいっきにもっと奥まで、いわば一息に心臓にまで作用する、いやさらにもっと真実な部分にまで、といってもカスカードにとってはそいつは芯の方でなんかありゃしなかった、なぜならやつは既にほんのピクピク震える生命の皮わずか三枚ばかりで死と隔たってるばかりだったから、とはいえそいつはしっかりピクピク充実して強烈に震えていやがったからこっちとしちゃ分かった分かったと肯《がえ》んじるほかありゃしなかったが。

おれたちが置かれてた状況からしてみれば、とりわけ比べてみるならおれは苦痛の鉢の奥底の方で悶えてたわけだが、そこから梯子段這《は》い上がってくためには彼女が、アンジェルのやつが生物学上蠱惑《こわく》的であることは必須の成り行きだったんだ。早速彼女はこっちに向かってそそる眼差《まなざ》し送ってきておれのこと元気づけてくれた。カスカードだって、そんなことには気を咎めない。

「ほらなフェルディナン、ウソじゃなかったろ、あいつが出てくときケツをよく見てな、きっと兵隊たちだってやつらイタズラ心抑えきれなくなるはずさ、な、おれの言ったとおりだろ、あいつ目にすりゃみんなイチコロなのさ…おい、おまえ。アーケードを目印に進むんだぞ…誇張法《リペルボル》って名前のカフェだ。女給のデスティネを尋ねるがいい、やつには話をつけてある。おまえはそいつのところで世話になるんだ…昼過ぎにはダチと一緒に迎えに行ってやるからな。それから警察署で、通行許可証に署名をもらっとくといい…おれがいいって言うまでは外に出るなよ…こっちはちゃんと考えがあるんだからな…おとなしくしとくんだ…誰にも話しかけるんじゃないぞ…もし質問されたらちょっぴし泣いてみせるんだ、夫が病気なんですって言って…それにそいつはウソなんかじゃない。それじゃおれの言うこと分かったな…さあもう行きな…」

おれの方はアンジェルへの興奮がおさまらない、なにしろこっちはずっかりガタがきちまってたもんで。ぜひともふともものの間にむしゃぶりつきたくてたまらなかった。もしおれに金があったら、どんな大金だって惜しみはしなかったろう。カスカードのやつ、こっちをじろじろ見てる。愉快がっていやがった。

「ルールーちゃん[012]、そう熱くなりなさんな。ダチなんだから今度ムラムラしたときにはおれがあいつに言ってヤラせてやるさ、あいつには士官でも相手にしてるつもりでとびっきり興奮するように言っといてやるよ。といってもおれにできるのはせいぜいそんなもんだが…」

夏用のとびきり薄い流行品のブラウスをまとってた。そいつがおれの頭から離れない、目の前にチラチラ夢のヴェールをおっぱいの先端もろともちらつかせ、やがておれは激しい耳鳴りの雷鳴に捕らえられ、それで便所にゲロ吐きにいった、あまり長い間興奮しすぎて目眩でひっくり返りそうになってきたんだ。

そうしていつもの外出。誇張法《リペルボル》ではいつもどおりデスティネは兵隊連中に囲まれててそこにアンジェルもアニス酒片手にセネガル兵たちをはべらせてた。そいつがカスカードのお気には召さなかったもんでやつはおれに、

「初回からいきなり二番手の代役の前であいつ辱めるようなことはしたくないんだがもしあいつが右も左も構わず手を出すようだったらおれはあいつのケツの柔らかいとこひっつねってやらんわけにはいかねえからな…色事の作法ってやつを教えてやらねえと。おい、うちの奥さんよ」とやつに呼びかける、「ちょっとお

れが怪我してる間におかしな振る舞い身につけたみたいだな…ここはパリじゃねえんだぞ、おれだってすぐそばにいるんだ…おれに言われたとおりに振る舞いやがれ…」

お小言言われるのはアンジェルのやつ気に障った、そいつははっきりと見て取れた。こっちが気詰まり覚えてくる。彼女、明らかにイライラしていた。

「おまえ、フェルディナンのやつには気に入られないんじゃないかって思ってるかもしらんが尋ねてみるがいい、おれはこいつにはひたすらおまえのこと褒めて聞かせといてやったからな。フェルディナンにお前の毛饅頭を拝ませてやりな、ほら、おれの言うこと聞いて見せてやるんだ…！」

これに対してアンジェルはすこぶる機嫌を損ねてる。彼女拒否しようとする。こうなるとやつの方も黙ってられない。

「見せろって言ってんだ、さもなきゃこの杖ツラに叩きつけるぞ」

デスティネはカスカードの後ろに立っていた。彼女どういう態度を取ったものか困惑してたがアンジェルのことを思ってビクビクしてた。

結局アンジェルは一歩も引かなかった。カスカードの方がへんな騒ぎを起こしちゃと先に折れた。アンジェルはやつをじっと睨んでた。やつはすっかり意気消沈だ。今度のことも戦争のおかげでこんなことになったってわけだ。カスカードのやつもう自分の妻を殴り飛ばすこともままならなくなっていた。アンジェルはやつの全身をゆうに一分間はじろじろ値踏みしてた。

「あんた臭うわよカスカード」と彼女、「あんたプンプン臭うわ、まったくウンザリ、あたしがここに来たのはあんたにただそれだけ伝えにきたんだわ、それもあんたに面と向かって、あんたなんかあたしが望むときにおっぽり出してやれんだから…」

こうやって正面から完膚なきまでに叩きのめされた、人前でクソ野郎扱いされるのはやつにとって間違いなくこいつが初めてだった、しかも自分の妻から…

「シー！」とやつは黙らせようとする、「シー！」とさらにもう一度。「おまえ飲み過ぎてるんだアンジェル、もしもう一度でも同じこと口にするようだったら外に出たところで半殺しにしてやるからな…」

そう言ってやつはなんとかこらえてる。

奥まった小部屋でのことだったがなにせ彼女が激しく怒鳴りつけるもんでさすがにときどきおれはぎくりとした。おれに内情飲み込ませようとして彼女さらに続けたがしかしもういまはひそひそ声だ、いまやただのふりでやってるだけだった。やつの方はすっかり参っちまってた。無理からぬことだった。しまいには結局酒を頼んだ、それも彼女持ちで。やつがビクビクしてるのを見て彼女ほくそ笑んでる。

「あたしのことビビってんでしょカスカード、え、あんたなんかあたしの思いのままになるんだから…まったくあんたのそのヒラメ顔にはもうウンザリ…」

「そいつはないぜアンジェル。おまえそいつはないぜ」とやつが答える。

フライにされた鱈《たら》みたいな白目ギョロつかせてすくみあがってた。その日は結局パトロール部隊が通り過ぎるのを待って誇張法《リペルボル》を後にし、おれたちは病院へ帰ってった。彼女それでも別れ際におれたちに百フラン札を一枚よこし、それからデスティネの見てる前で、「あんたたちケンカはよすんだからね」とこう告げる。それからさらに、「明日はあたしの言うこときくんだよ」

こういう一件がなにもたいそう重要だなんてわけじゃない、どうせ恐怖と病の日々のなかでごっちゃに紛れていくような些細な出来事にすぎなかった。おれがわざわざ記すのも単に興味本位だ。けどカスカードにとっちゃそうはいかない、やつは縮み上がってた。

「フェルディナン、あいつがこんなことになってるなんておれは思ってもみなかったんだ…外国の連中とつるんだせいでおかしなことになってやがんだ」

と、やつの考えはこうだった。その考え抱えたままその日は眠りについた。それで日が明けてもまだその考え喋ってた。

おそらくアンジェルのやつ誇張法《リペルボル》ではデスティネも我が道に引き摺《ず》り込んでたはず。二人は同じ部屋で寝起きしてたから。それからもっと悪どいようなこともきっとこのとき考え始めていたはずだ。

おれは頭痛がひどくて毎日外出するわけにはいかなくなってた。残念ではあったけど。なによりそこかしこが痛んでとてもアンジェルのことに気を遣っていられなかった。レスピナスがおれの体調に目を光らせてた。彼女もう晩もキスをしちゃくれなくなってた。話だってろくにしない。お隣のズアーヴ兵、やつはもう死んじまってた。ある夜おれが帰ってきたらやつはもうそこにいなかった。その晩はいつも以上に最悪だった。こっちはやつが、あのズアーヴ兵がすっかり当たり前になっちまってたから、やつの汚物も含めなにからなにまでが。やつが逝っちまうのは、間違いなくさらなる何かの凶兆だった。いまや全てが最悪の方向に向かってってた。

けどいまに分かるがそいつはおれの間違いだったんだ。カスカードとはふたりでアンジェルのやつが滞在証を手にしたいま彼女が街で何しでかすかと気を揉んでた。やつの方じゃ女衒《マクロー》のくせしていまやすっかり睨みが利かなくなっていた。

「こういうとき女がどんなことやりかねないかおまえにゃ分からねえだろ。檻《おり》から解放された女豹みたいなもんで、もはや相手が誰だろうと構やしないんだ…あいつを呼ぶなんて心底おれがバカだったんだ。前と同じように考えてたんだ…前と変わってなんかいるまいと…どうしてあんなことになっちまったんだ…」

そこでやつはなにかに思い当たる。

「きっとあいついま頃だれかれ構わず体売ってるはずだ。それでももしお縄にでもなったらきっとおれのことを密告するはずだ…なにしろあいつときたらタレコミ屋に成り下がりやがったんだからな…連中があいつをパリに送りこんだおかげでこの始末だ、しかも出発前にやつの妹にもきつく言っといたってのに。まったくひでえ話だ。もしいま目の前にあいつがいたらペシャンコのカーペットにして警察宛てに送りつけてやるさ、アンジェルめ、やつのケツの皮、カーペットに仕上げてやんだ、ズタボロにしてやってお払い箱さ」

そう言ってやつはおれの足元にカーペットの四角を描いてみせてた。

瀕死のを除いて周りの連中は、やつが自分の女に怒り散らかしてるのを聞いて笑い転げてた。ともかく連中にとっちゃカスカードがどうなろうと知ったこっちゃなかったんだ、なんのことだかさっぱり理解しちゃいなかった、そんなことよりトランプの方が大事だった、あと痰《たん》を吐くのと、それから尿瓶に一滴一滴オシッコ絞り出すのと、そうして銃後から手紙が届くのを待っていた、もう大丈夫、もうすぐ平和がやって来ますって書いてよこしてくるのを。そこへ大砲だ、七月十五日の頃にはだんだんと間近に聞こえてきて、空気も重苦しくなってきた。部屋の中では度々大声で話さなけりゃお互い話もできなかったし、トランプだって続けちゃいられなかった。日中、空は激しく燃え盛って瞼《まぶた》を閉じても内部は真っ赤に焼け付いてた。

おれたちの小道は幸いなことになんともなかった。そこから右手へ曲がると歩いて二分のところにリス川が流れてた。曳舟道を少し歩けば、城壁の反対側に出る、その前には野原が広がっていて、見渡すかぎり緩やかな斜面の田園地帯だ。その斜面では羊たちが緑地でムシャムシャやっている。そいつらが花をパクついてるのをおれはカスカードと眺めてた。地面に座りこんで。砲声もここまではたいして響いてこない。水面はのどかで、人通りもまったくない。ポプラ並木をささやかな笑い声のような音を立てながら風がそよいでる。神経に障るものといったら小鳥たちくらい、やつらの鳴き声は弾丸の音にそっくりだった。こうしてお互いほとんど黙ってた。アンジェルと会ってこのかたカスカードのやつ少なく見積もったっておれと同じくらいは危険な状況にはまり込んでやがる、そうおれはひとりで考えこんでた。

軍隊も曳舟道は通らない。人通りは一切途絶えてた。川は黒々と淵をなし、水面には睡蓮が咲いている。その黒のなか太陽が派手やかに姿を現し居座っていた、何ひとつ気を揉むことなく。なにか感傷を掻《か》き立てるものがあった。おれの耳鳴りも少しは秩序立ってきた、トロンボーンが基調で、そこへ眼を閉じるとオルガンが加わり、あとは心臓の拍動に合わせて太鼓の音が刻まれる。眩暈と吐き気さえなかったらそいつに慣れを覚えてさえいたかもしれない、とはいえ夜中はとても眠れたもんじゃなかったが。なにか快楽が、脱力が、弛緩できることが必要だったんだ。ところがそんなものもはやおれには手が届かない。かたやこのちょっとしたものがカスカードには欠けちゃいなかった。おれはやつの代わりにすすんで両足腐らせてだってくれてやったさ、引き換えにおれのこの頭おとなしくしといてくれるんだったら。やつにはそこのとこが分かっちゃいなかったんだ、人間、他人の固定観念だけは理解できない。頭のなか耳鳴りでいっぱいの男にとって平和な田園風景なんぞクソの役にだって立つもんか。それなら音楽家やってた方がまだマシだ。ひょっとしてレスピナスみたいに情熱先立たせてれば気でも紛れたんだろうか？　あるいは中国人に生まれりゃよかったんだろう、そしたら連中みたいに度重なる拷問に喜び覚えることだってできたはず。

　おれにだってこの頭の中に閉じ込められた憂いを癒やす熱狂できるなにかが必要だったんだ。こんなの抱えてこのまま何もせずじっとしてろってのはどだい無理な相談だった。自分じゃ気が違ってんのかどうかは確かじゃなかったが、けど少しでも熱を取り戻せさえすりゃ再び愉快なことだって次から次へとやってくるはずだった。あまりに眠れなくてもはやなにかはっきりした考え事に囚われることもなくなっていた。何もかもがおれにはどうでもよかった。ある意味そのおかげで助かったとも言えるわけだ、なにしろそうじゃなけりゃすっかりその場でケリつけてたはずだった。グズグズしちゃいなかったはずだ。メコニーユのなすに任せてたに違いない。

「田舎はやっぱりなごむなあ」と野っ原見ながら、カスカード。「ずいぶん落ち着くけど牛たちには気をつけなきゃな。ところでおれの名前はブローニュの森[013]から来てるんだ。ほんとはおれはカスカードって名前じゃなけりゃ、ゴントランなんて苗字でもない、ジュリアン・ボワソンってんだ」

　そう言っておれにそっと告白してきやがった。そうしておれたちは出発した。やつの方は神経すり減らしてた。帰りは銃殺刑の囲い地のある小道は避けた。穏やかな通りを、修道院の続く通りを選んで帰った。けどそっちにしたってやはり落ち着かなかった、あまりに静かすぎたんだ。いきおい心はその場を離れて自分の運命を想像し始め、とても大手を振っちゃ歩けなかった。

「アンジェルのやつどうしてるだろうな」とやつが口にする。

あれから三日になるがおれたちは誇張法《リペルボル》を訪ねられずにいた。それで市庁舎のある通りへ折れそれから中央広場の真ん中まで扇状に広がる巨大な階段沿いに歩いていった。そこまで来て立ち止まる。まず周囲を確かめた上で横切ってく。おまわりには警戒しなきゃならん、おれたちの外出は全く非正規のものだったから。ベルギーの警察はとりわけ悪辣だ。連中以上に意地汚いのなんていやしない。抜け目がなくて、陰険で、あらゆる街角に関してそこをうろつく人種を熟知してた。

　マジュール通りは人通りが多く、いつもながらのてんやわんやだ、その上この季節には市場に毎日パラソルが差され大勢の客で賑わっていた。やや左手にはあたりで一番豪勢な建物、石造りで四階建てではあろうかというようなイギリス軍の参謀司令部がそびえてる。そこから出てくる車や着飾った紳士連は一見の価値があった。週末には英王室の皇太子[014]も訪ねてきてたみたいだ。さらにはある日曜のことだが、ドイツのヴィルヘルム皇太子《クロンプランツ》[015]もやって来て戦死者の埋葬のため三日間砲撃を停止してくれるよう英皇太子に要請していったって話だった。建物の壮麗さもうかがい知れよう。

　さてそのときおれたちが目にしたやつときたら誰だと思う？　イギリス軍の歩哨から二〇メートルほど離れたところで？　足元まで喪のヴェールを長く垂らし？　それでもおれたちには彼女だと分かった。カスカードのやつは一分近くも動けなかった。なにか考えこんでた。と、なにか腑に落ちたらしい。

「ほらフェルディナン、あいつああして体売ってんだ…イギリスの連中相手に稼いでやがるんだ…」

おれはそういうことには疎かったがそれでもアンジェルならさもありなん話だった。カスカードはさらに考えこんでた。

「おいカスカード、もしおまえ彼女があやって意気盛んなところを邪魔立てしようもんなら、どうなるかわかったもんじゃないぞ！　おれはずらかるよ…」

「行くんじゃない。そっと声かけよう。いやむしろおまえが話しかけるのがいい、おれがすぐそこにいるからって言って。おまえひとりで話してうまいこと機嫌を取ってやってくれ」

やつの言うとおり首尾よく運んだ。アンジェルのやつ、愉快がってた。昨夜だけで士官三人も捕まえたんだとか、それも全員イギリス兵だ。

「みんな気前が良かったわ。あたし身内に不幸があったって話にしてあるの」

喪のヴェールはそういうわけだ、彼女ソンムで既に最愛の父を失っており夫もまたプルデュ＝シュル＝ラ＝リスで入院してるって話で通してた。夫ってのはゴントラン・カスカードのことだが彼の名前で通行許可証も偽造してあった。だから法的にはなんの支障もない、イギリス軍将校はあくまでフランス語の授業を受けてたんであって男女関係はそこにたまたま付随しただけの話。昨晩だけで彼女、十二リーヴルも稼いでた。

「無理やり巻き上げてるわけじゃないんだな」とおれが尋ねる。

「ええ、みんな気持ちよさそうにイってたわ、あたしの不幸に同情しちゃって」

彼女とふたりで大笑い、こっちはその機会利用してちょっぴりいちゃつく。

カスカードは誇張法《リペルボル》で待っていた、おれがことをうまく運んだらそこで落ち合う手筈になっていたんだ。こっちは手筈どおりに進めてった。アンジェルは決しておれに気を逡かれたわけじゃなくただおれの方が自分の夫に比べりゃまだマシだったんだ。彼女は自分の代役見習いのデスティネのことも我慢ならなかった。依然彼女の家には留まっていたが。

「例の客引き女だけど」と彼女出し抜けにカスカードに言う、「あいつに寝る前にオマンコ洗うよう言って聞かせられないの？」

それを聞いてカスカードが顔面に酒瓶叩きつけやしないかとこっちは危惧したが、けどやつの方ではとうにそんな度胸はなくしてた。べべールのやつ己が運命の導く方に向かって既に後戻りはきかなくなってたし自分でもそのこと理解してるふうだった。

「おまえのやってること、きっとおまえにもいいことはないぞアンジェル、絶対にひどいことになる、なあ、おれがひょんなことで離れてる間におまえパリになんか行きやがって。アンジェル、男どもの相手続けるのはおまえには無理だ、おまえ頭がやられちまうぞ、おれなんかよりもっとひどくなるんだ…よく考えてみろよ」

そういってやつは噛んで含めるように言って聞かせる。こっちは予想外だった。

おれたちが帰る前に彼女みんなが見てる前でやつに百フラン札一枚よこした。おれたち二人分って計算だ。

おれの方ではもう両親に無心するのはやめにしてた。けどその後で両親にはもう一度再会することになったわけだが、いや、いっきにまとめて誰もかれもと再会させられるはめになったんだ。とっくにケリをつけたはずの過去が一息に有無を言わさず息吹き返してきやがった。どういう次第か説明しよう。その日も日曜日だった、レスピナスが部屋の隅に姿を現し、愛想たっぷり、たいそうな笑みを湛えてこっちへ向かって来た。初めはこっちは長枕に隠れてシコシコやってる最中だったんで、思わず身構えた。

「フェルディナン」と彼女、「あなたにとってとおきの大ニュースよ、何だか分かる？」

とうとうその時が来たんだ、連中おれに顔すら合わせず、いきなり再び戦場送りだ。

「分からない？　あなた、ジョフル元帥直々に戦功章に叙勲されたのよ」

それ聞いておれは長枕の陰から姿を見せる。

「あなたのご両親も明日こちらにいらっしゃいます。ご両親にも知らせが届いたんですって。ほら、これ、こんなに立派な表彰状よ…」

彼女まわりの連中にも聞こえるようにそいつを大声で読み上げた。

「フェルディナン伍長は先遣偵察として従事していた輜重隊の救助を単身果敢に試みた、よってここに通達によって表彰する。右記輜重隊が敵軍の砲兵隊および騎馬援軍隊の急襲に遭い壊滅の危機に瀕していた際、フェルディナン伍長は単身三度にわたってバイエルン槍騎兵隊を攻撃しその勇猛果敢な試みによって輜重隊員三百名〔の軽傷兵〕の撤退を掩護することに成功した。右の殊勲の最中、フェルディナン伍長は戦傷を余儀なくされた」

こいつがなんとおれのことなんだと。たちまちおれは自問する、フェルディナン、こいつはなにかの間違いだ。けどこいつを利用しない手はないぞ。おれは二分と迷わなかった。

事態のかくなる急変なんてそうざらにあるもんじゃなかろう。このことと関連があるかは分からないが、目の前のプルデュの戦線もこの日少し動いた。ドイツ軍が急転直下、後退したって話だった。たしかに砲声も聞こえなくなっていた。同室の他の兵隊たちはおれの突然の昇進に唖然としていた。本当のところやつらちょっと羨んでたんだ。カスカードまでもがいくぶん興味を持ってた。やつにはおれの勲章の話がでっちあげの物語だとは話さなかった、言ったところできっと信じやしなかったろう。

言っておかねばならんがこのときを境に状況は牧歌的にして奇々怪々な方角へと向かっていった。おれの周りでは空想ごとが嵐のように吹き荒れ始めた。それでもおれは腹をきめ、風向きの流れる方角へと身を任せた。決して呆気《あっけ》に取られてかつてのような阿呆を繰り返すことはしなかった、かつてのように不幸をそれも不幸ばかりをご馳走になるような、なにせかつておれの知ってるものといったら我が両親のご立派な教育このかた不幸だけ、それも骨身を削るような、身を粉にしての、汗水たらしての不幸続きだった。いまも空想力のお祭り騒ぎを前に背を向けることだってありえたはずだ、みんながおれに嘘とビロードで鎧《よろ》った木製の軍馬に跨るよう懇願していた。そんなのいやだと断ることだってできたはず。けど今度はおれはそうはしなかった。

よかろう、と、おれはひとりごつ、風が吹いてんだフェルディナン、もう災難とはおさらばだ、阿呆どもは糞だまりにうっちゃっとけ、流れに身を委ねるんだ、もう決して何も信じるな。たしかにいまやおまえは三分の二はひしゃげちまったがそれでも残りの切れ端でもって楽しくやってくことだってできようさ、おまえの味方してくれる暴風が吹き荒れてんだったらその風に乗っていけ。眠れようが眠れまいが、ふらつこうが、女ものにしようが、グラグラしようが、ゲロ吐き散らそうが、ハラワタ煮えくりかえろうが、膿みが出ようが、熱が出ようが、黙ってようが、裏切ってようが、そんなことなんぞ気に揉むな、問題は風が吹き荒れてるってことなんだ、おまえが何したところでそれより周りの世界全体の方がずっと残酷でずっとウソつきなことに変わりはない。前進あるのみ、周りがおまえに望んでんのもそうすることだ、いまやおまえは受勲者なんだ、そいつは見事なもんだ。間抜けヅラどものこの戦いでいまやおまえは高らかに凱歌を揚げようとしてるとこなんだ、そりゃ頭ん中では風変わりなファンファーレが高鳴ってるし、身体の半分は壊疽でやられてるし、おまえのどこもかしこもボロボロさ、けどその目で戦場を見てきたろ、あそこじゃ死骸になんぞ誰も勲章やらん、けどいまやおまえは勲章を手にしてんだ、そのことを忘れるな、じゃなけりゃおまえ恩知らずってもんだ、それじゃおまえなんか陰気なゲロだ、ジュクジュクになったケツのカス、尻拭き紙ほどの価値だってあるもんか。

おれはジョフル元帥の署名入りの勲章を肌身離さずポケットに忍ばせふたたび意気揚々と気取ってみせた。おれにツキが回ってきたことでカスカードのやつ、あっちはまるでなおさらジリ貧に陥ってくふうだった。いまじゃぶつくさ文句も吐かなくなっていた。

「元気出せよゴントラン」とおれはやつに言う。「いまにおれがみんなをモノにしてやるからな、おばさま連中に、もちろんレスピナスだって、それから退役軍人ども、それに司教だってだ、そうさ、あの司教のケツにだって真一文字に突っ込んでやろうじゃねえか、やつがおれに号令さえかけなくなってくれるんだったらな」

カスカードの方は冗談面白がる素振りも見せない。

「おまえ男前だなフェルディナン、なかなかイカしてるよ」そう返すのがやつには精一杯。「おまえ写真に収めといてもらわなくちゃな」

「そうだな、そうしとこう」とおれも返す。

午後は我が両親が到着、そのまま二人と過ごさなけりゃならなかった。父は興奮でブルブル震えてた。出し抜けに息子がひとかどの人物と化したってわけだ。ベレジナ小路《パサージュ》は早くもおれの勲章の話題で持ちきりなんだと。母は涙こぼしながら声をうわずらせてた。こういうことからしてこっちは反吐が出た。両親の感動なんぞ願い下げだ。こっちはもっと差し迫った話を抱えてんだ。父は道路で行進してる砲兵隊に感銘を受けていた。母は兵隊たちがまだ若いことに、それから士官連は特別に馬に跨ってるってことに絶えず感心していた。士官たちのことを彼女頼もしく感じてたんだ。それから父にはプルデュ＝シュル＝ラ＝リスに一人知り合いがいた、コクシネル保険会社の保険代理人だ。おれの軍功章を祝うってんでおれも招待されてるんだと、それからレスピナスまで。おれは彼女の野戦病院の誇りってわけだった、それからカスカードのやつまでおれといつも一緒にいるってんで同じく招かれてたし、加えて母はアンジェルまで一緒に来てはどうか、なにしろ夫婦なんですからとのことだった。母には状況が何一つ分かっちゃいなかったんだ。説明したって分かりゃするもんか。日が暮れるとまず二人は先に出発してった。こっちはアンジェルを探しに行って前と同じく英軍の参謀本部の片隅にいるところを発見した。

　カスカードのやついまじゃただの襤褸切れも同然だった。すぐヘナヘナになる、とりわけアンジェルを目にするとそうだった。もういちいちケチつけてまわるようなことも無くなってた。デスティネのやつにまでぞんざいに扱われ始めた。誇張法《リペルボル》の他の客の邪魔にならぬよう彼女やつを座ってる椅子ごと奥の方へ押し込んでた。まったく人間ってものが入れ替わっちまったみたいだった。こっちは勲章のおかげで面の皮厚くなってたが、かたややつの方は何物かに蝕《むしば》まれてた、戦争に由来する何物か、しかもやつにはもはや理解の及ばぬような何物かに。こっちは体重も戻ってく一方やつはもうハッタリも口にしなくなってたし言うなれば凶運へと向かって我が身全てを捧げてるようなありさまだった。

「やり返してやらなくちゃ」そう言っておれは声かける。「おまえはアンジェルのやつに入れ込んじまってるし差し当たって向こうはたしかに汚い振る舞いしてやがる。いまの状況を利用してつけあがってるんだ、けどそんなの長くは続くもんか、おまえがやつをひっ捕まえてきつくお仕置きしてやらなけりゃ。デタラメおまえに正してもらうのはあいつにしたって一刻も早くと望んでることなのさ」

「いやいやとんでもない、このままじゃおれの方があいつをおまわりにタレ込んじまうかもわからん、それほどまでにもうどうしていいかおれには見当がつかねえ。あいつ警察に捕まってパリに送り戻されお気に入りの黒んぼどもにこっぴどい目にあわせてもらやいいんだ。あいつがこのままここに居座るかどうかなんてもはやたいした問題じゃない、いまとなっては至極単純おれがあいつをくたばらせるかおれがくたばるかの二つに一つだ。そりゃ戦争ってやつがもたらすものときたら悲惨なもんさ、それについちゃ言いたこと言やいいさ。おれの方じゃ確かなのはやつが誰か男こしらえてやがるってそのことだ、あるいはやつがレズビアンでそのことにおれが気づきもしなかったってんでない限りはな。誓って言うが、フェルディナン、アンジェルって女は怪物だぞ」

アルナシュ氏、そいつがコクシネルの保険代理人の名前だった。当時の設備からしてこの上ないほどの瀟《しょう》洒《しゃ》な住宅。本人もすこぶる愛想がいい。家中隅から隅まで案内してくれた。古風な造りで、うちの母の大いに気に入った。彼女賛辞を並べる。それからアルナシュ夫人のことを気の毒がる、戦線からこんなに近いところで暮らしているなんてと。それから可愛らしげな子供たちだって、男の子が二人に女の子が一人、みんな我々と食卓をともにした。アルナシュ氏はもともと裕福な出で、コクシネルで働いてるのもあくまで生きがいゆえのこと。

母は感嘆が尽きない。氏は熱意に満ちあらゆる美徳を兼ね備えてた。極めて裕福で、［数単語解読不能］戦線から極めて近く軍営都市で生活を送り、極めて可愛い子供たちに取り囲まれ、心疾患のため兵役は免除、極めて壮麗にして立派な家具を取り揃えたまごうことなき「古風」な住まいに、女中が三人、料理係が一人、前線からは二〇キロの距離もない、我々に対しても極めて気さくで、極めて親切、おれたちを初回からいきなり食卓に招き入れてくれ、とりわけカスカードに対してはひどくさばけた態度で接しつつ、おれたちの怪我とおれの軍功章について質問し、評価し、敬意を表してみせ、それでいて着てるものといえば特賞の布地仕立ての三つ揃いの背広に、襟も装い正しくハイカラー、プルデュ＝シュル＝ラ＝リスの名士連と交際を保ち、知らない顔など一人もない、にもかかわらず偉ぶるところは一切なくて、英会話は文法書並み、うちの母にとって高級な趣味の証でもあった透かしのレースでインテリアを飾りつけ、うちの父宛ての手紙の達筆ぶりは父自身にだって比肩するほど、完全に同程度とまではいかずとも、それでも十分に尊敬に値する代物で、さらに当時としてはすでに稀になっていたが頭髪を短く刈り揃え、その厳格なヘアスタイルが極めて清潔、極めて男性的にして礼節にかなった印象を醸し出し、それで保険の加入を検討する人々の信用を勝ち取ることにも貢献していた。うちの母は、本人言うよう「片足がフラフラ」なもんで、各階を登るたび大いに苦労しながら、それでも飽きることを知らずアルナシュ夫妻の家庭の全てに感嘆し続けていた。

窓の前で母は一息つこうと立ち止まり、道に目をやったが、そこでは軍隊が引いては寄せる波のごとくに溢れ返ってて、その一種のカーニヴァルを前に気詰まり覚えながら少しの間そこに留まり……

「ここまで砲声が聞こえますのね」と口にする。

それから隅の方の部屋へと向かってアルナシュ家伝来の貴重なコレクションを拝みに向かう。軍隊の代わりに大河を泳ぐ魚の群れを見せられたって同じくらい母は何がやつらを駆り立ててるのか理解できなかったに違いない、連中どいつもこいつも小止みなく色彩の奔流のなかを流れていた。父の方はたとえ想像で拵えあげた摑みどころのないようなものだろうと母に何がしか説明をしてやって知った顔してみせねばと考えたらしい。そこへアルナシュ氏が親切心から直々に［インド人］部隊の編成について説明してやった。

「常に二人連れで移動するそうですよ、もしいずれか片方が敵の砲弾にやられた場合にはもう片方だって生きて帰ってくることはほとんどないでしょうね。実際たいていそのようです」

そう聞かされ母は感極まって陶然とする。ようやく感情が追いついてきたんだ。

「気をつけなさい、セレスティーヌ」と父が声かける。「後ろの足を踏み外しちゃだめだよ」

この模範的な邸宅のピカピカに磨かれた階段への注意だ。

「まるで美術館ですわ…奥様、お宅にはなんて美しいものばかりなんでしょう…」そう言って母は称賛を続ける。

奥様のアルナシュは下のダイニングで子供三人と待っていた。父は母が皆の前でつまずきやしないか気が気でない。階段をこんなにもそれに鉄道から街の敷石道をも歩き通しで母はびっこ引いてた。父は母の醜い痩せ細った足のことを思って顔をしかめてる。それに階段登るときは周りからスカートの下だって見られたに違いない。猫ヒゲたくわえたアルナシュ氏、彼からはそれにしたって淫猥《いんわい》な性質が滲み出てた。女中たちでオナニーしてやがるに決まってる。父は女中たちが前菜を運んでくるとき、陰険な目つきでそっちを見やる。むっちりと肉感的な二十歳そこらの娘たちだ。彼女らがキッチンへ食器を下げに行くときには段差を二段またがなきゃならず、それでふともももがチラリとのぞけてた。

レスピナス嬢はやや遅れて到着、弁明を連ねる。マジュール広場の入口で昨晩到着したばかりのスコットランド兵たちが将軍に旗持たされてパレードしてるところに鉢合わせちまったんだと。

「まあなんてハンサムなんでしょう！　お綺麗な男の子たちですこと、奥様！　まだお子様ですけど、それでも溌剌《はつらつ》として雄々しくまた逞《たくま》しくていらっしゃる！…きっといつかこの子たちが快挙を成し遂げ、あの見下げ果てたドイツ兵ども、あのケダモノども、あの汚らわしい連中どもに目にもの見せてやる日が訪れますわ」

「ええ、奥様、きっといつの日にか、それに新聞もあの連中の残酷な所業について陰惨な報告を事細かに載せていました。ほんと信じられないようなことばかり！　ああいうことはなんとしてでも止めなければなりませんわね」

陰惨さについちゃ皆はおれとカスカードを慮《おもんぱか》って加減を加えてくれていた。新聞で読んだことそっくりそのままを口にするようなことはしなかった。母からしてみりゃドイツ人どもが本能の赴くままに任せるのを阻むようなにがしかの最終手段がとびぬけて強力な誰かしらのもとにきっと存在するはずだった。そうでないはずなどありえようか。父も今回ばかりは同意見だ。それにドイツ人どもが己に全てを許したとしたって、世界ってものはやつらが考えてきたようなものとは別物なんで、「そいつは異なる原理原則に基づき、異なる観念で組み立てられてる。」それでやつらだってその真実に従わないわけにはいくものか。もちろん戦争における鬼畜のごとき振る舞いに対抗する最終手段だって存在してるさ。それは父が自身そうしてきたとおり各自がそれぞれの持ち場で目の前の人間に対して己が義務を果たせば足りること。それが全てだ。陰惨なこの世界、際限なき拷問などうちの両親にとっちゃ理解の及ばぬことだった。それでそいつには顔を背ける。そんなことがありうると考えること自体が彼らにとっちゃなにより身の毛のよだつようなことだった。せわしなげに前菜に取り掛かる、顔を真っ赤にしながらお互い励ましあって、残虐なるドイツに対して取る術なしという考えを必死で否定する[016]。

「いつまでもこんなことは続くまいよ。アメリカが介入すればすむ話さ」

レスピナス嬢はいくぶん躊躇《ためら》ってた、そのことはおれたち二人、カスカードとおれにははっきり見て取れた、他の連中と同じように憤慨してよいものかどうか。彼女こっちを気にしてるがおれたちの方は行儀よく振る舞ってた。つまるところやつらの喋ってることなんておれたちには奇怪な異言語、阿呆どもの話す異言語にすぎなかったわけだ。

極めつきはここにきてついにアンジェルのお出まし。いかなる機会だって逃さぬ母はすぐさま彼女を褒め称える、夫を追って危険な地域にまでやってきたその勇敢さを…まだしばらくこちらに留まるご予定なのか…許可は無事下りたのか…

アンジェルのやつおれの勲章に目が釘づけだ、真正面からじっと見据えてる。

おれはこのときアンジェルとヤろうと思えばヤれたはずだ、もしおれがまず少しでも眠りを取れてたんだったなら、それから目の前に一日二日の安全が保証されていたんだったなら。けど勲章は決しておれに眠りを与えてくれなどしなかった、とはいえ安全の方はいくらか保証されてたが。いずれにしたってカスカードだってそこにいた。

食卓は骨付き肉に取り掛かる段だった。それで少しのあいだ誰もが考えることをせずにすんだ。おれは三切れいただいた、父も同じく、アルナシュ氏も同様、奥さんは二切れ、レスピナスは一切れと半分。母はおれがしっかり食べてるのを見ておれに優しく微笑みかける。

「よかった、食欲は無くなっていないのね」皆に向かって嬉しそうにそう口にする…

おれの耳のことについては誰も触れようとしなかった、そいつはいわばドイツ人の残虐さと同じ類で、受け入れることも解決することもしようがなく、信用だってままならない、つまるところこの世界のあらゆる物事の改善可能性って観念を危うくさせるような代物だった。おれは特にその時分は体調が酷すぎて、それにまだまだ知恵も浅すぎて、この唸りを上げる頭蓋を押さえつけうちの両親のあらゆる希望に満ち満ちた振る舞いに対して醜悪さをあげつらってみせることなどできやしなかったが、それでも感覚のところでおれははっきりそう感じてた、いちいちの行いのたびに、いちいちおれが気分悪くなるたびに、糞便みたくネバネバしてずっしりのしかかってきやがるタコみたいななにかをやつらの途方もなく楽天的で青臭い腐り果てた間抜けな言動に対して嗅ぎつけてた、どれだけ反対の証拠突きつけられようがやつらその間抜けをこしらえ上げることをいっこうにやめやしない、目の前で強烈にして究極の、血にまみれた阿鼻叫喚の恥辱と責苦が広がってたって、いままさに飯食っている窓の下でだって、あるいはおれ自身の惨害にだって、やつら頑としてその惨状を受け入れようとはしなかった、なにせそいつを認めるってことはこの世界と人生に対して多少なりとも絶望を受け入れるってことを意味するがやつら決して何事にだって絶望なんてことしたくはなかったからだ、アルナシュ氏の窓の下で繰り広げられてる戦争、まさに激戦の最中で家中のあらゆる窓へと砲撃とその残響を高鳴らせてる戦争が相手だろうとも。おれの腕の方には、やつら賛辞を惜しまなかった。そっちは好ましい戦傷でそれについちゃやつらの楽観主義も心安んじて荒れ狂っていられたわけだ。カスカードの足に対しても同様。アンジェルは何も言わなかった、彼女、口紅もほとんど付けてなかった。

「あの子やっぱりほんとに優しい子なのね」母はサラダの後でおれにそう打ち明けた。［一文解読不能］

食席には密約がしてあったんだ。一同おれの快挙を祝うにとどまらず、おれたち負傷兵ふたりの士気を高めようと心を砕いてた。

こうしてたっぷり二時間も食べ続けた。デザートになると従軍司祭のプレジュル参事会員がうちの両親に祝辞を述べに顔を見せた。淑女さながらの甘い話しぶりの男だった。コーヒーを口にするときなんかはまるで黄金を口にしているかのよう。自信たっぷりのたたずまい。母は彼の祝辞に合わせてうんうん頷《うなず》いてる、父も同じく。二人とも何聞かされても賛同してた。そいつは天からの賜り物ってわけだったんだ。

「そうなのです、我が友よ、主は痛ましい試練で己が被造物を試みになっておられますが、そうした最中にもなお主は被造物に対して大いなる憐れみを、限りなき慈悲を抱いておられるのです。彼らの痛みを己が痛みとなされ、彼らの涙を己が涙となされ、彼らの苦悶を己が苦悶となされ……」

おれは当惑し悔悛してる体裁を繕い、まわりの皆に合わせて司祭の話に得心してみせた。なにしろ騒音でこしらえた頑強な兜のごとく頭の周りに根を張った耳鳴りのやつがひどくてやつの話も聞き取りづらかった。かろうじてこの汽笛越しに、千の反響を奏でる扉を隔てたみたいな按配で、やつのジクジクと嫌味ったらしい言葉の端々が耳まで届いた。

母は口を軽くぽかんと開けていた、この司祭のやつがあまり高邁なことを喋くるもんで。いつもこうなんだってことは一目瞭然、やつは始終高邁なことをしゃべり散らかしてた、それはあたかも母が始終献身的で、おれが始終耳鳴りしてて、父が始終誠実であろうとしてたのと同じこと。皆はコニャックや古酒を空けながら軍功章のことを祝い続けた。

カスカードのやつはアンジェルのグラスの飲みさしをあおっては彼女の邪魔してじらしてた。アンジェルの見てる目の前でそいつを飲み干す。やつはおどけてやってたんだ。アルナシュ氏のダイニングではこうして一種のダンスが踊られてた、情動のダンスだ。そいつは、おれの耳鳴りの最中、あっちから来ちゃこっちへ去ってく。もはや誰ひとりじっとしちゃいられなかった。酔っ払ってたんだ、それも全員。アルナシュ氏もとうにネクタイを外してた。お次はコーヒーの時間だった。もう誰も司祭の話などたいして聞いちゃいない。母だけだ、彼女だけは彼の口の上下に合わせて頭を揺すぶり、戦争の災禍と善良なる神による超自然的恩恵にまつわるこの上なく高邁な情動を追っかけてた。

アンジェルとカスカードは二人して言葉がとげとげしくなってきた。おれにはよくは聞こえなかったがそれでもそいつは大声で響き渡った。

「いやよ、行かないってば…」アンジェルの言葉だ…「いやよ、わたし行かない…」

やつをその気にさせたのは彼女の方だ。来る前に言ってたとおり、やつの望みは彼女と便所でヤることだった。けど彼女は行かないんだと。よかろう。

「それじゃおれが力づくで一曲聴かせてやろうか!」と、やつ。

そう言って椅子から立ち上がる。父も顔を真っ赤に腫らしてた。軍隊が通り過ぎては、とどまることなく、路上を鉄製の重厚な驟雨《しゅうう》のごとくに雪崩落ちてく、騎兵隊だ、お次は砲兵隊、その周りになみいる中隊が揺すられ、ぶつかり、よろめき、こうして次から次へと地鳴りが止まない。こっちはそいつがみんな習い性となってきた。

「勝手にすれば！」と出し抜けにアンジェルが告げる。

こっちは彼女の眼差しをじっと窺う。どうも挑発してやがるんだ。漆黒の瞳に、唇は血色もよく扇情的、眉墨はきつく描かれその奥に甘やかな色香を押し隠してた。こいつは用心してかかる必要がある。もちろんカスカードだってそんなことは承知してたんだが。

「おれは自分が聴かせてやりたいと思ったら聴かせてやるんだ、決しておまえのヒラメ顔なんかに邪魔されたところでやめやしないさ！」

「やってみなさいよ」と彼女が返す。「試しにやってみればいいじゃない、そうすりゃどんなことになるかあんただっていまに分かるわ！」

彼女がアルコールが回って興奮してるだけだったらよかったのにといまでも思うが、けど彼女まだ言えずにいる何かがあってそれを言わずに済ますわけにはいかなかったんだ。

「なんだとこのスベタ、こともあろうに自分の男つかまえてみんなの見てる前でバカにしやがったな。なにせおまえときたらおれに会いにここまで来させてやったってのにイギリス野郎《ローストビーフ》どもに始終穴掘ってもらってんだからな…いったい誰の女だと思ってやがる？　どんなにしておれがケールで客引きしてたおまえを拾ってやったかここの皆さんにお話してやったらどうだ、え、おれがいなけりゃいまごろブラウスの一枚だってオシャレできるような稼ぎもなかったはずだってことをよ。もう一言でも汚ねえ言葉吐いてみやがれおまえのその間抜けヅラ二度と見れねえツラにしてやっからな！　まったく、おまえなんざ…ゴミクズほどの価値だってあるもんか！…」

「ええ、そうね！」と彼女が応じる…

それから集中し、どすの効いた声で、おそらくここに来る道すがら考えてきてたんであろう文言を吐きかける。

「あんた、アンジェルちゃんなんてのはいつまでも変わらずただのマヌケ女だと思ってんでしょ…え、ほんとのとこそう思ってんでしょ！　売女仲間にまで手を出して、さらに十人続けて手を出して、よその商売女にまで三人手を出し、ご主人様が連れてお帰りになるクズ女どもにみんなもれなく手を出しそれでワレメをジュクジュクに腐らせちゃって、それで毎月のようにガキを孕《はら》んじゃそいつをいっしょに処理する手間まで取らせて、それに加えて梅毒だって二度三度そいつだって漏れなく金がかかる、それでこんなにしてくださってるってことをアンジェルちゃんは心から敬ってて、食前酒だろうがなんの酒だろうが一家の物なら何だって稼いでみせるんだって、自分のケツで、毎日ケツで、ほらまたケツで…してやるもんかオカマ野郎、ああもうたくさんだ、てめえなんざクソ喰らっちまえ、腐れ外道が、このまま腐ってやがるがいいんだ。ケツだったら自分のケツを掘ってもらいな、各自自分のケツは自分のために、今晩からはそういう取り決めさ！」

「ああ！　フェルディナン。おれはおかしくなっちまいそうだ！　おまえも聞いたろ。おれはいまからあいつのハラワタ引きずり出しておまえにプレゼントしてやるよ…」

隣席のアルナシュ氏、それに司祭もレスピナス嬢も誰もかれもがあたふた動転していた…やつの方はすでにデザートナイフを手にしてた。そいつじゃたいしてひどいことはできるまいが。

母だってこの罵詈《ばり》雑言を耳にしてた。こういう醜悪な言葉は母の知らない類のものだった。皆でカスカードを取り押さえる。椅子に腰掛けさせた。やつは自分の頭をメトロノームみたいな具合にポコポコ殴ってる。やつの妻の方は幸いにして食卓の反対端だった。彼女、それでも決して視線を落とさない。

「それじゃ何か一曲歌ってくださらない、カスカードさん」しまいにアルナシュ夫人がそう口にする、この女オツムが弱すぎて何が何だか全く理解できずにいたんだ。「私がピアノで伴奏しますから」

「オーケー！」そう言ってピアノの方へ向かってく、まるで暗殺にでも向かってくかのごとくに決心固めて。アンジェルのことは横目で睨みつつ決して視界からは離さない。彼女の方もなおのことイライラしてた。

知っているのです…タラララララ　貴女《あなた》が素敵だとォ…

タラララ。

そして貴女の甘い大きな瞳がァ…ァ

わたしの心を虜にしたってことも！…

そしてそれは生涯変わることないとォ…ォ…

知っているのです…[017]

そのときアンジェルの方が再びけしかけた。ことさらに立ち上がり、止めようとする司祭を制して。

「きっとまだ口にできずにいることが残ってんじゃない、ねえゲス野郎、あんた結婚は一度じゃないんだよね…そうよ、二度してたわよね…しかも二回目はニセの身分証使って。紳士淑女の皆様方、そいつの名前はカスカードなんかじゃございませんのよ…カスカード・ゴントランなんかであるもんですか、そのうえ重婚、ええ重婚よ、ニセの身分証で籍を入れたんです…一人目だっていまもトゥーロンでそいつの奥さんやってるわ、ええ、それで彼女の方は彼の実名で籍入れてるの…そっちこそがそいつのまぎれもない本名よ。どう、もしウソだってんなら紳士淑女の皆さんにそうじゃないって言ってごらんなさいよ…」

「おまえ知らないだろ？　なあ、おまえ何も知りゃしないんだ！」と、やつは歌のメロディを引きずったまままそう答える。

周りは誰ももうどうしていいものかわかっちゃいない…アンジェルは立ち上がり面と向かってやつを罵り

にいく。

「わたしが知ってることが本当なんならね…」

「ああもういい、ほら、全部言っちまいやがれよ、ここにいるうちに、ちゃっかり知ってること洗いざらいぶちまけちまうがいいんだ。そのかわり帰りはどんな目にあうか覚悟してろよ。ジュリアンのやつがどんな手に出るか…てめえなんかグシャグシャにされりゃいいんだ、腐れ卵め、ウンコのコンフィめ。続けろよ、始めちまったんならしまいまで続けるがいいさ…」

「あんたに許可してもらう必要なんかありゃしないわ、ええ、一切必要あるもんですか。はっきりぶちまけてやるわ、パルク・デ・プランスで八月四日の朝二時、夜警がいったい何を目にしたか…証人だっているんだから…レオン・クロスポワルに…カスピットのお嬢ちゃん、彼らだって証言できるわ」

「そいつはよかったな」と彼。「にしたっておれはまだ歌うぜ。え、聴いてやがるがいいアバズレゴミ女、おれが歌えなくなるかどうかちゃんと聴いてな。もしおまえにギロチン送りにされたとしたってな、え、わかるか、ギロチンだろうとどこだろうと土手っ腹の一番奥から歌声あげ続けてみせるさ、あくまでおれが自分で歌いたいかぎりはな、そいつはほかでもねえてめえのことクソな気分にしてやるためさ。ほら聴きな」

知っているのですタラララ 貴女《あなた》が素敵だと…

そして貴女の甘い大きな瞳が…

わたしの心を虜にしたってことも…

そしてそれは生涯変わることないと…

知っているのです…

「他の小唄だって聴きたいらしいな！　よし、［数語解読不能］を全部聴かせてやろうじゃねえか。そいつでクソが逆流してきておまえが窒息しちまうようにな。全部聴いてな、高音だっておれは震えたりなんかするもんか、え、ちゃんと聴いてろ。カスカードにとっちゃ屁でもなかったんだってことをよく覚えとくんだな、てめえみたいなへっぽこの阿呆なんかはよ」

……………………………

……………………………

……………………………

……………………………

「ほらみろ、おれは小唄は何だって知ってんだ、それからいつでもやりたいときにおまえのケツだって突いてやるのさ」

「いいえ突かせてなんかやらないわ、誰があんたなんかに突かせてやるもんですか！　あんたなんてたったひとりじゃ、そこらのカマ掘られ野郎の腐ったようなのほどの勇気も持ち合わせてないんだから。ただの能無しよ、大口だけ叩きながら同い年の他のみんながふつうにやってることすら我慢できなかったんだから……わたしなんかよりもずっと女の腐ったようなやつなんだわ、ねえふしだらオカマ、そうでしょうよ、え、あんた、わたしなんかよりずっと腐った女なのさ」

「なんだって！　え、何のこと言ってやがんだ……」物怖じしつつもカスカードが答える。「いったい何の話してやがる？」

「ええ、そうよ…あんた自分で自分の足を銃で撃ったじゃない、銃後に戻ってわたしのことクソうんざりさせるために…そうじゃないってんならみんなにほら言ってやりな…え、言えやしないでしょ？　ほらこれがこいつの正体よ！」そう言って彼女、やつのことを異様ななにか見世物でも見せるかのようにして皆に向かって指し示す。

カスカードのやつは腐り果てた足を支えに体を左右に揺すぶってた。

「いずれにしたってフランスのためにおれは歌うさ」やつは疲れきった声でそう口にする。「それからな」

と続けて、「おまえなんかにはこのとおりおれを黙らせることなんてできやするもんか。おれの口を閉ざせる女なんざいまだ生まれてきちゃいないんだ、いまだ生まれてなんているもんか……え、分かったか。お望みなら男だって連れてくるがいい、そいつがおれのこと黙らせられるか見てるがいいさ。向こうの阿呆どもの群れのなかにだって束になったっておれを黙らせられるやつなんているもんか」

むろん誰も答える者はいなかった。司祭はこっそり扉の方へと後ずさってた。他の連中は微動だにしようとしなかった。母にしてからがほんとは母性的にして良心的な言葉でやつのこと静めてやりたいのをなんとかして堪えてた。

……………………………………

……………………………………

……………………………………

それからやつはピアノのそばで左右にぶらぶらしながら自信たっぷりの様子でその場にとどまってた。やつの歌は裏声でしかもかすれてた。おかしなのはやつがアンジェルにケリつけようとしないことだった。彼女の方はやつのほんのすぐそばにいるってのに。あらゆることがおれの手に取るように把握できたのはそいつはまるで悪夢の最中だったからだ、誰もが自分からなにかを行うことなどできずにただ事の成り行きに従ってた…やつにしたって悪夢だったし、アンジェルもとことんまで悪夢だった。ある意味それでよかったんだ。けど彼女が気を取り戻した。

「ええそうよ、あんたが自分で自分に傷負わせたんだわ。そう手紙に書いてよこしたわよね…書いてないなんて言わせないわよ」

「それがどうだってんだ」とやつが尋ねる。

「わたし、あんたの手紙を将軍宛てに送ってやったわ、ええ、わたし送りつけてやったんだから。ね、これで満足でしょ、これでようやくその汚らしい口も閉ざされる日が来たんだわ、ねえ、あんたもう黙るしかなくなるのさ」

「いいや閉じるもんか、絶対に閉じてたまるか腐れ肉の汚ねえゴミクズ女め…そいつがてめえの本性なんだ。そうするくらいならおれは便器にだってむしゃぶりついてやるさ、わかるか。イワシ缶の缶切りでこの土手っ腹こじ開けられたっておまえのせいで口閉ざすなんてまっぴらごめんさ…」

「それじゃ続きを伴奏いたしますわ、骸骨《カルカス》さん」とアルナシュ夫人。

この奥様ときたら何ひとつ飲み込めちゃいなかったんだ、こんなのもなにか些細な夫婦喧嘩《げんか》だと思いこんでた…

アンジェルはうちの母の隣に腰を下ろす。

このとき外では騎兵連隊が横切ってった。

するとこのときファンファーレがおれの耳に鳴り響いた。おれはそいつはレスピナス嬢の仕業だと、彼女が夫人のピアノに合わせてトランペットでも吹き鳴らしてんだと考えた、けど彼女が手にしてたのは兜だった。三倍も音程が高音の兜。こいつはどうも尋常なことじゃない。

「カスカード」とおれが言う「カスカード」とおれが…「フランス万歳！　フランス万歳！」

そこでおれはばたりとひっくり返った。ダイニングでは全てが停止、カスカードのシャンソンまでもが。家じゅう上から下までおれの耳鳴りばかりが充満していた、それでその向こうでは騎兵隊が突撃しマジュール広場を横切って路上を駆け下りてゆく。巨大な一二〇メートル迫撃砲が市場を爆撃してゆく。物事の錯乱してる姿がおれには芯のところで納得がいった。と、今度は輜重隊を目にした、我らが輜重隊だ、おれはそいつについて行こうとする、ル・ドレリエールがこっちに合図する、勇敢なるル・ドレリエール…やつは己が最大限を尽くしてた…おれにしたってそうだ…［おれは駆け出し、さらに走った…そうして再び崩れ落ちた。］

遠い歳月を隔ててあれやこれや想い起こすのは、それも事細かなところまで、そいつはどうしたってひと苦労だ。他の連中が喋ったことだってほとんど作りごとに変わっちまってる。用心しなけりゃならん。過去ってやつは尻軽女なんだ、とたんに夢想に耽りはじめる。道すがら頼まれもしないのにちょっとしたメロディを付け加えてく。そぞろ歩きしてる間にすっかり涙と悔恨の化粧でめかしてご帰還あそばす。信用しちゃなるもんか。そういうときはすぐさまペニスに助けを求めるのが得策だ、そうすりゃもとあったままを取り戻せる。そいつが唯一の手段、男だけに許された手段だ。凄まじいまでに勃起するんだ、けどシゴいちゃならない。そいつはご法度。俗に言う、あらゆる力を脳味噌に集中させてる状態まで持ってくんだ。清教徒の一撃かませ、それも電光石火の。過去ってやつは接吻されるや、束の間、その身を明け渡す、あらゆる色彩、あらゆる暗黒、あらゆる光明、他の連中の行動の委細までもが、不意打ちにあった想い出からこぼれてくる。まったく過去ってのはオゲレツなやつなんだ、いつも忘却で酔っ払ってやがる、それでいてとことん腹黒いやつで、ひとのなつかしの身の回り品のどれもこれもに忘却のゲロをかけてまわる、そいつらをこっちはせっかくしまい込み、そこかしこに積み重ねてきたってのに、胸糞悪いそのままの状態で、当時の不平不満の切れ端までもそっくりそのまま、おのれの棺桶のなか、そいつがいまや偽善まみれの死に変わる。そうは文句言ったってそいつがあんたの仕事じゃないか、そうあんたらに言われそうだ。よかろう、以下が真実、そのとき物事がどんな具合に収拾してったか、あるいはとっ散らかってったか、おれが意識を取り戻し、再び病院に帰ってきてからのこと。

けど帰る前に、どうしていいか皆目わからなくなってたうちの両親をおれみずからが駅まで送り届けてやったんだった。そんな状態になってたなおたとえふらつきながらでも送っていくと言い張った。カスカードに支えてもらった、やつは二本の杖に寄っかかりながら得意顔してた。司祭とレスピナスは帰っていった。アンジェルは姿が見えなかった。台所からずらかったって話だった。とりわけ父はつい先ほど目撃した一件で強く不安に駆られてた。

「ほらクレマンス、急ぎなさい」そうやって母を急かすが、母はずっと座ってたせいでカスカードとほとんど同じくらいにびっこ引いてた、「急がないと、これを逃したら十一時まで汽車は来ないんだからね」

父は他の誰よりも真っ青だった。一番に事態が飲み込めてたのが彼だったんだ。おれの方はまだまだ耳鳴りがひどすぎたし、カスカードは怖いもの知らずの若造の役回りからようやく肩の荷が下りたところだった。二〇メートル進むごとに軍隊の列に足止め喰らった。最終的にはきっかしギリギリのタイミングでホームに到着。そうしておれたち二人だけがそこに残った。即刻処女救援《ヴィルジナル・スクール》に帰らなきゃならない時間だった。

「どうする？」と一応カスカードに尋ねてみる。

「もちろん帰るさ」と彼、「それとも舞踏会にでも顔を出せってのか？……」

おれは何も答えなかった。部屋では連中が毛布にくるまりピケット[018]やってる姿を目にしただけで例の情報がすでに広まってるってことには勘づいた。連中たいした話をしてるわけじゃなかったがいつもおれたちが帰ってきたときみたいに街の様子を尋ねたりはしなかった、毎度のごとくのシモの話、どうしたって惹かれるケツの話題、カフェや路上で何かなかったかと、なんだかんだ勇ましい男連中が気になる類の話だ。そういったことを連中いっさい尋ねてこなかった。

アントワーヌだ、南仏出の若手の看護師、扉のそばでギプスいじってるそいつがおれが小便いくときに教えてくれた。

「軍隊の憲兵たちが二人連れでカスカードを訪ねてやってきたんだ、なんでも再度の情報調査のためなんだとか…おまえ知ってたか？……」

すぐさまおれは後戻りしてカスカードに尋ねてみる。やつは何も言わない。

「たいしたことないさ」と、それだけ。

こうして夜が来た。ガス灯も消された。

おれは考える、とうとう来ちまったんだと、サツの連中は間違いなく気づいてやがる、連中夜が明けたらやつを連行しにくるはずだ。おれは九時の鐘の音を耳にした、それから砲声が遠くで一発さらにもう一発、それですっかり静かになった。あとは聞こえてくるのはふだんと同じトラックの運転に騎兵隊それから屑屋たちの足音が巨大なさざめきとなって立ち昇る、やつらが壁沿いに歩いていくなか大隊が一部隊通り過ぎてった。駅からは汽笛が響き渡る。眠れるようになる前にはそういった全てをきちんと頭の中に整理しなければならない、両の手使って枕にしっかりしがみつかなければ、みずから進んで緊張を高めなければ、もう二度と眠れないって不安を押しやらなければ、己の騒音を、我が耳のドラムセットを掻き集めなければ、そいつと外の音とをもろともに、そうしてふとした拍子に一時間か二、三時間かの無意識の状態へとたどり着かなければ、そいつはとてつもない重量を持ち上げては再び落ちるに任せる場合と同じでしまいには結局またしても途方もない敗走ってオチだ。そこらで一発屁をひる、思考ははち切れんばかりに走り回ってる、再び眠りに向けて進撃を開始するがこいつはまるで狩り立てられたウサギみたいなもんだった、堀に行き止まったら、そちらは放っておいて執着しない、別の方角へ向かって再出発、依然希望は抱きつつ。睡眠ってやつは信じがたいほどの拷問続きの小宇宙だ。

朝になればいくぶん安らぐ。爆発音はこだましてる、が、それだけのこと。看護婦がコーヒーを持ってくる。その看護婦がカスカードを異様な目つきで眺めてるのが目に入った。間違いなく彼女も知ってるんだ。そいつは修道院の娘だった。レスピナスのことはしばらく見なかった。手術室に駆り出されてるって噂だった。おれはひとり自問する、これから起ころうとしていることに対して彼女なら何ができたろうかと。コーヒーを飲み終えるとカスカードは便所へ行き、戻ってくるとでぶっちょ《グロ・ラール》って呼び名の、おれの左の病床のもうひとつ向こうにいる心臓病持ちとピケットを始めた。でぶっちょ《グロ・ラール》はほんとのところデブじゃなかった、心臓とアルブミンとが原因で両足と腹が膨れちまったんだ。それでそう呼ばれてた。それでもう三カ月もベッドに寝たきりだった。いったんその膨張が治まったら、そいつはまるで別人だった。それで一騒ぎ起こりもした。カスカードはそいつに四度続けて勝利を収めた、ふだんは決して勝てないカスカードがだ。それを見てた松葉杖のカミュゼってのが面白がってアラブ野郎二人を引っ張ってきて看護婦たちが昼飯食ってる間に包帯部屋でマニラ[019]をやらないかと持ちかけた。包帯部屋では禁止されてたんだ。そこでもまたカスカードが総なめで勝利をさらってった。異様なツキようだった。隣りのサン＝グレヴァン病室の下士官が通りがかったがそいつもおったまげてた。それでやつを下士官たちのとこに連れてって連中とポーカーをやらせてみた。やっぱり必ずカスカードが勝ちを収めた。しまいにやつは真っ青になって立ち上がりそこでカードゲームはおひらきにした。

「どうも調子がよくねえようだ」とやつが言う。

「どころかすげえ調子じゃねえか」とこっちは返す。「とんでもないツキが巡ってきてんだ」

やつを元気づけようとしての発言だ。やつは同意しない。回診の時間で再びベッドに戻った。メコニーユが外部の女二人と見たことのない平服の男一人を連れてやってきた。やつがカスカードのベッドの前で立ち止まるとカスカードがやつに尋ねた。

「軍医殿」とカスカード、「この足を切断願いたいのですが。もはやこの足では歩行はかないませんので…」

メコニーユはひどく気詰まりな表情になる、ふだんであれば切断だったらなんの切断だろうと絶対に拒みなどしないあのメコニーユがだ。

「もう少し様子を見なければなりませんね…まだ時期尚早です…」

メコニーユのやつ自重してそう言ってるのは明らかだった。いつもはこんな話しぶりじゃない。あたりのクソ病人どもにしてもめいめいなにかただならぬものを嗅ぎつけてた。いったい全体おかしな空気だった。

カスカードは試みに失敗した格好だった。やつは再びベッドに横になる。

「外に行かないか？」とやつが持ちかける。

まず台所へ行きガツガツ詰め込んだ、米が用意してあったんだ、それから外へ。

きっと誇張法《リペルボル》へ向かうんだろうと思ってたが、彼は行きたがらなかった。

「野っ原の方へ行こうか」

例の足でそれでもやつは早足で歩いてった。憲兵たちに見つかっちゃやはりまずい。連中このごろますます綱紀の粛正に口うるさくなってきてた。正式な許可証持ってないところ見つかった日には間違いなくひと騒動だ、レスピナスが骨折《ほねお》ってかけ合わないことにはおれたち留置所から出しちゃもらえまい。イギリスのおまわりだって負けず劣らず悪どいし、ベルギーのやつらはそれに輪をかけてえげつない。おれたちは目印から次の目印へと逐次前進してくようにしてなんとかやつのいう野っ原のあたりまでたどり着いたが、そこは戦場に差し向かいの市街部からはその背後に位置していた。穏やかだった。砲声もほとんど聞こえてこない。盛り土の上にしゃがみ込んだ。あたりを見渡してみる。どこまでも果てしなく太陽と樹木とが広がってる、いまに夏の盛りだ。そこへまだら雲が流れては留まり、その下にはビーツ畑が広がってた。いまだってはっきり覚えてるが、そいつは美しい眺めだった。北仏の陽光ってのは頼りなげだ。左手には運河が広がり、ポプラ林が風に揺すられてるその足もとで安らかに微睡《まどろ》んでる。そいつがジグザグ状に遠ざかりながらその囁き声を向こうの彼方の丘陵地帯へと運んでゆき、さらにその向こうの地平線に聳《そそ》り立つ三本の煙突隔てて空の青みにまで連なっていた。

おれは話したかったが黙ってた。昨日あんなことがあった後ではおれはやつの方から切り出してもらいいたかった。カードゲームの一件だってなにか説明があったっていいはずだった。やつがなにかインチキしてたとは思っちゃいないが。きっとただツイてただけの話だ。

生け垣があってそこで［職人たち］と修道僧が大勢、年食ったのも混じって働いてるのが目に入る。やつら気がかりなどまるでないふうだった。垣根の植木を刈り込んでた。そこは連中の母修院の庭なんだ。あちらこちらに点在する畝溝沿いには農夫が一人、あたりの風景に向けてケツ差し出してる。ビーツを掘り起こしてるところだった。

「プルデュ＝シュル＝ラ＝リスのあたりじゃビーツもずいぶんデカいんだな」とおれが口にする。

「おい」とカスカード。「もうちょっとそこらまで見に行かないか?」

「そこらってどこまでだ?」こっちは思わずびっくりして聞き返す。

おれたちの状態考えりゃ気晴らしに散歩しようなんてのもおかしな話だ。

「おれはそう遠くまでは行けないよ」と、おれは口にする。

おれたちはまっすぐ先に向かってった。街とは反対の方角だ。

「ずいぶん歩いたぞ」と、おれ。「このままじゃ帰れなくなっちまうぜ」

やつは無言だ。こっちは勲章もらった以上脱走兵みたいなまねはしたくない。

「もう一キロだけ歩くよ」と、おれ、「そしたらおれは帰るからな」

じっさい道中おれは二度吐き戻しちまった。

「お前はいつだってゲロ吐いてんな」とやつにまで言われる始末。

やつにそう罵られる義理はあるもんか。まあいい。結局一キロだって歩きゃしなかったから。三〇〇メートルも歩くと見張り小屋の陰からおまわりが一人顔をのぞかせた、マスケット銃に柄つきの銃剣構えて、頭に血を上らせてる。

大声でがなり飛ばしてどこ行くつもりか尋ねてきた。

「野っ原をちょっとひと巡りしてるだけですよ」

こっちも怯《ひる》まなかった。するとそいつは銃を足元に下ろし、こっちに説いて聞かせる、自分は援軍がここの通りにやってくるのを待ってるところなんだと、なにしろいまやドイツ軍はここの平原のかなたの丘のふもと、ちょうど小運河が引っ込んでいくあのあたりにまで迫ってるんだと。もしこのままここにとどまってりゃおれたちだって三、四時間のうちには爆撃の巻き添えだ。だからとっとと引き返すにしくはなしと。

こっちは素直に言いつけに従う、びっこを引き引き。あっちもこっちも道は封鎖されてた。それでおれらはそいつに言われたとおりに運河に沿って引き返した。まったくカスカードのおかげでとんだ要らぬ往復だ、やつのバカげた気まぐれに付き合わされて。来たのと同じ運河の土手を歩いていった。すると突然やつが眉を顰《ひそ》めて水路に向かって歩んでくのが目に入った。

「まったく笑わせやがるぜ」そう話しかけたのはゆうべのアルナシュ家での食事会このかたやつがはまり込んでるどん詰まりを打破してやろうと考えてのこと。「おまえってやつはまったく笑わせやがる、なんの確証だってありゃするまいに、アンジェルがほんとにやつのぶちまけたとおりのことしでかしたのかだってわかっちゃいないんだ、それなのにウジウジ気を揉みやがって…あの女はいつもハッタリばかりかましてんだからちっともおれは心配しちゃいないぜ、きっとみんなの見てる前でおまえ侮辱しようとでっちあげた話さ…きっと手紙はあいつのポケットに入ったまんまなのさ…」

カスカードのやつことさら唇の端を持ち上げ、蔑むかのごとく聞いていた。

「おまえ気でもおかしくしちまったんじゃねえか…こういう場合に何がどうなるもんだかなんにもわかっちゃいねえやつだな…」

ああおれにはわかるもんか。それでもう黙っといた。おれにはおれの意見があるさ、それだけのこと。金はまだ残ってた、うちの両親からのが二十フラン、それにカスカードもきっとアンジェルからのが同じくらいはあったはず。

「酒でも買ってこよう」とこっちが持ちかける。

「三リットル頼んだ、そいつで景気つけようか」

そうやつが返す。

酒場は街のそば、運河の入り口の方だった。行って帰ってでおれなら十五分は見とかなければ。

「おまえは来ねえのか」とおれが尋ねる。

「行きたくねえな」とやつ。「おれは釣竿《つりざお》探しに水門まで行って釣りでもしてるわ」

こっちはおとなしくひとりで出発、考えごとにふけりながら。すると背後で運河の方からボチャン！と巨大な音が響き渡った。振り返る前から何だか察しはついた。振り返った。言うまでもなくカスカードが向こうの水門の方で飛沫《しぶき》をあげてた。運河にはおれたちのほか誰もいやしなかった。

「溺れちまったか？」とおれは大声あげる。

理由はわからん。一種の予感てやつだ。やつは流されもせず頭も両手も水面から上にしっかり覗かせてた。溺れてなんているもんか。やつは泥水掻き分けてた。おれはそっちに背を向ける。やつのクソ面拝む気にはなれなかった。

「性根が腐ってやがんな」とやつに声かける「ゲスのカスめ！　おまえ性根が腐ってんだ。一生クソにはまってろ、こっちはもう面倒みきれるか」

カスカードのやつ汚ねえマネしやがる。誰にも幸い見られる心配がなかったもんでこっちはやつの思う存分クソうんざりさせられた。

「そんなとこじゃ溺れられるもんか、え、アホったれが、チョロッチョロに浅えじゃねえか。まったくおまえってやつは…」

やつは草の茂った土手に這い上がる、足のせいで苦労しつつ。

「溺れる代わりにひでぇ風邪でもひいてブルブル震えてやがれ」そう追い打ちかける。

やつは動かない。

「ラムだけとっともらってきて後はすっこんでな」

やつの返答だ。それでもおれはちゃんと戻ってきてやった。お望みどおりのラム一リットルに、ビール一リットルと白ワイン二リットルと頭よりもでかいサイズのブリオッシュを三枚たずさえて。ふたりでポプラの木にもたれかかって。とことんガッツリ飲んで食った。腹も十分に満たされた。酒もすっかり空けちまった。

「竿がありゃ釣りがしたかったのにな」

「おれはやり方しらねえよ」と、おれが答える。

「おれが教えてやるよ」

了解、こっちはしこたま酔っ払ってた。再び土手を駆けて酒場で釣竿借りてくる。竿と小箱いっぱいの餌ももらった。追加で酒をあおって取り掛かった。ウキを投げる。

そいつが水面に触れるやカマスの大きいのが一匹やつの竿にかかった、その後もカゴいっぱいになるほどの小魚がどっさり。おれの方には当然一匹もかからない。やつがツキを独り占めしてたんだ。五時には酒がすっからかんに空いちまった。六時になると日が落ちた。

「魚を持って帰ろう」と、やつ。

こうして帰途に着いた。面倒ごとにも出くわさず、無事処女救援《ヴィルジナル・スクール》にたどり着いた。

「こりゃ奇跡の大漁[020]ね」郵便仕事も兼ねてる料理係の修道女がそう声を漏らす。

こっちは返事を返さない。この状況じゃ酔いだってやはりそうは続かない。一、二へん吐き戻したら、おれの方はすっかり素面に戻っちまった。気が揉めて、胸が騒いでしかたなかったんだ。目前に夜が迫ってた。たっぷりした厚みでどんな危険をしのばせてるかも知れない夜が。まずはいつもどおりに食事を済ます。けど案の定カスカードは床に着きたがらない。廊下の窓まで行って立ちションしてる。レスピナスが見回りにやってきた、管理人が消灯すると彼女やつの後ろを見るともなく通り過ぎておれの前に来てしばらく立ち止まる。

「あんただよな」と、おれ。「レスピナスだよな?」

彼女答えない。もう一分ほどもそこにいてそれから暗がりに掻き消えてった。

そうしていよいよほんとの意味で夜が始まった。

カスカードのやつ床に伏せずにその上に座ってた。やつはあれやこれやを読み始めた、ふだんは決して何も読みなどしないやつがだ。蠟燭で手元照らしてた。それで近くの連中は迷惑してる、向かいのやつらはなおのこと、とりわけ愚痴こぼし続けてるのが二人いてもう一人はずっとションベンしたがってた。夜番の看護婦がやってきて蠟燭吹き消す。そいつをやつはまた点ける。もう十一時になっていた。新聞は全部読んじまってた。中央テーブルに何か読むものがないか探しにいく。それでガス灯の明かりを灯した。すると膀胱《ぼうこう》炎《えん》持ちの砲兵隊のモロッコ兵、扉のすぐ前に陣取ってはひときわゴツい鼾《いびき》立ててたこの部屋の首領格、そいつが部屋の奥から杖を投げつけてきて蠟燭をかすめた。カスカードも立ち上がってそいつ黙らせようと向かってく。修羅場は必至だ。大声で互いに罵倒し合う。

「ああわかったよ」とカスカード、「そんならおれは便所行って読むさ、そうすりゃてめえの汚ねえツラも拝まなくてすむんだ、てめえだってそれでおれに邪魔されずにお好きなようにチンポしごけんだろうよ、このオカマ野郎が」

それでそっちはカタがついた。ところが今度は反対端にいた第十二連隊の古参の輜重兵、国土防衛軍予備隊の爺さんで重度の糖尿持ち、そいつが起き上がった。二十二のベッドを隔てて渾身《こんしん》の勢いで尿瓶の中身をぶちまける。同部屋の誰もかれもがそのおこぼれを頂戴した。尿瓶は窓にぶつかり粉々に砕け散った。修道女が二人駆けつけてきて、まわりは再び静寂を取り戻す。それで彼女らは戻ってった。そっちの方にいたカスカードもしまいにこちらへ戻ってきた。

「もう寝る気はしねえや」と、やつ。「てめえらみんなクソ喰らいやがれ」

そう言って再び蠟燭の明かりを点けようとする。

「ケツに突っ込んでもらいやがれ、おい、このクソ馬鹿野郎、とっととほんとに銃殺になっちまうんだな、そうなりゃてめえにクソうんざりさせられるのもおしまいさ」

連中、心底やつのこと疎ましがってた。

それでカスカードは自分で言ってたとおり便所に居座りに向かってった、そこでは夜通しガス灯が灯ってた。

午前一時にはなってたはずだ。

「なあフェルディナン、おまえなにか読むもの持ってねえか」

おれは看護婦部屋に探しに行った。彼女たちがそこで帽子箱のなかに本を隠してるのを知ってたもんで。

「レベルジマージュ」[021]が見つかった。全号揃いで。そいつをまるごとカスカードは抱えてった。さも取り憑かれたかのごとく熱を上げてた。

「扉は閉めとけよ」とおれが言って聞かせる。「誰が来るかわからんからな…」

やつは扉を閉ざした。一時間さらには二時間がそれから経過した。依然としてやつは閉じこもってた、おれもヘタに起き上がって他の連中にどやしつけられるようなことはよしといた。

しまいには日がほんのり向かいの屋根の上に昇ってきた…一面鉛色のレースに覆われた太陽が。

それからサン＝ゴンゼフ病室の廊下の入り口で何者かの声が響きわたり誰もがはっと飛び起きた、けどそいつはむしろ甘ったるい声質で、憲兵隊には不似合いな声、女の声色も同然で、それでいながら一音一音は粒だっていて、己の意向をはっきり自覚してるような声だった。

「こちらに第三百九十二歩兵連隊の、ゴントラン・カスカード兵卒がおられますでしょう？」

「憲兵殿、やつならそこの便所におります」と砲兵が高声上げる、扉のそばの例の男だ。

便所の扉が開く。

カスカードが出てきた。ガチャッガチャッと手錠の音が鳴り響く。

おまわりはもうひとりいて廊下の奥で待っていた。おれはもう一度カスカードを、やつのツラを拝む時間さえなかった。あたりはまだ夜中同然の暗がりだった。

それから四日してペロンヌのそばの宿営地でやつは銃殺された、そこじゃやつの第四百十八歩兵連隊が二週間の休暇を取っていた。

同部屋の他の連中がめいめい勲《いさお》し競い出してこっちは心底うんざりさせられた。やつが、カスカードがとうとう銃殺されたと知って、誰もかれもが嘘八百の武勲を並べ始めたんだ。どいつもこいつも英雄へと早替わり。やつの最期に際してひどい振る舞いに出たことの言い訳探してるふうだった。やつのことをクソミソに貶《おとし》めてまわる。直接やつの話をするわけじゃないがそれでもやつが気になって仕方ないんだ、そいつはありありと見て取れた。連中いわく自分は戦争で恐怖なんざ味わったためしもないんだと。輜重兵のジブーヌなんか南方からの飛行機が建物の上飛んでっただけでいまだに震え上がってゲリ便漏らしてるようなやつのくせしてたわいのない戦傷にかこつけ得意顔でえばり散らしてた。機関銃持った兵隊が三人がかりでかかってきてやつのケツになんとかかすり傷ひとつ負わせることしかできなかったんだと。その他云々かんぬん。土民兵のアブルークームときたらオデキ抱えて寝ても覚めても自分の瘻孔《ろうこう》のことで頭いっぱいで銃弾拝んだことすらありもしないそいつがだ、本人談、モロッコでは単身それも松明一本と自分の大声だけで原住民野営部隊を一部隊まるごと制圧したんだと。そいつで相手は全員縮み上がったんだとぬかしてやがる。連中がこうしてみんなホラ話に花咲かせ始めたのはカスカードが原因だったんだ。やつらも内心おおいに堪《こた》えるものがあったんだろう。デタラメ詰め込んで天の裁きをかわすのに必死だったんだ。おれはといえばやつらにまして勲章と表彰状のデタラメでとうに膨れ上がってた、やっぱりけどそれで心安らかかってわけにはいかなかった。あまりにきつい日々で一週間にひと月分は年を食ってた。戦争で銃殺免れたけりゃそういうリズムが否が応でも要求される。あんたらだって知っとくといい。

いずれにしたってやつら妬み深い連中だった。連中に勲章は見せないようにした。身につけるのも街に出てくときだけにしておいた。カスカードがいなくなったいまとなっちゃおれが目眩でふらついたときに支えてくれるやつは誰ひとりいやしなかった。他のションベン野郎どもとはたいして打ち解けることもなかった。連中いまや物乞い同然。それで誰もが多少なりとも英雄気取ってたが、それでいてどいつもこいつも偽善の皮かぶってた。その証拠にやつら決してレスピナスのことや下の隔離病棟で起こってることには触れようともしなかった。ひとが人前にさらけ出すものなんて結局もともと自分でもいらなくなってたものばかりだ。一番怪我がひどくて、一番泡吹いてるようなやつまでが己が心の内は堅く閉ざしてた。人間瀕死になったからって決して誠実になんぞなるもんか。おれはこの目で見たんだ、レスピナスがやってくるや、連中お笑い草になり下がった。嘘だとは言わせるもんか。あのアバズレにおれはじっくり目を凝らしてたがやつは天女のごときヴェール垂らして深傷の連中を愛撫してやり、それは心地よいゾンデを準備してやってた、おれには結局ほんとのところ彼女がやってることこそ正しいことなんだと思われた。彼女誠実であろうとしてたわけだ、他の連中とは正反対に。レスピナスはおれのことも彼女なりのやり方で元気づけてくれた。晩におれにキスしにくると、こっちはやつの歯茎を舌でたっぷりねぶってやった。彼女少しばかり痛がってた。そこのところがひときわ感じるんだ。彼女のことはわかるようになってきてた、ウソついてなんかいない。てのは彼女おれのことを特別に感じてたんだ。ある日おれの方に身を寄せてきて、

「フェルディナン、わたし駐屯地区司令部と話をつけてきました。あなた耳の障害が理由で、さしあたり騎兵隊会議であなたの決定が下るまでの間、庭の離れの小屋で寝ていいことになったわ。ベッドを入れておかせたからここよりゆっくり休めるはずよ。誰にも邪魔はされないし……」

寝耳に水だった。こっちはこの女のことはだんだん見えてきてた、とことん危ない女だ。おれを小屋にひとりでいさせるなんてのもどうにもおかしな話だった。それでも結局おれは移ってった。おれのいたベッドには代わりのがきた。

「おさらばだなケツ皮さんたちよ。いずれひっ捕らえられてあんたらみんな射的場へ舞い戻りさ。下のビーツ畑と便所の間で野菜になって生えてきたらそんときはおれがあんたらのことバクバクいただいてやるからな」

連中面白がって聞いていた。こういう冗談には鷹揚なやつらだった。

「育ち盛りのケツさんよ、自分のばっちいハラワタ心配してやがれ、え、ヌケ作小僧が、てめえなんざきっと勲章に足取られちまうんさ…」

やつらも丁々発止、負けちゃなかった。

おれは新たな部屋に移ってった。小屋の周りを見てまわる。ずいぶんまともな場所だった、「言ってたとおり」庭の離れに位置してた。他からはしっかりと距離がある。言うことなしだ。飯も運んできてくれた。十時から五時までなら外出だって許可されてるって話だった。

おれは小道に抜けていった。吐き気が来たんでポーチの下のところで遠慮がちに吐き戻す。いまやあらゆる方角に四〇キロほどの距離で前線が迫ってきてるようだった、前を向いても後ろを向いても。万一逃げるようなことになったらどこへ逃げたものかと思いを巡らす。どこもかしこも大地は腐りきってた。殺し合いなんぞやってないよその国まで逃げ切らなけりゃなるまい。けどおれにはそれに必要な健康も欠けてりゃ、金だってなかったし、あらゆるものを欠いていた。吐き気覚えさせられるほど何カ月にもわたって人間どもとあれやこれやの制服が行列なして路上を行進してくさまを目撃してきて、あたかもそいつはうずたかく積まれたソーセージとカーキ服と缶詰と地平線と青リンゴとがコロ付けられて押し出され挽肉まるごと馬鹿げたすりこ木に向けて運ばれてくようなものだった。そいつは真っ直ぐに出発し、高らかに歌い上げ、ワインあおり、列なして帰還、血を吹き出しながら、ワインあおって、もう一杯、メソメソやって、大声で吠えてみちゃ、とうのとっくに腐り果ててる、一雨くれば、ほらもう新たな麦が生えてきた、他の阿呆どもが船で到着だ、唸りをあげ、大慌てで全部を荷下ろし、海の上で舵《かじ》切りながら煙吐き出す、ご立派な船舶は埠頭《ふとう》でこっちにケツ向け、さあ再出発だ泡立つ波間を掻き分けさらなる他のを求めて進む…阿呆どもはいつでも満足、いつまでだってお祭り騒ぎだ。グシャグシャにされればされるほどそのぶん綺麗なお花が生えてくる、きっとそういうことさ。ウンコと上等なワインに万歳。一切合切を虚無へと捧げよう！

誇張法《リペルボル》へ戻ったところでおれに何か危険があるだろうか？　いやあるもんか。デスティネのやつがもしまだ知らないようだったら事の顛末を教えてやろう。けどとうにアンジェルから教わってた。彼女は、アンジェルは街から離れちゃいなかった。どうして離れるもんか。彼女は場所の選択にかけちゃたっぷり知恵が働いた。おれにだってそのことは飲み込めた。マジュール広場は日増しに溢れかえって、世界中の人間が行き交う四つ辻と化していた。文字通り人間が積み重なってた。通りが錯綜してるその上に人通りの改善のため歩道橋を渡してたんだ。爆撃のおかげで毎日死者が出てたし兵隊たちだって大挙してた、にもかかわらずあたりはいまだかつてないほどの人通りだった。市場ときた日には怪物的な混みようだ。とりわけ花だ、みんなして花を奪い合ってた。尋常じゃないまでに戦争ってやつは花束を売り捌かせる。理由ならごまんとあった。空の危険を察知してサイレンが鳴り響くと、誰もかれもが表向きは地下蔵へと身を隠した。こいつは壮観。おれが見たときには警報が一時間続いたそのあいだ一大隊がまるごと誇張法《リペルボル》を占拠してた。そいつが出てったそのあとにはなにひとつ、グラスひとつも残っちゃいなかった。やつらクリスタルまで飲み干してた。ウソじゃない。市庁舎では怯えて七五ミリ野砲まで馬たちと一緒に建物の二階に備えつけさせてた。そう。事態はますます険悪さを増していた。

警報が静かになると、アンジェルも外に出てきた、寡婦の身なりで。こっちはすぐにはやつに近づこうとはしなかった、彼女以前みたいには英軍参謀本部から離れて立ってはいなかった。ちょうど対角線上の位置で誇張法《リペルボル》の半カーテンから彼女のことを窺った。デスティネの方は最初はたいしたこと飲み込めちゃいなかった、ただなにか大きな災難がカスカードに降りかかったんだとだけ。理解できるような性質のことじゃなかったんだ。彼女の涙だって誠実じゃあったがかといって理由はさっぱりわかっちゃいなかった。取り決めどおり変わらずカフェの二階の同じ部屋にいまもアンジェルと寝起きしてた。それにその当初デスティネはくたびれきってた、たったひとりで酒桶からアルコールも食前酒も全て給仕してまわってたから、誇張法《リペルボル》の三十五のテーブルへ、夜中の十時まで朝は規定の六時十五分から始まって。それに輪をかけアンジェルのやつが信じがたいまでに体を蝕む、おれは後になって知ったことだが、一緒に帰ってくるとなにかと理由を見つけちゃ彼女をしゃぶり回して二へん三べんぶっ続けでイカせてやがった。それもデスティネが給仕で疲れていればいるだけそういう彼女ヨガらせるのはアンジェルにとって痺れるような喜びで、その思い通りにならなさがよけいに彼女の快楽を増していた。タガの外れた生活だった。

要するにあんなことがあった後でアンジェルに会いにいくなんてのは決してまともなことじゃなかった、けど彼女おれが戻ってきたの見ても全く驚きもしなかった。話し合いがてらよそのカフェに向かってった。おれは非難がましいことは口にはしなかった。彼女おれの気を惹こうとしてきた。こっちは説明してもらいたかった。向こうはそのことは触れるまいと避けていた。それでおれはカスカードのことはほっぽり出して彼女との距離を詰め撫《な》でさすってやった。向こうも拒まない。おれにはそいつはひどい苦行で強く抱き寄せようとすると腕の痛みで絶叫しちまいそうになるし血が上ってくると耳鳴りが爆発音でおれを満たした。それでもどうにかこうにか勃起した、そいつさえできればなんとでもなる。おれの血まみれの肉片透かして彼女の希望ではち切れんばかりのケツを想い描いた。おれはそこで生命ってやつと再会したんだ。甘美なるアンジェル。彼女もおれがイチモツはち切れんばかりに膨らしてるのを感じてた。彼女黒みがかったビロードの眼をして、そいつはカスカードのシャンソン、やつが二度と歌うことのないあのシャンソンで歌われてるみたく蕩《とろ》けるような代物だった。こっちはすっかりクラクラになっちまった。酒代も彼女が全部持ってくれた。おれはうちの両親にはもう金の無心はしたくなかった。おれにだって矜持もあったしうんざりだった。

「それがいいわ」彼女もそう言って励ましてくれた。

彼女マジュール広場を遠ざかってく。なみいる大隊のはざまを歓喜と僥倖《ぎょうこう》の妖精のごとくに通り抜けてく。彼女のケツは恩寵の軌跡を描いて去ってった、一〇万キロの重量が疲労で饐《す》えた臭いを発しながら二万の死に飢えた男らを横たわらせてるそのなかを。広場は匂いがあまりきつくて彼女そこを通るときは急ぎ足だった。それから部屋へ戻って白粉はたく、この時間は彼女のお気に入りだった、V・W・ピュルセル将軍のおいでになる参謀本部からは目と鼻の先のその部屋で。そいつは、V・W・ピュルセル将軍は十一時には鹿毛の馬二頭連れて出発、黄と紫のカブリオレ二輪馬車に乗り込み塹壕を巡回してまわった。みずから手綱を握って気取るそぶりも見せず。上流社会の人間だったんだ。その後を二人の士官が十分な距離を保って馬で続く、アイルランド軍のB・K・K・オリスティクル少佐とパーシー・オヘーリー中尉、先頭を走る彼は気高くて女みたいにすらっとしてる。アンジェルの手口は英軍の士官を、イギリス人ばかりをモノにすることだった、それも上流階級の、いちゃついてるところを見られたくはないような連中ばかりを。一日二日するうちにおれにも魂胆は飲み込めた。こっちは自分からやつの部屋へ行こうと頼んだわけじゃない。そいつはなかなか危うい。持ちかけてきたのは彼女の方だ。

「ねえ」と彼女、「勲章手にしてあんたなかなかいかしてるわ、ずいぶん立派よ。昨夜デスティネと横になりがらあたし何考えてたと思う…想像もつかないわよね…そうよあたしうまくやれると思うの、ねえあんたとだったら、ひと騒動巻き起こせるわ…あたしの夫のふりをするの…あたしパリでも《汚れ仕事のデデ》ってのと組んで同じことやってたの、いつだってうまくいったしボロい商売だったわ」

こっちは説明を続けさせた。

「まずあたしが素っ裸になるのよ、いつもどおりに、それで男をしばらくしごかせとくの…そいつが硬くなってきたらね、そうガッチガチに、そしたらあたしがフェラしたげんの…そこへあんたがノックもなしにいきなり帰ってくんのよ。こっちはあらかじめ鍵掛けるふりだけして開けとくわ。あたしが『ヤバい！　夫よ』って叫ぶでしょ…そしたらイギリス人どもどんなえげつない顔すると思う？…オリンピア座で捕まえたやつなんて見ちゃいられなかったわ…やつらそれで金を払うわ、絶対にやつら払うの、あんたに出てけってわけにはいかないの、やつら重々わかってる…デデと二人でこういうビジネス何十回だってやってきたんだから絶対成功間違いないわ…勃起さえさせちまえばイギリス人ほどのマヌケはいないし図体がっしりしといて［数単語解読不能］…あんたが帰ってくりゃみんなきまって間抜けヅラよ。あられもないところ見つけられてどうしたら許してもらえるかわかんなくなっちまうのさ。笑えることうけあいよ。あたしなんか危ないわね。叫び声出したら、あとは毛布にくるまってこっそりゲラゲラやってるわ。正真正銘の大芝居よ。やってみましょ。ね…絶対に後悔はさせないから、けどあんたの取り分はこっちで決めさせてね…」

「よし、のった」とおれ。

おれにしたって家庭解放賛成論者だ。ジリ貧はもうたくさんだった、考えることからして頭の中身も断片化しちまってて、耳からケツの穴までがバラバラで、どんな手使ったってなんとかして楽になりたかった。

「あたしがあんた治したげるわ。経験したこともないような気持ちいいことしてあげる…おとなしくしてたら、ちゃんといい子にしてるようだったら、好きなだけオマンコしゃぶらせたげるからね…まるで本物の夫婦みたいに。それにこっちはあんたより二つ年上なんだから、ちゃんと言うこと聞かなきゃね…」

彼女使う言葉の手管心得ていた、こっちは耳を傾けながら想像力が快楽で打ち震えてた。もう我慢がきかなかった。悪徳に負けず劣らずの悦楽だった。それでもほんのちょっぴしカスカードのやつが頭をよぎったがおれはそっちには背を向けもうそんなためらいはうっちゃっといた。目の前はすべてアンジェルの方を向いていた、彼女のケツを。救済はケツからやってくる。そもそもいまはおっかなびっくり決断してるようなときじゃなかった。今回こそおれは教育されてきた例のあれやこれやに後戻りすることはありえまい。おれのずっと奥の方でがなり立ててる一撃がいわばおれを途方もない良心の重荷から、教育による重荷ってやつから解放してくれてたんだ、それだけでももうけものだった。ああ！　そいつ目にすることすらもうたくさんだった。来る日も来る日も雑草が荒れ放題の頭蓋抱えて、それからなおのこと来る夜も来る夜も工場さながらのこの頭と落下傘で急降下のこの感覚器官抱えておれは心底ウンザリだった。おれは人類なんてやつにはとうに借りは負っちゃいなかった、少なくとも人が二十歳の頃に信じるようないつも心と物事の間に入りこんではゴキブリのごとく良心の咎めを這って回らせる人類なんて観念には。アンジェルはちょうどいいときにやってきておれの父とそれからカスカードさえも、やつにもやはりどこかしら戦争以前のなにかが残ってたんだ、そいつらに取って代わってくれたんだ。アンジェルってやつは快楽だけの存在だった、やつには異国の人間の香りがした、交易ってもののの味わいがあった。

よかろう。カスカードに取って代わらなきゃならないってんなら初回からやつに負けてないとこ見せなきゃならん、つまりはやつよりずっと囚われていないところを。こうして考えめぐらしおれは前へ進んでった。

「わかった」と答える、「なんだって当てにしてくれていいぜ」

彼女おれを自分の部屋に案内した、つまりデスティネの部屋だが、それでどう振る舞えばいいのか説明しこっちはおおよその状況を思い描いた。おれはベッドの左手、トイレとトランクの間の扉を開けるって手筈だった。そこはむしろ衣装部屋といった方がいいような手狭なところで、そのうえ汗臭かった。寝室としちゃみすぼらしかったがかえってその方が逢い引きは盛り上がるんだって彼女の話だ。

「だって自宅じゃあの人たちいやってほど贅沢してるでしょ…」

おれへの約束どおり彼女上着を脱いだ。彼女の下着姿を拝むのは初めてだった。裸同然に波打っていてさほど太りじしじゃない、むしろ痩せてて、全体に繊細でありながら立派な張りがあった。たちまちにして彼女の部屋で事がどう運ぶかは見て取れた。眼差しに加えて肌が格別だった。赤毛の肌に陽が差せばそいつでペニスはいちころだ。いままで見たことのないような蜃気楼、他の何物にも似るものはなかった。他のタイプの女だったら我慢も貫き通せようさ、金髪のや茶髪の連中の肌の極上のビロードの波にだって必要とあらば抗うすべだってあろうもの、すなわち果肉に溢れた最上級のやつ、生命そのものに触れるかのごとく掌いっぱいに触ってみたくさせられるような、するとそいつは軽く反発しもとあった位置を取り戻す、それは楽園の果実そのもの、そりゃごもっとも。そいつらだって限度知らずさ、けどそれでもそいつら相手だったら軽い抵抗のすべは養ってきた…かたや赤毛はこっちの動物性にまともに撃ち込んでくる。するとこっちはすたすた出てく、あえてなにか訴えなどしやしない、ただ己の姉妹をそこに見出し、それで悦びに浸るばかり。

こうしておれは藁《わら》布団の上でアンジェルのおまんこにしゃぶりつく。そいつもまた耳鳴りのやつを高鳴らせた、拍動が余分に加勢して。これで金輪際のおしまいかとも思われた。それでも彼女おれをイカせた、一度ならず二度ぶっ続けで。そんなこと彼女には朝飯前だった。こっちは股間の中身に噛みついてやる。ちょっとは懲《こ》らしめてやらなけりゃ。すると向こうは本気でヨガり始めた。でもこっちはもう限界だ。起き上がってちょっぴし吐きにいった。痰吐くだけのふりをして。

それにしたって押入れの手筈を教わらなければ。もうずいぶんいい時間だった。遠くに目をやるとマジュール広場の方じゃそっちはそっちでサイレンの合間見つけちゃ肉の生活を四方八方に展開し続けていた。英軍参謀司令部にも灯がともってた。ほんとは禁じられていたんだが。

「明日ここに一時にね。あんたは部屋の中であたしが誰かひっかけてくるのを待っててね。道で二人で話してるところは見ちゃだめよ。階段から足音が聞こえたら、隠れて穴のところから覗いてるの。あたしが裸になって向こうが跨がってきたら扉叩いて勢いよく入ってきてそれで呆気に取られた顔してみせるのよ…そうすりゃあとは自然にうまくいくわ」

おれは大急ぎで小屋まで帰ってった。そちらにしても庭の外れに孤立させられてるのは心配だった。計画を練る余裕もないほどおれには不安のタネがいっぱいだった。レスピナスがやってきておれの包帯を変えてくれ耳に薬を注いでくれた。外は風がひどくてどしゃ降りの雨で彼女が出てくと犬が吠え立てた。なんとも剣呑な成り行きだ。

眠ろうとしてぎゅっとしがみつく。毎度毎度とてつもない努力をして二度と眠れないんじゃないかって不安に抗ってた、二度とやむことのない耳鳴りのおかげで、生きてる限りはもう二度と。失敬。くどいのは自分だって承知してんだがシャンソンのメロディみたいなもんだと思ってご容赦願いたい。嘆いたってしかたない、メソメソするまい。翌る日、ここだなとひとりごつ、つまりトランクとトイレの間のその向こう。長くは待たなかった、一時間ほどだろうか、甘ったるくて響きのいい声が聞こえた。ちらっと窺う。スコットランド兵だ、そいつは制服のスカートを脱ぎ、早々に素っ裸になる。そいつも赤毛で筋骨隆々、馬そっくりだ。ゆっくりと事に及ぶ、黙ったまま。まるで鹿毛の馬が跨ってるみたいに。至極単純。常歩《パ》、速歩《トロット》、駆歩《ギャロップ》、そして障害跳び越え、ケツの一撃、さらに一撃、見事彼女に突っ込んでった。彼女顔を顰《しか》めるほどの貫かれようだ。前にも言ったが彼女あれで繊細なんだ。こっちに目を配る。アン、アン、やりながら。

彼女さらに顔を歪める。それで抗いようもなく絶頂迎える、男の方も同じ頃に。それからやつが激しく彼女のケツを締め上げるもんで彼女ひっくり返っちまいそうになるそのくらいに激しいやつの抱き締めようだ。

そうして男が励んでるあいだこっちはやつの両手に魅せられていた、そいつはアンジェルの肌に打ちつけられた鎹《かすがい》だった、他の部位と同じく巨大で逞しい毛むくじゃらの鎹。こっちはこのタイミングで押し入れから出ていって憤慨してみせればよかったんだ、いまがチャンスだった。なにしろやつはイっちまった後で次へと待機してるとこ、終始無言で、ペニスは露出させたまま、全力疾走の後みたくゼエゼエいってたんだから。そうしたらやつはどういう反応に出ただろうか？

しまいにやつは生気取り戻しふたたび女の上に跨った。彼女はまだハアハアいってる。やつはかまわず再開。彼女もうほとんど抗えないそれほどまでにそのスコットランド兵は精力全開だった。遠く砲声がおれのいるタンスの奥にまで響いてきた、しかもいまや街の両手から。おれも勃起した。耳も高鳴る。息も詰まりそうだった、この豚箱のなかでなにしろ体かがめて見入ってたから。彼女このままじゃくたばっちまうんじゃとおれはよぎったそれほど強烈なやつをケツにめがけてぶち込み続けた、その頑強な身体して。ところがちがった。彼女なされるがままに小包のごとくに身を任せはじめた。柔軟に身をくねって。軽く喘いでやがった！　やつは彼女の腹上に、いや背面に腰を据えてた。彼女の方は蒼白だ。こっちはその見世物に夢中で扉にぴったり張り付いちまっててその勢いでそいつが開いていまや猛《たけ》り狂う二人が目の前だ、ちょうど真下に。こいつはやばい。こんな屈強なやつが相手じゃおれはきっとたちまちのされちまうぞ…けどそんなことはなかった。身震いひとつしやしなかった。かまわずアンジェルを掘り抜き続ける。おれに見られてどうやら激しさ増してる。おれの方はやや集中が乱れちまった。彼女全て剝《む》き出しで毛むくじゃらのその男の上にいまや馬乗りだった、ほとんど無意識のうちに。もはやいっさい抗わない。唸り声のなかひっくり返されるに委ねてる。男ってやつが何カ月も女抱かなけりゃこんなことになるんだ。ハイシ！　もいちど駆歩《ギャロップ》のお時間だ。彼女は身を引き離そうと泣き叫んでる。そこへやつは自分の唇ねじつけ黙らせる。ケツの穴に男の体がまるごと打ち込まれたかのように両足しこたま痙攣させて泣いてるのを見てようやくやつもけたたましい一撃とともに絶頂迎えた。

　彼女を殺しちまうんじゃないかってほどのイキ方だった。両のケツのそれぞれに大きな筋が走ってたそれほどまでにやつは彼女に跨り暴れ回ってた。それで今度はやつも死んじまったみたいにゆっくり弛緩してゆきそうしてぐったりしてた、ゆうに三分以上も彼女の上で。こっちも身動きはしなかった。やつは唸り声あげたあとこっちに目をやり優しく微笑みかけてきた。ひとつも怒ってなんかいなかった。地面に足をつき、窓の方に直立して服を着直すがこっちには依然として黙ったままだ。ポケットの中をまさぐる、一リーヴル札を取り出し、いまだ仰向けで生気が戻らずへたり込んだままの女の手へとそいつを握らせた。

　彼女の方は一リーヴル札に触れてやつに気づきおれと二人を両方見やる。面食らってた。スコットランド兵はすでにスカート纏い、負い革と乗馬鞭《むち》を手にして、満足してる様子だった。キスしようとかがみ込み、そうしてキスして何も喋らず立ち去ってった。扉も静かに開け閉めして。心配事なんか一切抱えてないタイプの男だった。アンジェルは苦労して立ち上がる。下腹部を両手でさする。用心しいしい歩いていって便座で膣を洗ってる。ふたたび呼吸も整ってきた、こっちも同じく。

「まるで嵐のようだったね」と、おれ、いつだって詩人だ。

「ええそうね」と彼女、「けどあんたってのは役立たずの大マヌケね」

そう言われちゃぐうの音も出ない。

「明日はね」と彼女、「もう物置きで手をこまねいてるのはおしまいだからね。目の前の誇張法《リペルボル》のテラスからこっちの窓であたしがカーテン引くのをじっと窺ってるの、わかった？　そしたらこっちへ上がってくるのよ…扉はノックしちゃだめ。いきなり開けるのよ。わかったわね？」

「ああ」と、おれ。

「じゃあまたね」

こっちは彼女を抱こうとした。

「なに、自分でシゴいてなさいよ」

したたか平手打ちを喰らわされた…こっちはしつこくは出なかった、彼女の気を損ねたくはなかったし、どうするすべとてありゃしなかった。

その晩もひどかった。もしもう一度この客引き仕事をしくじったらアンジェルはどんな態度に出るだろうかと自問を重ねた。アンジェルだけがおれの希望だった。

プルデュ＝シュル＝ラ＝リスでは、病人や怪我人をみんな退避させようとしていた、特にもう歩けるようになってたやつらは。いまじゃ街はまったく安全じゃなかった。マジュール広場は爆撃で絶えず濛濛《もうもう》としていた。水飲み場も破壊された。連隊が通過してくのがとうに探知されてたもんで、ひしめき合って身を隠そうとして、まるで火事でもあったみたいに小道じゅうを駆け回ってた。実際の戦闘よりもひどいパニックだったがまだ営業続けてたカフェのおかげで憂さ晴らしには事欠かなかった。とある男、あるズアーヴ兵なんかは、兵隊の群れが重砲の砲弾食らってアーケードの下に横倒しに積み重なってくその波に運ばれてって誇張法《リペルボル》のカウンターのちょうど真ん前までご到着。それでちゃっかりガムシロップ入り白ワイン《ブラン・ゴメ》を注文しおおせた！　身を捩っておかしがってる。見事なもんだ。客もみんなではしゃぎ合ってた。早く飲まなきゃ。おれは通りがかりに目撃した。

翌日一時、時間に余裕をもって、アンジェルに言われた場所へと姿を現した。事が起こるのを待ち構える。あたりは珍しくなかなか静かだった。通りがかるものといえば永遠の渇きに苛まれた輜重隊とそれから砂埃《すなぼこり》巻き上げひっきりなしに続いてく車両たち、役立たずの小型トラックが全部隊を追い立ててく、次から次の戦争の果てまで、あっちの車輪こっちの車輪をガタガタ震わせ、地面には鎖、二機のエンジンはいつも揃って故障する、油を差せば二千三百の車軸が吠え声を上げ、通り過ぎるまでの間その霙《みぞれ》まじりの残響で街路を満たす。［一文解読不能］一時間が経過した。もしかするとアンジェルのやつ今日はお休みなのかもしれないな。イギリス兵が進んでヤりたがる昼寝の時間はもう過ぎていたし、夜中になると連中酔いつぶれちまう。けど英軍参謀司令部からはまだまだ大勢、金持ち連中が湧いて出てきた。太っちょも、年とったのも、若いのも、あらゆるやつが、馬のも、徒歩のも、自動車に乗ったやつらまで。ひょっとしておれがお払い箱にされたってだけなんじゃ？

さらに一時間あれこれ観察してた。デスティネがこっちに寄ってくる。彼女にはなおさら理解しようもなかった。説明するのはよしといた。優しい顔を見せてくれた。それで十分だった。

来た。カーテンが動いた間違いない、三階のカーテンだ。できる限りおれは急いだ。我ながらどうやら決心きつく固まってたんだ。目眩のやつも来やしなかった。二階へ。二階へ。扉はノックしない。押し開けて中へ。男はベッドでアンジェルに跨がり勃起してた。年食ってる、カーキ色のパンツ一枚だ。上半身は真っ裸。顔を恐怖で引き攣らせてた。こっちだって同じだ。二人して縮み上がってた。それでアンジェルは面白がってる。

「うちの夫よ！」彼女腹抱えながらそう口にする。「うちの夫よ！」

そそくさと男は竿をファスナーの中へしまい込む。全身ガクガク震えてる、こっちも同様。向こうは動転しちまっててふりだってことには気づいちゃいない。ビビっていやがった、それでおれも厚かましく出た。

「Money! Money!」とやつに言う。「Money!」ぶるぶる震えながら［一単語解読不能］に元気づけられ。

アンジェルが念を押した。

「うちの夫よ！　ええ！　うちの夫よ！　my husband! my husband！」

彼女は股おっ広げ、ベッドの上でふざけた身振り繰り返してた。一生懸命husbandを連呼する、彼女こっちに来てたちまち身につけた単語だった。

「こいつならたいしたことないわ。ツラ殴ってやんな、フェルディナン」と慣れたフランス語でおれにはっぱかける。

たしかにこいつだったらおれみたいな新米にはおあつらえ向きだった。昨日のやつとは月とスッポンだ。弾みをつけ、左を加減がちにお見舞いする。ほっぺた軽くはたいてやった。あまり痛い思いさせるのはいやだった。

「だからぶん殴ってやんなっての、バカったれ」と彼女がおれに言う。

それでもう一発。難なく殴れた、やつはガードの姿勢も取らなかった。白髪生やして、おそらく五十は越えてたはずだ。そいつの鼻っ柱にきつい一発かましてやった。鼻血出してる。するとアンジェルのやつここでガラッと曲調変えてきた。今度は愁嘆場だ。やつの首元にすがりつく。

「あたしのこと助けてよ、お願い、あたしのこと助けてよ」とやつに囁きかける。「ほら、ここであたしのこと攌まえんのよ。ここであたしのこと犯そうとすんのよ」とこっちに裏で、「ほら、この石頭め、犯すんだってば」

こっちはまごつく。

「言ったとおりにやれってのこのカマ掘られ。とっととチンポコ出しな」

おれは出した。けど彼女あいかわらず男の首元にしがみついてる。彼女はそいつを抱きしめ、その彼女をおれが抱きしめてた。おれが突っ込めるよう彼女の方は姿勢を整えた。それでいて顔はやつに向けて滂沱《ぼうだ》の涙。彼女湧き出る泉さながらに快楽を感じてた。男の方はいまやあらゆる情動のごった煮だった、無理もない。鼻を抑えたまま。彼女は男のファスナーをまさぐる。みんなしてハアハア言ってた。

「お次はあたしのこと張り飛ばしな」おれにそう指図する。

それならこっちだって望むところだ。ロバを張り倒すようなやつをゆうに十発はお見舞いしてやった。それ見てやつの方は殺傷沙汰が始まったかと思いこみ。

「ダメです！　やめてください！」と、やつ。

椅子の上の制服のポケットにすっ飛んでった。その金をおれに突き出す、札束を手のひらいっぱい。

「受け取っちゃダメよ」と彼女。「服着て出てきなさい」

おれはボタンを止め服のしわを伸ばす。やつの方は譲ろうとしない、なんとしてでもおれに受け取ってもらいたがってる。こっちはやつがなんて言ってるのか聞こえなかった。耳鳴りがひどかった。洗面桶まで行ってゲロ吐いた。やつは同情しておれのこと手伝ってくれた、頭を支えてくれ、いっさい恨んでる様子も見せずに。

アンジェルは英語喋ってた。やつに説明して聞かせてた。

「My husband. His名誉よ、病気になったの！　病気に！　sickに！……」

こっちはゲロ吐きながら腹抱える。男は毛深で、肩までモジャモジャだった。胸なんて真っ白だった。やつはこうなっちゃどこに目をやっていいのかもわからずにいた。

「ごめんなさい！　ごめんなさい！」とこっちに許し求める。

それには答えずおれは出てった、毅然としたとこ見せつけてやった。階段のところで三十分ほど待機した。そうして自分の小屋に帰ってった、それ以上は待てなかった。もう立ってるのが限界だったんだ。なんとかうまくいってくれ、そう願った。

食事の後でアンジェルみずからニヤニヤしながらやってきた。それでこっちはひと安心。

「やつはいくらくれた」とおれが尋ねる。

「あんたには関係ないわ」と向こう、「ともかく万事うまく運んだわ」

そう言いながらよく見ると彼女顔色がよくない。

「あのひといわゆるイギリス人なんかとは全然違ったわ、もっとずっと立派なひとよ」

「ほう！」と、おれ。「どういうところが違ったってんだ？」

「どうもこうもありゃしないわ」

おれなんかにこういう機微は呑み込めるまいと思ってるんだ。

「で？　どうすることになったんだ？」

「しょうがないわね話したげるわ！　あんたが出てくとあたしあのひとにあんたってほんとに意地汚いやつなんだって言い聞かせてやったのさ！　あたしがどんなに虐待されてるかって！　あんたがどんだけ嫉妬深くてどうしようもないやつかって！…話せば話すだけいくらでも親身に聞いてくれたわ…それであたしあのひとがほんとにお金持ちなのか確かめたくなったのよ。けど確かめるったって簡単にはいかないわ。イギリス人ってお金のことになるといつもウソばかりついてる連中でしょ…それでもあたしただの阿呆に身を預けちまわないようあらかじめはっきりさせときたかったの、だって想像してみてよあのひととあたしにいますぐイギリスに行かないかって誘ってきたのよ…」

「なんてこった！」

「それにそしたらあっちで生活は保証してやるって。あんたあのひといくつだと思う…？」

「五十くらいじゃないか」

「五十二歳よ、身分証もどれもこれも見せてくれたわ。こっちがそうするように仕向けたんだけど。あのひとengineerなんだって…工兵隊の所属なの…ほんものの技術者なの、いやそれ以上よ、ロンドンで工場三つも経営してるんですって、ね、そういうわけなの」

アンジェルのやつ嬉しくてたまらない様子だった、けどおれのことにはすっかりケリをつけたふうにもうかがえた。

「それでおれはどうなるのさ？」

「あのひとあんたのことも恨んじゃいないわ、え、［舐め犬ちゃん］！　あたしが言って聞かせてやったのよ、あんたってひとはひどい欠点の数々と暴力的なところさえ除いたらほんとは芯は良い人なんだって、けど戦争のせいであぁなっちゃったんだって、耳とオツムが馬鹿みたいに鳴ってるんだから大目に見たげなくちゃいけないんだって、それに連隊いちの勇ましい兵隊さんでその証拠には勲章だって貰ってるんだからって。あのひとあんたと会いたがってたわ…あんたのためにもなにか助けになってあげたいんだって…」

「クソくらいやがれだ」

もはやついちゃいけなかった。

「明日の三時に運河の出口、例の閘門《こうもん》のところの食堂で三人で待ち合わせってことに決まったわ。それじゃあね、たっぷりオナニーしてなさい、また明日ね、あたしデスティネのこと待たせたくないから、夜中は怖いんですって、あの子ったらそれで一階の扉に錠かけんのよ」

こうして退散。

待ち合わせまでにはまだ時計の針は十五時間も余裕があるなと頭をよぎった。外には出ないでおきたかった。自分を取り囲む運命ってやつがあまりにも脆《もろ》いものに思われてそいつはあたかもこの部屋の床やら家具やらが重みをかけると軋みを立てるのと同じものに感じられた。それでおれは一歩も動かないでいた。ただ待機するのみ。真夜中ごろ廊下から衣擦れの音が漏れてきた、レスピナスだ。

「調子はいかが、フェルディナン？」扉越しに彼女が尋ねる。

答えた方がいいものか躊躇った。返事した方がいいだろうか？　ほとんど眠りについたような微かな声で、

「大丈夫です、マダム」と答えた、「大丈夫です…」

「ではおやすみなさい、フェルディナン、おやすみ」

そう言って彼女もう入ってはこなかった。

明けて翌日は運河へ、テラスの前を横切り酒場を通り過ぎてく。運河の閘門も通り越してポプラの木の後ろで待機する、ここなら五〇メートルはゆうに離れてて向こうからは死角だ。じっと窺う。こっちは目立ちたくなかった。こっちが見るのが先決だ。おれは待った。待つってことが肝心な種類の事柄におれは熟達していた。まず彼女だ、やってきて席に着く。彼女ビールのレモネード割り《パナシエ》を注文した。面白いもんで一九一四年の流行なんてものはあって間に過ぎ去ってた。一九一五年になるともうそっくり正反対[022]だ。兜にも似たフェルトの釣鐘型婦人帽《クロシュ》をヴェール垂らして目深にかぶり、そいつで彼女の顔にはもう眼しか見えずにおかげで眼の方はいつもに増して大きく映えてた。その彼女の眼には遠く離れておれが立ってる位置からでもやっぱりむずむずさせられた。間違いなくアンジェルって女、魂の深奥の部分に働きかけるなにかを持って

いた。

　もうひとりのくそマヌケの方もご到着、イギリスの《エンジニア》さん、ひどくゆっくり曳舟道を歩いてきた。こうして見ると少し腹が出てた。服を着てると不思議なもんで裸のときみたいには五十いってるようにはもう見えなかった。

　engineerさんの制服は他の連中と同じカーキだ、どうやら参謀司令部の人間らしくその証拠に制帽に赤い帯が巻いてあった、それからもちろん乗馬鞭にあとは五百フランは値が張りそうな長靴を履いていた。

　やつはアンジェルの目の前の席に着きそれからふたりは話し始めた。会話が温まってきたところでおれはびっこ引き引き怪我の具合を強調して近づいてった。やつのことを冷ややかに観察するが向こうは礼儀正しくそれどころか好意的だった。席に着く。こっちはくつろいでみせる。おれのこと心から暖かい眼差しで見守ってる。アンジェルも同じく。こう見つめられてるとだんだん自分がふたりの息子みたいな気がしてきた。こっちは缶ビール四本、それにランチセットを注文した。どっちもおれにはよくなかった。ここのすぐ前のところでカスカードが身投げしようとしてたんだってことが思い出された。記憶の泥土の中からそいつまんまと引き上げちまった。けどそのことは隠しといた。おれはなにも喋らなかった。にしてもアンジェルってやつはケロッと忘れちまえる女だ。少佐がこっちの名前を尋ねてきた。そいつに答える。向こうも自分の名前を名乗る。セシル・B・ピュルセルってたいそうなお名前だ、セシル・B・ピュルセル・K・B・B少佐。

身分証を見せてくれた、そのとおりの名前が記してあった。やつは技術者組合の一員で、そのことは別の身分証に書かれてあった。財布はパンパン、札束で膨れ上がってた。こっちはそっちを横目で窺う。こんだけありゃ地球を十二周してその上もうどこだかわかんないとこまで行っちまえるくらいの金額だ。

「ねえフェルディナン。オジチャマったらあたしたち二人ともイギリスに連れてきたいんですって」

昨日から彼のことをそうやって呼んでたんだ、オジチャマって。

その彼の方はおれのこと引き続き見つめるうちに目が潤んできた。おれのこと好いてくれてたんだ。おれのことを好いてくれてる彼を彼女も見つめる。これこそ願ってもない巡り合わせだ、間違いない。

美しい陽光がその巡り合わせを記念して運河の両側で照り輝いてた。盛夏がおれたちのこと祝ってくれてた、熱上げ歓待してくれていた。

ビールをもうひと缶。四方八方から善意がおれに注がれてた。熱がこもって三人して言葉にもならない言葉操っては互いに肩さすりあって友愛の情で満たされた。おれなんかはすぐあたりまえのように吃《ども》り出すもんで、まるでしこたま酔っ払ったふうだった。いつもの症状と個人的な思い出の数々に流されてくままに身を委ねてた、ほっときゃ自然いい方に進んでった。たちまちおれは高圧の音楽の流れに流され超自然の方角へと運ばれてった。

やつが、K・B・B・ピュルセルがおれの髪を撫でさする。やつも嬉しくてたまらないんだ。万事うまく運んでた。それでもアンジェルは決してハメを外さなかった。

「うまいことやるのよフェルディナン」席がおひらきになるとき彼女おれにそう囁きかける、「二日後にはずらかるからね。あんたのとこのアバズレに言っとくんだよ、ロンドンで休暇を取りたいんだって、彼は身内の人間で、彼があんたの世話をしてくれるんだってね」

こっちも異論はない。

実際のとこはおれだって全部が薔薇色だったわけじゃない。イギリスって国にはほんとのところ決していい思い出持っちゃいなかった、けどそれにしたってその後に味わされてきたことと比べりゃずっとマシだ。

「オーケー！」とおれは返す。

おれも心が満たされてたんだ、それでおれがふたりを案内してまわった。腕を振り上げ振り下げ、互いに肩組んで曳舟道の方へ歩いてった。遠くまでは行かなかった。ピュルセルを二人の間に挟んで歩いてった。一面草地の盛り土でひと休みする。ここからははっきり堤防の閘門が見える、あそこでカスカードが…それでしまいに…やつの歌が口をついて出てきた。


知っているのです…

貴女《あなた》が素敵だと…

そして貴女の甘い大きな瞳が……

ピュルセルはおれの歌を聞きたがった。やつはおれのことならなんでも望んだ。こっちは胸が張り裂けそうだった。二曲歌うので精一杯だった。ピュルセルはなにもかもを覚えたがって、歌詞を書き出してくれないかとねだってきた。

終わりを知らないのは砲弾のやつだった。そいつが実際に響いてないときもおれはひとりで響かせてた。いまでも砲弾の音はそっくりそのまま頭の中で響かせられる。とはいえ夕べにはそいつも止んだ。

「キスしてやりな」とピュルセルにおれは言う、「彼女にキスしてやりな」めいめい別れる段になって。

その気持ちにウソはなかったといまでも思う。ひとには誤ってなおざりにしてる感情ってものが存在する、そいつさえありゃ世界はまったく違ってくるはずなのに。先入観に毒されてんだ。ひとはあえて口にしようとはしない、《キスしてやりな》の言葉を口にしない。けどそいつは万能の言葉なんだ、そいつは世界の幸福を示す言葉なんだ。ピュルセルのやつも同意見だった。こうして友情のなか別れを告げた。ピュルセルこそおれの未来、おれの新たな生命だった。帰ってくるとレスピナスにも全部説明してやった。聞かせてやりたくて処女救援《ヴィルジナル・スクール》の病棟までわざわざ彼女探しにいった。すると彼女ひどいツラをしてみせた。それでこっちは別の方向に話を進めた…小屋に戻るとおれは彼女の行動を盾に取って説得にかかった、こんなのはおれのクソみじめな人生のなかでも初めてのことだった、きっとそうだ。こっちは何時間も無駄にしてる暇なんかなかったもんで。

「おれにはそいつが必要なんだ」と、おれ。「そいつ手配してくれないようならあんたが死体を貪り食ってた話を言いふらしてやるからな」

おれのほかに見たやつはいなかった。危ない賭けだった。彼女おれを名誉毀損で軍法会議送りにだってできたはずだ。サン＝ゴンゼフ病室のションベン垂れどもは一人だっておれの側に立って証言するやついやするまい。やつら何も目撃しちゃいなかった。まったく知らないに違いない。それに連中そもそも馬鹿げた勲章と特別裁量のことでおれのこと嫌っていやがった。

「半年分の外出許可証だ、六カ月から一日だって欠けちゃなるもんか、そいつおれによこさなけりゃな、え、こっちにはもう失うものなんてありゃしないんだ…おれがフェルディナンであることに劣らず絶対確実、おまえがどこにいようが見つけ出してその土手っ腹に引き抜けないほどの奥深くまでサーベルぶっ刺してやるからな。わかったか？」

実際おれはやりかねなかった。おれには守るべき未来があったんだ。

「イギリスだ！」と付け加える。「イギリス滞在の許可証だ」

「そんなこと考えちゃダメよ、フェルディナン？」

「考えるさ。考えるとも。そのこと以外考えちゃいるもんか」

「あちらで何をするつもりなの、フェルディナン？」

「てめえはてめえのケツの心配してな」と、カスカードばりの返答をしてやった。

我ながらふざけた話しぶりだったがそれでもそれでなんとかなった。

二日後おれはブーローニュへ向け出発、正真正銘の通行許可証を手に。駅では用心した。船着場に着いても用心重ねた。そこはあまりに美しかった。おれの拷問の耳鳴りまでがはしゃぎ始めた。自分のなかの騒音越しに響いてくる船のサイレンほどに絢爛《けんらん》たるものといったらなかった。怪物が煙を吐き出してた。ピュルセルとアンジェルはもう今朝からロンドンに着いてるはずだった。ロンドンに行けば戦争はない。砲弾はここでもすでに聞こえなくなっていた。ほんの微かに、というのはときおり**ブーン**が一回二回、ごくまれに、ごく弱々しいのが、向こうの海の果ての水平線のさざなみのそのまた向こうから、言ってみれば天の彼方から届いてくるばかり。

船の上ではおおぜいのシャバの人間がなんの心配もなく、ひとが死刑宣告される前となにひとつ変わらず、あれやこれや語り合ってた。身の回りを綺麗に整え快適な船旅を満喫してた。船ってやつは不思議なもんで見てるとなにか込み上げてくるものがあった、サイレンの音にしたってそうだ、上質の、綺麗な、大型の船だった。船体がまるごと揺すれる、あるいは微かに震える。すると水面も果てもしれず震えてく。［一単語解読不能」の突堤の真っ黒なドックをつたって乗船した。波が来る。**ユップ**！　持ち上げられる。**ユップ**…さらに大きい！…再び沈み込む。雨が降ってた。

　たしか旅のためにおれは七十フラン持ってきていた。アガト[023]が出発前おれのポケットにそいつ縫い付けてくれたんだ。アガトのやつやっぱりいい女だった。きっといつかまた会うことだってあるさ。

　先ほどの二本の突堤ももう浮気な水泡《みなわ》の上でごく小さくなっちまって、向かいの灯台にとり澄まし顔で対してた。その奥では街も小さく折り畳まれてゆく。そうしてそいつも海に溶けてった。あらゆるものが雲とそれを支える海の背景幕の奥に転げ落ちてく。これでしまいだこの汚辱とも、そいつはあらゆる糞尿溜まりの風景を「繰り広げて」いやがったんだこのフランスの大地ってやつは、そこには何百万の退廃した暗殺者どもが、木々が、腐肉が、億万ションベンの街々が、雲霞の如きウンコの銃弾が描き出す無限の糸状軌跡が層をなして埋《うず》もれてんだ。そいつらもいまやいなくなった、海が全てを呑み込んだんだ、海が全てを覆い尽くしたんだ。海に万歳！　もはやおれにとってゲロ吐くことなんて問題じゃなくなった。もはやゲロなんて吐けなくなった。おれはあらゆる船酔いをおれ自身の内部に抱え込んでた。戦争ってやつはおれにも別の海を授けてくれたんだ、おれただひとりの海を、吠えたて、この頭のなか大音響で唸りをあげるおれだけの海を。

　戦争万歳！　海岸ももうおしまいだった、そいつはいまやきっとあの小さな縁取りだ、ごく細い、この風が向かってく最果ての。向こうの艀《はしけ》の左手の方、そっちが我らがフランドルだ、そいつともおさらばだ。

デスティネには結局その後二度と会うことはなかった。音沙汰さぇとんと知れずだ。誇張法《リベルボル》の経営者たちはきっとひと財産なしてそれで彼女お払い箱にされたんだろう。おかしなもんで彼女みたいな連中は荷物満載、無限の彼方からやって来ちゃ、情動の荷駄抱えたまま市場でのごとく人々の前に姿現す。連中は警戒することもなく、荷ほどきしてはあたりかまわずご自分の商品を並べて回る。見栄えのするすべなど知りゃしない。それで誰も連中の品になぞ手を出さない、みんな通り過ぎてさ、振り返りもしない、めいめい自分の仕事で急いでるんだ。そうされて連中もきっと辛い思いしてるはず。また荷物まとめるだろうか？　あるいは全部放り出しちまうか？　おれにはわからん。連中どうなっちまうんだ？　誰にも何もわかるもんか。きっと再出発して商品捌けきるまで続けるんじゃ？　それで連中今度はどこに向かってくんだ？　それにしたって人生ってやつは途方もない。いたるところで道に迷うばかりだ。

註

001——フランスの軍隊における隠語で、コーンビーフ缶のこと。十九世紀よりヨーロッパの軍隊における保存食の定番である。

002——ベルギー西部フランドル地方の都市であり、第一次世界大戦の激戦地として名高い。

003——このシークエンスの最後に登場するカンベレク含め、みなブルターニュ出身の兵士たちであり、フェルディナンの連隊での戦友。冒頭にも言及されたケルシュゾンは、『夜の果てへの旅』や『虐殺のためのバガテル』にも登場しており、『死地 *Casse-pipe*』のこのたび新たに発見された草稿では主要人物として描かれている。

004——この後言及されるティボー、ジョード、ワンダら含め、『クロゴルド王の意志』（発見された草稿群の一部で、ガリマール社より二〇二三年四月刊行）の主要登場人物。『なしくずしの死』をはじめセリーヌの作品で度々言及・引用されている。

005——［原註——草稿にはこの後もう一枚頁が含まれているが、これは明らかにここに位置するものではない。そこではフェルディナンが翌日手術されると述べられているが、これは次のシークエンスで語られる内容である。しかし他の箇所にも挿入しうる場所はなく、おそらく別のヴァージョンのテキスト対応するものであろう。以下、原稿本文。

「気をつけ！」とおれは怒鳴りつけてやった。「気をつけ！…」さらに大声で。

「さあ落ち着きましょうね」とマダムが答える、「落ち着きましょう…ほらその調子よ…さあこれを飲んで、手術は明日の朝よ」

一九一五年一月二十二日午後四時ごろ、ノワル＝シュル＝ラ＝リスの完全慈善病院《パルフェット・ミゼリコルド》でのことだった。］

006——モデルは、ベルギーに隣接する、フランスのノール地方の村アーズブルック。英軍およびオーストラリア軍の後方拠点として使用された。

007——モデルはセリーヌの育ったショワズール小路《パサージュ》であり、その一画にセリーヌの母の商店もあった。『なしくずしの死』前半部の主な舞台である。

008——ジャック・ジャッジ、ハリー・ウィリアムズ作詞・作曲、一九一二年。英軍の行進歌として愛唱され爆発的な人気を博した、第一次大戦を象徴する唱歌である。

009——これまでベベールの名を与えられてきたのと同人物。創作の順番の前後によってか、ここではじめてカスカードと呼ばれた後、しばらくは再びベベールと呼ばれる箇所と交錯しながら、後半ではカスカードの名前が優勢になってゆく。なお両者はともにセリーヌにとって重要な名前であり、ベベールの方は『夜の果てへの旅』後半において病で命を落とす少年の名前として使用されており、さらにはセリーヌにとっての最初の愛猫として第二次大戦末期の逃避行をともにし、やがてドイツ亡命三部作の主要キャラクターとなる猫に与えられる名前でもある。一方のカスカードは『ギニョルズ・バンド』の主要人物であり、フェルディナンが身を寄せる女衒《マクロー》の名前として用いられることになる。

010——〔原註——この箇所は草稿に修正が多量に書き加えられており、文意が取りづらくなっている。〕

011——〔原註——草稿では一九一七年と加筆した後、削除されてある。〕実際、モデルとなったアーズブルックの村は、大戦末期の一九一七、一八年にはドイツ軍による激しい爆撃に遭い、大きな惨害を被った。

012——本名ルイ＝フェルディナン・デトゥーシュに由来するフェルディナンの愛称。『なしくずしの死』でも使用されている。

013——ブーローニュの森にはグランド・カスカードという滝がある。

014——後のエドワード八世。実際に前線を度々慰問に訪れていた。

015——最後のドイツ皇太子。司令官として西部戦線に赴任していた。

016——〔原註——このあと以下に引用する三文だけの新たな頁が挿入されており、これはこの部分の別ヴァージョンとして考えられていたものか、あるいはこの段落の結論としてここにそのまま用意されたものか判断しがたい。

　そうしてみながおれたちに、カスカードとおれに憐れみの眼差しをよこしたが、こっちは無言を貫いた。おれの軍功章をみなで祝いあってる。アルナシュ夫人は絶えず台所とダイニングの間を行ったり来たりしていた。〕

017——シャンソン《貴女が素敵だと知っている Je sais que vous êtes jolie》(アンリ・プポン作詞、アンリ・クリスチネ作曲、一九一二年)のサビのやや不正確な引用。なお同曲は第一次大戦前を代表するヒット曲であり、セリーヌは『ロンドン』、『なしくずしの死』等、以後の作品でも度々これを引用している。

018——カードゲームの一種。

019——カードゲームの一種。

020——新約聖書における奇跡の一つ。漁師シモン・ペトロがイエスの言葉に従うと、大量の魚が網にかかる。イエスはペトロに

「今から後、あなたは人間をとる漁師になる」と告げる。ルカ福音書第五章一－十一節。

021——一九〇四年から一九三六年までファイヤール書店より刊行され人気を博した、子供向けの多色刷り漫画週刊誌。『クロゴルド王の意志』に類する中世の伝説物語も多数掲載され、少年時代のセリーヌも愛読者であった。

022——第一次大戦中の女性の服飾モードの変化は、プルースト『失われた時を求めて』にも描かれる有名な史的事実であり、大戦がもたらした女性の社会的役割の変化を反映している。

023——レスピナスのこと。最終のこの箇所でのみ名前が変更されている。

ルイ＝フェルディナン・セリーヌ［1894–1961］年譜

▼——世界史の事項　●——文化史・文学史を中心とする事項　**太字ゴチの作家『タイトル』**——〈ルリユール叢書〉の既刊・続刊予定の書籍です

一八九四年

五月二十七日、のちのセリーヌ、ルイ＝フェルディナン・デトゥーシュが、パリ郊外クールブヴォワにて生まれる。保険会社に勤める父・フェルナンと、レース織商の母・マルグリットとの間の独り子であった。なお、父のフェルナンは、当時の多くの平均的な民衆同様、反ユダヤ主義ジャーナリズムの熱心な愛読者であった。ルイは生後およそ三年間、乳母のもとで育てられた。

▼二月、グリニッジ天文台爆破未遂事件［英］▼ドレフュス事件［仏］▼日清戦争（～九五）［中・日］●ドビュッシー《「牧神の午後」への前奏曲》［仏］●ヴェルレーヌ『陰府で』、『エピグラム集』［仏］●**マラルメ『音楽と文芸』**［仏］●**ゾラ『ルルド』**［仏］●P・ルイス『ビリチスの歌』［仏］●ルナール『にんじん』［仏］●フランス『赤い百合』、『エピキュールの園』［仏］●「イエロー・ブック」誌創刊［英］●キップリング『ジャングル・ブック』［英］●ハーディ『人生の小さな皮肉』［英］●L・ハーン『知られぬ日本の面影』［英］●ダヌンツィオ『死の勝利』［伊］●フォンターネ『エフィ・ブリースト』（～九五）［独］●ミュシャ《ジスモンダ》［チェコ］●イラーセック『チェコ古代伝説』［チェコ］●ペレツ『初祭のための小冊子』（～九六）［ポーランド］●ジョージ・ムーア『エス

ター・ウォーターズ』〔愛〕●バーリモント『北国の空の下で』〔露〕●ショレム・アレイヘム『牛乳屋テヴィエ』(〜一九一四)〔イディッシュ〕●シルバ『夜想曲』〔コロンビア〕●ターレボフ『アフマドの書』〔イラン〕

一八九九年〔五歳〕

七月、パリのショワズール小路《パサージュ》に居を移す。

▼米比戦争(〜一九〇二)〔米・フィリピン〕▼ドレフュス有罪判決、大統領特赦〔仏〕▼第二次ボーア戦争勃発(〜一九〇二)〔英・南アフリカ〕●ラヴェル《亡き王女のためのパヴァーヌ》〔仏〕●**ジャリ『絶対の愛』**〔仏〕●ミルボー『責苦の庭』〔仏〕●ノリス『ブリックス』〔米〕●ショパン『目覚め』〔米〕●コンラッド『闇の奥』、『ロード・ジム』(〜一九〇〇)〔英〕●A・シモンズ『文学における象徴主義運動』〔英〕●H・クリフォード『アジアの片隅で』〔英〕●ダヌンツィオ『ジョコンダ』〔伊〕●シェーンベルク《弦楽六重奏曲「浄夜」》〔墺〕●シュニッツラー《緑のオウム》初演〔墺〕●K・クラウス、個人誌「ファッケル(炬火)」創刊(〜一九三六)〔墺〕●ホルツ『叙情詩の革命』〔独〕●ストリンドバリ『罪さまざま』、『フォルクングのサガ』、『グスタヴ・ヴァーサ』〔スウェーデン〕●アイルランド文芸劇場創立〔愛〕●イェイツ『葦間の風』、《キャスリーン伯爵夫人》初演〔愛〕●チェーホフ《ワーニャ伯父さん》初演、『犬を連れた奥さん』、『可愛い女』〔露〕●トルストイ『復活』〔露〕●ゴーリキー『フォマ・ゴルデーエフ』〔露〕●ソロヴィヨフ『三つの会話』(〜一九〇〇)〔露〕●レーニン『ロシアにおける資本主義の発展』〔露〕●クロポトキン『ある革命家の手記』〔露〕

一九〇〇年［六歳］

十月、ルーヴォワ広場の公立小学校に入学。

▼労働代表委員会結成［英］▼義和団事件［中］●ベルクソン『笑い』［仏］●ジャリ『鎖につながれたユビュ』［仏］●コレット『学校へ行くクローディーヌ』［仏］●ドライサー『シスター・キャリー』［米］●ノリス『男の女』［米］●L・ボーム『オズの魔法使い』［米］●L・ハーン『影』［英］●ウェルズ『恋愛とルイシャム氏』［英］●シュピッテラー『オリュンポスの春』（〜〇五）［スイス］●プッチーニ《トスカ》初演［伊］●フォガッツァーロ『現代の小さな世界』［伊］●ダヌンツィオ『炎』［伊］●フロイト『夢判断』［墺］●シュニッツラー『輪舞』、『グストル少尉』［墺］●プランク、「プランクの放射公式」を提出［独］●ツェッペリン、飛行船ツェッペリン号建造［独］●ジンメル『貨幣の哲学』［独］●S・ゲオルゲ『生の絨毯』［独］●シェンキェーヴィチ『十字軍の騎士たち』［ポーランド］●S・ジェロムスキ『家なき人々』［ポーランド］●ヌシッチ『血の貢ぎ物』［セルビア］●イェンセン『王の没落』（〜〇一）［デンマーク］●ベールイ『交響楽（第一・英雄的）』［露］●バーリモント『燃える建物』［露］●チェーホフ『谷間』［露］●マシャード・デ・アシス『むっつり屋』［ブラジル］

一九〇二年［八歳］

秋、祖母に連れられ子犬のボブスと連れ立って、家からほど近いロベール・ウーダン劇場へ、公開されたばかりのジョルジュ・メリエス『月世界旅行』を見に足繁く通う。

▼独・墺・スイス共通のドイツ語正書法施行〔欧〕▼日英同盟締結〔英・日〕▼コンゴ分割〔仏〕▼アルフォンソ十三世親政開始〔西〕▼キューバ共和国独立〔米・西・キューバ〕●ジャリ『超男性』〔仏〕●ジッド『背徳者』〔仏〕●スティーグリッツ、〈フォト・セセッション〉を結成〔米〕●W・ジェイムズ『宗教的経験の諸相』〔米〕●H・ジェイムズ『密林の獣』、『鳩の翼』〔米〕●J・A・ホブソン『帝国主義論』〔英〕●ドイル『バスカヴィル家の犬』〔英〕●L・ハーン『骨董』〔英〕●ベネット『グランド・バビロン・ホテル』〔英〕●ロラント・ホルスト＝ファン・デル・スハルク『新生』〔蘭〕●クローチェ『表現の科学および一般言語学としての美学』〔伊〕●ウナムーノ『愛と教育』〔西〕●バローハ『完成の道』〔西〕●バリェ＝インクラン『四季のソナタ』（～〇五）〔西〕●アソリン『意志』〔西〕●ブラスコ＝イバニェス『葦と泥』〔西〕●リルケ『形象詩集』〔墺〕●シュニッツラー『ギリシアの踊り子』〔墺〕●ホフマンスタール『チャンドス卿の手紙』〔墺〕●モムゼン、ノーベル文学賞受賞〔独〕●インゼル書店創業〔独〕●ツァンカル『断崖にて』〔スロヴェニア〕●レーニン『何をなすべきか？』〔露〕●ゴーリキー『小市民』、《どん底》初演〔露〕●アンドレーエフ『深淵』〔露〕●クーニャ『奥地の反乱』〔ブラジル〕●アポストル『わが民族』〔フィリピン〕

一九〇四年〔十歳〕

春、ピアノのレッスンを受け始める。十二月、母方の祖母セリーヌ・ギユー死去。後の筆名は、ルイの慕っていた彼女に由来する。

▼英仏協商〔英・仏〕▼日露戦争（～〇五）〔露・日〕●ミストラル、ノーベル文学賞受賞〔仏〕●J＝A・ノー『青い昨日』〔仏〕●ロマン・ロラン『ジャン・クリストフ』（～一二）〔仏〕●コレット『動物の七つの対話』〔仏〕●ロンドン『海の狼』〔米〕●H・ジェ

イムズ『黄金の盃』〔米〕●コンラッド『ノストローモ』〔英〕●L・ハーン『怪談』〔英〕●シング『海へ騎り行く人々』〔英〕●チェスタトン『新ナポレオン奇譚』〔英〕●リルケ『神さまの話』〔墺〕●プッチーニ《蝶々夫人》〔伊〕●ダヌンツィオ『エレットラ』、『アルチヨーネ』、『ヨーリオの娘』〔伊〕●エチェガライ、ノーベル文学賞受賞〔西〕●バローハ『探索』、『雑草』、『赤い曙光』〔西〕●ヒメネス『遠い庭』〔西〕●フォスラー『言語学における実証主義と観念主義』〔独〕●ヘッセ『ペーター・カーメンツィント』〔独〕●S・ヴィスピャンスキ《十一月の夜》〔ポーランド〕●S・ジェロムスキ『灰』〔ポーランド〕●H・バング『ミケール』〔デンマーク〕●チェーホフ『桜の園』〔露〕

一九〇七年〔十三歳〕

三月、初等教育を修了。九月、両親の意向で、ドイツのディープホルツの寄宿学校に語学留学。

▼英仏露三国協商成立〔欧〕▼第二回ハーグ平和会議〔欧〕●グラッセ社設立〔仏〕●ベルクソン『創造的進化』〔仏〕●クローデル『東方の認識』、『詩法』〔仏〕●コレット『感傷的な隠れ住まい』〔仏〕●デュアメル『伝説、戦闘』〔仏〕●ロンドン『道』〔米〕●W・ジェイムズ『プラグマティズム』〔米〕●キップリング、ノーベル文学賞受賞〔英〕●コンラッド『密偵』〔英〕●シング《西の国のプレイボーイ》初演〔英〕●E・M・フォースター『ロンゲスト・ジャーニー』〔英〕●R・ヴァルザー『タンナー兄弟姉妹』〔スイス〕●ピカソ《アヴィニヨンの娘たち》〔西〕●A・マチャード『孤独、回廊、その他の詩』〔西〕●バリェ＝インクラン『紋章の鷲』〔西〕●リルケ『新詩集』（～〇八）〔墺〕●S・ゲオルゲ『第七の輪』〔独〕●レンジェル・メニヘールト《偉大な領主》上演〔ハンガリー〕●ストリンドバリ『青の書』（～一二）〔スウェーデン〕●M・アスエラ『マリア・ルイサ』〔メキシコ〕●夏目漱石『文学論』〔日〕

一九〇八年［十四歳］

九月、ドイツのカールスルーエの寄宿学校に転校する。

▼ブルガリア独立宣言［ブルガリア］●ドビュッシー《子供の領分》［仏］●ラヴェル《マ・メール・ロワ》（〜一〇）［仏］●ソレル『暴力論』［仏］●ガストン・ガリマール、ジッドと文学雑誌「NRF」（新フランス評論）を創刊（翌年、再出発）［仏］●J・ロマン『一体生活』［仏］●ラルボー『富裕な好事家の詩』［仏］●フォードT型車登場［米］●ロンドン『鉄の踵』［米］●モンゴメリー『赤毛のアン』［カナダ］●F・M・フォード「イングリッシュ・レヴュー」創刊［英］●A・ベネット『老妻物語』［英］●チェスタトン『正統とは何か』、『木曜日の男』［英］●フォースター『眺めのいい部屋』［英］●メーテルランク『青い鳥』［白］●プレッツォリーニ、文化・思想誌「ヴォーチェ」を創刊（〜一六）［伊］●クローチェ『実践の哲学——経済学と倫理学』［伊］●バリェ＝インクラン『狼の歌』［西］●ヒメネス『孤独の響き』［西］●G・ミロー『流浪の民』［西］●シェーンベルク《弦楽四重奏曲第二番》（ウィーン初演）［墺］●K・クラウス『モラルと犯罪』［墺］●シュニッツラー『自由への道』［墺］●ヴォリンガー『抽象と感情移入』［独］●オイケン、ノーベル文学賞受賞［独］●S・ジェロムスキ『罪物語』［ポーランド］●バルトーク・ベーラ《弦楽四重奏曲第二番》［ハンガリー］●レンジェル・メニヘールト《感謝せる後継者》上演（ヴォジニッツ賞受賞）［ハンガリー］●ヘイデンスタム『スウェーデン人とその指導者たち』（〜一〇）［スウェーデン］

一九〇九年〔十五歳〕

二月、イギリスのロチェスターの寄宿学校に語学留学。学校の学習環境が劣悪であったため、三月、ブロードステアーズの寄宿学校に留学先を改める。

▼モロッコで反乱、バルセロナでモロッコ戦争に反対するゼネスト拡大「悲劇の一週間」、軍による鎮圧〔西〕●G・ブラック《水差しとヴァイオリン》〔仏〕●ジッド『狭き門』〔仏〕●コレット『気ままな生娘』〔仏〕●F・L・ライト《ロビー邸》〔米〕●スタイン『三人の女』〔米〕●E・パウンド『仮面』〔米〕●ロンドン『マーティン・イーデン』〔米〕●ウィリアム・カーロス・ウィリアムズ『第一詩集』〔米〕●ウェルズ『アン・ヴェロニカの冒険』、『トノ・バンゲイ』〔英〕●マリネッティ、パリ「フィガロ」紙に『未来派宣言』(仏語)を発表〔伊〕●バローハ『向こう見ずなサラカイン』〔西〕●リルケ『鎮魂歌』〔墺〕●カンディンスキーらミュンヘンにて〈新芸術家同盟〉結成〔独〕●T・マン『大公殿下』〔独〕●**レンジェル・メニヘールト《颱風》**上演〔ハンガリー〕●ラーゲルレーヴ、ノーベル文学賞受賞〔スウェーデン〕●ストリンドバリ『大街道』〔スウェーデン〕●セルゲイ・ディアギレフ、〈バレエ・リュス〉旗揚げ〔露〕●M・アスエラ『毒草』〔メキシコ〕

一九一〇年〔十六歳〕

一月、パリの織物商店で徒弟奉公を開始する。この後も他の三軒の商店で見習として勤め上げる。

▼エドワード七世歿、ジョージ五世即位〔英〕▼ポルトガル革命〔ポルトガル〕▼メキシコ革命〔メキシコ〕▼大逆事件〔日〕●ペギー

『ジャンヌ・ダルクの愛徳の聖史劇』［仏］●ルーセル『アフリカの印象』［仏］●アポリネール『異端教祖株式会社』［仏］●クローデル『五大賛歌』［仏］●バーネット『秘密の花園』［米］●ロンドン『革命、その他の評論』［米］●ロンドンで〈マネと印象派展〉開催（R・フライ企画）［英］●E・M・フォースター『ハワーズ・エンド』［英］●A・ベネット『クレイハンガー』［英］●**ウェルズ**『ポリー氏』、『〈**眠れる者**〉**目覚める**』［英］●ボッチョーニほか『絵画宣言』［伊］●ダヌンツィオ『可なり哉、不可なり哉』［伊］●G・ミロー『墓地の桜桃』［西］●K・クラウス『万里の長城』［墺］●リルケ『マルテの手記』［墺］●H・ワルデン、ベルリンにて文芸・美術雑誌「シュトルム」を創刊（～三二）［独］●ハイゼ、ノーベル文学賞受賞［独］●クラーゲス『性格学の基礎』［独］●モルゲンシュテルン『パルムシュトレーム』［独］●ルカーチ・ジェルジ『魂と形式』［ハンガリー］●ヌシッチ『世界漫遊記』［セルビア］●フレーブニコフら〈立体未来派〉結成［露］●谷崎潤一郎『刺青』［日］

一九一二年［十八歳］

十月、徴兵を早め、パリ近郊ランブイエにて第十二胸甲騎兵連隊に入営する。

▼ウィルソン、大統領選勝利［米］▼タイタニック号沈没［英］▼中華民国成立［中］●デュシャン《階段を降りる裸体、No・2》［仏］●ラヴェル《ダフニスとクロエ》［仏］●フランス『神々は渇く』［仏］●リヴィエール『エチュード』［仏］●クローデル『マリアへのお告げ』［仏］●キャザー『アレグザンダーの橋』［米］●W・ジェイムズ『根本的経験論』［米］●ロンドンで〈第二回ポスト印象派展〉開催（R・フライ企画）［英］●コンラッド『運命』［英］●D・H・ロレンス『侵入者』［英］●ストレイチー『フランス文学道しるべ』［英］●ユング『変容の象徴』［スイス］●サンドラール『ニューヨークの復活祭』［スイス］●ボッチョーニ

『彫刻宣言』〔伊〕●マリネッティ『文学技術宣言』〔伊〕●ダヌンツィオ『ピザネル』、『死の瞑想』〔伊〕●チェッキ『ジョヴァンニ・パスコリの詩』〔伊〕●A・マチャード『カスティーリャの野』〔西〕●アソリン『カスティーリャ』〔西〕●バリェ＝インクラン『勲の声』〔西〕●シュンペーター『経済発展の理論』〔墺〕●シェーンベルク《月に憑かれたピエロ》〔墺〕●シュニッツラー『ベルンハルディ教授』〔墺〕●カンディンスキー、マルクらミュンヘンにて第二回〈青騎士〉展開催(〜一三)、年刊誌「青騎士」発行(一号のみ)〔独〕●G・ハウプトマン、ノーベル文学賞受賞〔独〕●T・マン『ヴェネツィア客死』〔独〕●M・ブロート『アーノルト・ベーア』〔独〕●ラキッチ『新詩集』〔セルビア〕●アレクセイ・N・トルストイ『足の不自由な公爵』〔露〕●ウイドブロ『魂のこだま』〔チリ〕●石川啄木『悲しき玩具』〔日〕

一九一三年〔十九歳〕

冬、軍隊での追い詰められた内面を手帳に記す。これが後の一九五七年に発見され、セリーヌの死後、一九六五年に『胸甲騎兵デトゥーシュの手記 *Carnet du cuirassier Destouches*』として発表されることとなる。

▼第二次バルカン戦争(〜八月)〔欧〕▼マデーロ大統領、暗殺される〔メキシコ〕●ストラヴィンスキー《春の祭典》(パリ初演)〔仏・露〕●G・ブラック《クラリネット》〔仏〕●リヴィエール『冒険小説論』〔仏〕●J・ロマン『仲間』〔仏〕●マルタン・デュ・ガール『ジャン・バロワ』〔仏〕●アラン＝フルニエ『モーヌの大将』〔仏〕●プルースト『失われた時を求めて』(〜二七)〔仏〕●コクトー『ポトマック』(〜一九)〔仏〕●アポリネール『アルコール』、『キュビスムの画家たち』〔仏〕●ラルボー『A・O・バルナブース全集』〔仏〕●ニューヨーク、グランドセントラル駅竣工〔米〕●ロンドン『ジョン・バーリコーン』〔米〕●キャザー『おゝ開拓

者よ！』〔米〕●ウォートン『国の慣習』〔米〕●フロスト『第一詩集』〔米〕●ショー《ピグマリオン》（ウィーン初演）〔英〕●ロレンス『息子と恋人』〔英〕●サンドラール「シベリア鉄道とフランス少女ジャンヌの散文」（『全世界より』）〔スイス〕●ラミュ『サミュエル・ブレの生涯』〔スイス〕●ルッソロ『騒音芸術』〔伊〕●パピーニ、ソッフィチと「ラチェルバ」を創刊（～一五）〔伊〕●アソリン『古典作家と現代作家』〔西〕●バローハ『ある活動家の回想記』（～三五）〔西〕●バリェ＝インクラン『侯爵夫人ロサリンダ』〔西〕●シュニッツラー『ベアーテ夫人とその息子』〔墺〕●クラーゲス『表現運動と造形力』、『人間と大地』〔独〕●ヤスパース『精神病理学総論』〔独〕●フッサール『イデーン』（第一巻）〔独〕●フォスラー『言語発展に反映したフランス文化』〔独〕●カフカ『観察』、『火夫』、『判決』〔独〕●デーブリーン『タンポポ殺し』〔独〕●トラークル『詩集』〔独〕●シェーアバルト『小惑星物語』〔独〕●ルカーチ・ジェルジ『美的文化』〔ハンガリー〕●ストラヴィンスキー《春の祭典》（パリ初演）〔露〕●シェルシェネーヴィチ、未来派グループ〈詩の中二階〉を創始〔露〕●マンデリシターム『石』〔露〕●マヤコフスキー『ウラジーミル・マヤコフスキー』〔露〕●**ベールイ『ペテルブルグ』**（～一四）〔露〕●ウイドブロ『夜の歌』、『沈黙の洞窟』〔チリ〕●タゴール、ノーベル文学賞受賞〔印〕

一九一四年［二十歳］

八月、第一次世界大戦の開戦に伴い、ルイの属する第十二連隊はロレーヌ地方へ送られる。激しい機動戦を戦い、十月にはフランドル地方イーペル近辺での戦線へ。十月二十七日、伝令の帰途、跳ね返りの弾丸によって右腕を負傷。近くの移動野戦病院で応急処置を受けた後、『戦争』の舞台となるアーズブルックの野戦病院に収容される。十一月、ジョフル元帥署名の戦功章が授与される。十二月、パリの病院に転院、銃後にて療養生活を送る。

▼サライェヴォ事件、第一次世界大戦勃発（〜一八）〔欧〕▼大戦への不参加表明〔西〕●ラヴェル《クープランの墓》〔仏〕●J＝A・ノー『かもめを追って』〔仏〕●ジッド『法王庁の抜け穴』〔仏〕●ルーセル『ロクス・ソルス』〔仏〕●ブールジェ『真昼の悪魔』〔仏〕●E・R・バローズ『類猿人ターザン』〔米〕●スタイン『やさしいボタン』〔米〕●ノリス『ヴァンドーヴァーと野獣』〔米〕●ヴォーティシズム機関誌「ブラスト」創刊〔英〕●ウェルズ『解放された世界』〔英〕●**ラミュ『詩人の訪れ』**、**『存在理由』**〔スイス〕●サンテリーア『建築宣言』〔伊〕●オルテガ・イ・ガセー『ドン・キホーテをめぐる省察』〔西〕●ヒメネス『プラテロとわたし』〔西〕●ゴメス・デ・ラ・セルナ『グレゲリーアス』、『あり得ない博士』〔西〕●ベッヒャー『滅亡と勝利』〔独〕●ジョイス『ダブリンの市民』〔愛〕●ウイドブロ『秘密の仏塔』〔チリ〕●ガルベス『模範的な女教師』〔アルゼンチン〕●夏目漱石『こころ』〔日〕

一九一五年〔三十一歳〕

五月、ロンドンのフランス総領事館に配属され、旅券の照合などの仕事を行う。職務においてはマタ・ハリとも接触の機会を持った。十二月、戦傷に基づく除隊が認められる。

▼ルシタニア号事件〔欧〕▼三国同盟破棄〔伊〕●ロマン・ロラン、ノーベル文学賞受賞〔仏〕●ルヴェルディ『散文詩集』〔仏〕●セシル・B・デミル『カルメン』〔米〕●グリフィス『国民の創生』〔米〕●キャザー『ヒバリのうた』〔米〕●D・H・ロレンス『虹』（ただちに発禁処分に）〔英〕●コンラッド『勝利』〔英〕●V・ウルフ『船出』〔英〕●モーム『人間の絆』〔英〕●F・フォード『善良な兵士』〔英〕●N・ダグラス『オールド・カラブリア』〔英〕●ヴェルフリン『美術史の基礎概念』〔スイス〕●アソリン『古典の周辺』〔西〕●カフカ『変身』〔独〕●デーブリーン『ヴァン・ルンの三つの跳躍』（クライスト賞、フォンターネ賞受賞）〔独〕●T・マン『フリー

ドリヒと大同盟』［独］●クラーゲス『精神と生命』［独］●ヤコブソン、ボガトゥイリョーフら〈モスクワ言語学サークル〉を結成（～二四）［露］●グスマン『メキシコの抗争』［メキシコ］●グイラルデス『死と血の物語』、『水晶の鈴』［アルゼンチン］●芥川龍之介『羅生門』［日］

一九一六年［二十二歳］

一月、キャバレーダンサーのシュザンヌ・ヌブーという女性と入籍。このロンドン滞在中のことは謎が多く、彼女についてもほとんど知られていない。三月、カメルーンの商業開発を行うシャンガ＝ウバンギ林業会社と契約し、五月、アフリカへ出発。現地の商会に勤めるなかで、植民地での搾取の実態を目の当たりにする。

▼スパルタクス団結成［独］●文芸誌「シック」創刊（～一九）［仏］●バルビュス『砲火』［仏］●グリフィス『イントレランス』［米］●S・アンダーソン『ウィンディ・マクファーソンの息子』［米］●O・ハックスリー『燃える車』［英］●ゴールズワージー『林檎の樹』［英］●A・ベネット『この二人』［英］●ユング『無意識の心理学』［スイス］●サンドラール『リュクサンブール公園での戦争』［スイス］●ダヌンツィオ『夜想譜』［伊］●ウンガレッティ『埋もれた港』［伊］●パルド＝バサン、マドリード中央大学教授に就任［西］●文芸誌「セルバンテス」創刊（～二〇）［西］●バリェ＝インクラン『不思議なランプ』［西］●G・ミロー『キリスト受難模様』［西］●アインシュタイン『一般相対性理論の基礎』を発表［墺］●クラーゲス『筆跡と性格』、『人格の概念』［独］●カフカ『判決』［独］●ルカーチ・ジェルジ『小説の理論』［ハンガリー］●レンジェル・メニヘールト、パントマイム劇「中国の不思議な役人」発表［ハンガリー］●ヘイデンスタム、ノーベル文学賞受賞［スウェーデン］●ジョイス『若い芸術家の肖像』

[愛]●ペテルブルクで〈オポヤーズ〉(詩的言語研究会)設立[露]●M・アスエラ『虐げられし人々』[メキシコ]●ウイドブロ、ブエノスアイレスで創造主義宣言[チリ]●ガルベス『形而上的悪』[アルゼンチン]

一九一七年[二十三歳]

五月、アフリカより、パリに帰還。その帰途の船上で、習作『波 *Des vagues*』を綴る。その後、素人向け科学発明雑誌「ユーレカ Eurêka」において、気球飛行士アンリ・ド・グラフィニのもとで見習として働く。

▼ドイツに宣戦布告、第一次世界大戦に参戦[米]▼労働争議の激化に対し非常事態宣言。全国でゼネストが頻発するが、軍が弾圧[西]▼十月革命、ロシア帝国が消滅しソヴィエト政権成立。十一月、レーニン、平和についての布告を発表[露]

●ピカビア、芸術誌「391」創刊[仏]●ルヴェルディ、文芸誌「ノール＝シュド」創刊(～一九)[仏]●アポリネール《ティレジアスの乳房》上演[仏]●M・ジャコブ『骰子筒』[仏]●ヴァレリー『若きパルク』[仏]●ピュリッツァー賞創設[米]●E・ウォートン『夏』[米]●V・ウルフ『二つの短編小説』[英]T・S・エリオット『二つの短編小説』[英]●サンドラール『奥深い今日』[スイス]●ラミュ『大いなる春』[スイス]●**ウナムーノ『アベル・サンチェス』**[西]●G・ミロー『シグエンサの書』[西]●ヒメネス『新婚詩人の日記』[西]●芸術誌「デ・ステイル」創刊(～二八)[蘭]●S・ツヴァイク『エレミヤ』[墺]●フロイト『精神分析入門』[墺]●モーリッツ・ジグモンド『炬火』[ハンガリー]●クルレジャ『牧神パン』、『三つの交響曲』[クロアチア]●ゲレロプ、ポントピダン、ノーベル文学賞受賞[デンマーク]●レーニン『国家と革命』[露]●プロコフィエフ《古典交響曲》[露]●A・レイェス『アナウァック幻想』[メキシコ]●M・アスエラ『ボスたち』[メキシコ]●フリオ・モリーナ・ヌニェス、フアン・アグスティン・アラーヤ編『叙情の密林』〔チリ〕●キローガ『愛と死と狂気の物語集』〔アルゼンチン〕●グイラルデス『ラウチョ』〔アルゼンチン〕●バーラティ『クリシュナの歌』〔印〕

一九一八年［二十四歳］

三月、ロックフェラー財団の結核防止キャンペーン隊に講演者として採用され、ブルターニュ地方を巡回する。この頃、レンヌのアタナーズ・フォレ医師とも面会の機会を得て、彼の娘のエディット・フォレと知り合う。

▼一月、米国ウィルソン大統領、十四カ条発表▼二月、英国、第四次選挙法改正（女性参政権認める）▼三月、スペインインフルエンザ（スペイン風邪）が大流行（〜二〇）▼三月、ブレスト＝リトフスク条約。ドイツ、ソヴィエト＝ロシアが単独講和▼十月、「セルビア人・クロアチア人・スロヴェニア人」王国の建国宣言▼十一月、ドイツ革命。ドイツ帝政が崩壊し、ドイツ共和国成立。ヴィルヘルム二世、オランダに亡命▼十一月十一日、停戦協定成立し、第一次世界大戦終結。ポーランド、共和国として独立●ラルボー『幼ごころ』〔仏〕●アポリネール『カリグラム』、『新精神と詩人たち』〔仏〕●コクトー『雄鶏とアルルカン』〔仏〕●**ルヴェルディ『屋根のスレート』**、**『眠れるギター』**〔仏〕●デュアメル『文明』（ゴンクール賞受賞）〔仏〕●キャザー『マイ・アントニーア』〔米〕●O・ハックスリー『青春の敗北』〔英〕●E・シットウェル『道化の家』〔英〕●W・ルイス『ター』〔英〕●ストレイチー『ヴィクトリア朝偉人伝』〔英〕●トリスタン・ツァラ、ダダ宣言〔スイス〕サンドラール『パナマあるいは七人の伯父の冒険』、『殺しの記』〔スイス〕●ラミュ「兵士の物語」（ストラヴィンスキーのオペラ台本）〔スイス〕●文芸誌「グレシア」創刊（〜二〇）〔西〕●ヒメネス『永遠』〔西〕●シェーンベルクら〈私的演奏協会〉発足〔墺〕●シュピッツァー『ロマ

ンス語の統辞法と文体論』〔墺〕●K・クラウス『人類最後の日々』（〜二二）〔墺〕●シュニッツラー『カサノヴァの帰還』〔墺〕
●**デーブリーン『ヴァツェクの蒸気タービンとの戦い』**〔独〕●T・マン『非政治的人間の考察』〔独〕●H・マン『臣下』〔独〕
●ルカーチ・ジェルジ『バラージュと彼を必要とせぬ人々』〔ハンガリー〕●ジョイス『亡命者たち』〔愛〕●**アンドリッチ**、「南方文芸」誌を創刊（〜一九）、『**エクスポント**（**黒海より**）』〔セルビア〕●M・アスエラ『蠅』〔メキシコ〕●キローガ『セルバの物語集』〔アルゼンチン〕●魯迅『狂人日記』〔中〕

一九一九年〔三十五歳〕

医学の道を志し、試験勉強を開始する。八月、エディット・フォレと結婚。義父の支援も受けながら、レンヌの地で勉学に励む。

▼パリ講和会議〔欧〕▼合衆国憲法修正第十八条（禁酒法）制定、憲法修正第十九条（女性参政権）可決〔米〕▼アメリカ鉄鋼労働者ストライキ〔米〕▼ストライキが頻発、マドリードでメトロ開通〔西〕▼ワイマール憲法発布〔独〕▼第三インターナショナル（コミンテルン）成立〔露〕▼ギリシア・トルコ戦争〔希・土〕▼三・一独立運動〔朝鮮〕▼五・四運動〔中国〕●ガリマール社設立〔仏〕
●ブルトン、アラゴン、スーポーとダダの機関誌「文学」を創刊〔仏〕●ベルクソン『精神のエネルギー』〔仏〕●ジッド『田園交響楽』〔仏〕●コクトー『ポトマック』〔仏〕●デュアメル『世界の占有』〔仏〕●パルプ雑誌「ブラック・マスク」創刊（〜五一）〔米〕
●S・アンダーソン『ワインズバーグ・オハイオ』〔米〕●ケインズ『平和の経済的帰結』〔英〕●**コンラッド『黄金の矢』**〔英〕
●V・ウルフ『夜と昼』、『現代小説論』〔英〕●T・S・エリオット『詩集――一九一九年』〔英〕●モーム『月と六ペンス』〔英〕

●シュピッテラー、ノーベル文学賞受賞〔スイス〕●サンドラール『弾力のある十九の詩』、『全世界より』、『世界の終わり』〔スイス〕●ローマにて文芸誌「ロンダ」創刊（〜二三）〔伊〕●バッケッリ『ハムレット』〔伊〕●ヒメネス『石と空』〔西〕●ホフマンスタール『影のない女』〔墺〕●ホイジンガ『中世の秋』〔蘭〕●グロピウス、ワイマールにバウハウスを設立（〜三三）〔独〕●カフカ『流刑地にて』、『田舎医者』〔独〕●ヘッセ『デーミアン』〔独〕●クルティウス『新しいフランスの文学開拓者たち』〔独〕●ツルニャンスキー『イタカの抒情』〔セルビア〕●シェルシェネーヴィチ、エセーニンらと〈イマジニズム〉を結成（〜二七）〔露〕●M・アスエラ『上品な一家の苦難』〔メキシコ〕●有島武郎『或る女』〔日〕

一九二〇年［二十六歳］

娘コレットが誕生。

▼国際連盟発足（米は不参加）〔欧〕●マティス〈オダリスク〉シリーズ〔仏〕●アラン『芸術論集』〔仏〕●デュ・ガール『チボー家の人々』（〜四〇）〔仏〕●ロマン・ロラン『クレランボー』〔仏〕●コレット『シェリ』〔仏〕●デュアメル『サラヴァンの生涯と冒険』（〜三二）〔仏〕●ピッツバーグで民営のKDKA局がラジオ放送開始〔米〕●フィッツジェラルド『楽園のこちら側』〔米〕●E・ウォートン『エイジ・オブ・イノセンス』（ピュリッツァー賞受賞）〔米〕●ドライサー『ヘイ、ラバダブダブ！』〔米〕●ドス・パソス『ある男の入門――一九一七年』〔米〕●S・ルイス『本町通り』〔米〕●パウンド『ヒュー・セルウィン・モーバリー』〔米〕●E・オニール《皇帝ジョーンズ》初演〔米〕●D・H・ロレンス『恋する女たち』、『迷える乙女』〔英〕●ウェルズ『世界文化史大系』〔英〕●O・ハックスリー『レダ』、『リンボ』〔英〕●E・シットウェル『木製の天馬』〔英〕●クリスティ『スタイルズ荘

の怪事件』〔英〕●クロフツ『樽』〔英〕●H・R・ハガード『古代のアラン』〔英〕●チェッキ『金魚』〔伊〕●文芸誌「レフレクトル」創刊〔西〕●バリェ＝インクラン『ボヘミアの光』、『聖き言葉』〔西〕●**ユンガー**『鋼鉄の嵐の中で』〔独〕●R・ヴィーネ『カリガリ博士』〔独〕●デーブリーン『ヴァレンシュタイン』〔独〕●S・ツヴァイク『三人の巨匠』〔墺〕●**アンドリッチ『アリヤ・ジェルゼレズの旅』**、**『不安』**〔セルビア〕●ハムスン、ノーベル文学賞受賞〔ノルウェー〕●アレクセイ・N・トルストイ『ニキータの少年時代』（〜二二）、『苦悩の中を行く』（〜四一）〔露〕●グスマン『ハドソン川の畔で』〔メキシコ〕

一九二三年〔二十九歳〕

パリに戻って医学実習を積む。

▼仏・白軍、ルール占領〔欧〕▼ハーディングの死後、クーリッジが大統領に〔米〕▼プリモ・デ・リベーラ将軍のクーデタ、独裁開始（〜三〇）〔西〕▼ミュンヘン一揆〔独〕▼ローザンヌ条約締結、トルコ共和国成立▼関東大震災〔日〕●J・ロマン『ル・トルーアデック氏の放蕩』〔仏〕●ラディゲ『肉体の悪魔』〔仏〕●ジッド『ドストエフスキー』〔仏〕●ラルボー『恋人よ、幸せな恋人よ……』〔仏〕●コクトー『山師トマ』、『大胯びらき』〔仏〕●モラン『夜とざす』〔仏〕●F・モーリヤック『火の河』、『ジェニトリクス』〔仏〕●コレット『青い麦』〔仏〕●ウォルト・ディズニー・カンパニー創立〔米〕●「タイム」誌創刊〔米〕●S・アンダーソン『馬と人間』、『多くの結婚』〔米〕●キャザー『迷える夫人』〔米〕●ハーディ『コーンウォール女王の悲劇』〔英〕●D・H・ロレンス『アメリカ古典文学研究』、『カンガルー』〔英〕●**コンラッド『放浪者 あるいは海賊ペロル』**〔英〕●T・S・エリオット『荒地』（ホガース・プレス刊）〔英〕●サンドラール『黒色のヴィーナス』〔スイス〕●バッケッリ『まぐろは知って

いる』〔伊〕●ズヴェーヴォ『ゼーノの意識』〔伊〕●オルテガ・イ・ガセー、「西欧評論」誌を創刊〔西〕●ドールス『プラド美術館の三時間』〔西〕●ゴメス・デ・ラ・セルナ『小説家』〔西〕●リルケ『ドゥイーノの悲歌』、『オルフォイスに寄せるソネット』〔墺〕●カッシーラー『象徴形式の哲学』（～二九）〔独〕●ルカーチ『歴史と階級意識』〔ハンガリー〕●ロスラヴェッツら〈現代音楽協会〉設立〔露〕●M・アスエラ『マローラ』〔メキシコ〕●グイラルデス『ハイマカ』〔アルゼンチン〕●ボルヘス『ブエノスアイレスの熱狂』〔アルゼンチン〕●バーラティ『郭公の歌』〔インド〕●菊池寛、「文芸春秋」を創刊〔日〕

一九二四年［三十歳］

初頭、博士論文「フィリップ・イグナス・ゼンメルヴァイスの生涯と業績 *La Vie et l'Œuvre de Philippe Ignace Semmelweis*」提出。産褥熱を撲滅すべく、手術前の手洗いを提唱し、世間の無理解による不遇のうちに倒れたハンガリー人医師の伝記であり、フランス革命以来の近代社会の人間の醜悪さが剔抉されてゆく本論文は、科学論文として一般にイメージされるものとはほど遠い内容であったが、これによってルイは正式に医師となる。六月、ロックフェラー財団に採用され、ユダヤ人のルートヴィヒ・ライヒマン率いる国際連盟衛生局に配属され、ジュネーヴへ。この仕事で、以後、アメリカ、アフリカ、ヨーロッパの各地を、公衆衛生の視察のために訪れる。アメリカでは、デトロイトでフォードの工場を視察し、そのシステムに驚きを受ける。

▼中国、第一次国共合作〔中〕●ルネ・クレール『幕間』〔仏〕●ブルトン『シュルレアリスム宣言』、雑誌「シュルレアリスム革命」創刊（～二九）〔仏〕●P・ヴァレリー、V・ラルボー、L＝P・ファルグ、文芸誌「コメルス」を創刊（～三二）〔仏〕●サン

＝ジョン・ペルス『遠征』〔仏〕●**ルヴェルディ**『**空の漂流物**』〔仏〕●ラディゲ『ドルジェル伯の舞踏会』〔仏〕●M・ルブラン『カリオストロ伯爵夫人』〔仏〕●ガーシュイン《ラプソディ・イン・ブルー》〔米〕●セシル・B・デミル『十戒』〔米〕●ヘミングウェイ『われらの時代に』〔米〕●スタイン『アメリカ人の創生』〔米〕●オニール『楡の木陰の欲望』〔米〕●E・M・フォースター『インドへの道』〔英〕●T・S・エリオット『うつろな人々』〔英〕●I・A・リチャーズ『文芸批評の原理』〔英〕●F・M・フォード『ジョウゼフ・コンラッド――個人的回想』、『パレーズ・エンド』（～二八、五〇刊）〔英〕●サンドラール『コダック』〔スイス〕●ダヌンツィオ『鎚の火花』（～二八）〔伊〕●A・マチャード『新しい詩』〔西〕●ムージル『三人の女』〔墺〕●シュニッツラー『令嬢エルゼ』〔墺〕●デーブリーン『山・海・巨人』〔独〕●T・マン『魔の山』〔独〕●カロッサ『ルーマニア日記』〔独〕●ベンヤミン『ゲーテの親和力』（～二五）〔独〕●ネズヴァル『パントマイム』〔チェコ〕●バラージュ・ベーラ『視覚的人間』〔ハンガリー〕●**ヌシッチ**『**自叙伝**』〔セルビア〕●**アンドリッチ**『**短編小説集**』〔セルビア〕●アレクセイ・N・トルストイ『イビクス、あるいはネヴゾーロフの冒険』〔露〕●トゥイニャーノフ『詩の言葉の問題』〔露〕●ショーン・オケーシー《ジュノーと孔雀》初演〔愛〕●A・レイェス『残忍なイピゲネイア』〔メキシコ〕●文芸雑誌「マルティン・フィエロ」創刊（～二七）〔アルゼンチン〕●ネルーダ『二十の愛の詩と一つの絶望の歌』〔チリ〕●宮沢賢治『春と修羅』〔日〕●築地小劇場創設〔日〕

一九二六年〔三十二歳〕

アメリカ人ダンサー、エリザベス・クレイグと出会う。二人はこの後、同棲生活を送るが、彼女を深く愛したルイは、後に彼女がアメリカに去ってからも彼女を探しにアメリカを訪れた。

▼炭鉱ストから、他産業労働者によるゼネストへ発展するも失敗〔英〕▼ポアンカレの挙国一致内閣成立〔仏〕▼モロッコとの戦争終結〔西〕▼ドイツ、国際連盟に加入〔独〕▼ピウスツキのクーデター〔ポーランド〕▼蔣介石による上海クーデター、国共分裂へ〔中〕▼トロツキー、ソ連共産党から除名される〔露〕●J・ルノワール『女優ナナ』〔仏〕●コクトー『オルフェ』〔仏〕●ルヴェルディ『人間の肌・大衆小説』〔仏〕●ジッド『一粒の麦もし死なずば』、『贋金つかい』〔仏〕●ベルナノス『悪魔の陽の下に』〔仏〕●アラゴン『パリの農夫』〔仏〕●マルロー『西欧の誘惑』〔仏〕●コレット『シェリの最後』〔仏〕●ゴダード、液体燃料ロケットの飛翔実験に成功〔米〕●世界初のSF専門誌「アメージング・ストーリーズ」創刊〔米〕●ヘミングウェイ『日はまた昇る』〔米〕●キャザー『不倶戴天の敵』〔米〕●フォークナー『兵士の報酬』〔米〕●ナボコフ『マーシェンカ』〔米〕●オニール《偉大な神ブラウン》初演〔米〕●T・E・ロレンス『知恵の七柱』〔英〕●D・H・ロレンス『翼ある蛇』〔英〕●クリスティ『アクロイド殺人事件』〔英〕●サンドラール『モラヴァジーヌ』、『危険な生活讃』、『映画入門』〔スイス〕●ラミュ『山の大いなる恐怖』〔スイス〕●フィレンツェのパレンティ社、文芸誌「ソラーリア」を発刊（〜三四）〔伊〕●**バリェ＝インクラン**『故人の三つ揃い』、『**独裁者ティラノ・バンデラス　灼熱の地の小説**』〔西〕●G・ミロー『ハンセン病の司教』〔西〕●ゴメス・デ・ラ・セルナ『闘牛士カラーチョ』〔西〕●シュニッツラー『夢の物語』〔墺〕●フリッツ・ラング『メトロポリス』〔独〕●クラーゲス『ニーチェの心理学的業績』〔独〕●カフカ『城』〔独〕●ヤーコブソン、マテジウスらと〈プラハ言語学サークル〉を創設〔チェコ〕●コストラーニ・デジェー『エーデシュ・アンナ』〔ハンガリー〕●バーベリ『騎兵隊』〔露〕●グイラルデス『ドン・セグンド・ソンブラ』〔アルゼンチン〕●アルルト『怒りの玩具』〔アルゼンチン〕●高柳健次郎、ブラウン管を応用した世界初の電子式テレビ受像機を開発〔日〕

一九二七年〔三十三歳〕

戯曲『教会 *L'Église*』執筆。自身のこれまでの世界を股にかけた前半生を全五幕の舞台に描いたが、十月、ガリマール社より出版を拒否される。この頃、パリに戻り、やがてパリ郊外クリシーの無料診療所で医師として働き始める。

▼金融恐慌始まる〔日〕●ベルクソン、ノーベル文学賞受賞〔仏〕●モラン『生きている仏陀』〔仏〕●ボーヴ『あるかなしかの町』〔仏〕●ギユー『民衆の家』〔仏〕●ラルボー『黄・青・白』〔仏〕●F・モーリヤック『テレーズ・デスケルー』〔仏〕●クローデル『百扇帖』、『朝日の中の黒い鳥』〔仏〕●**ルヴェルディ『毛皮の手袋』**〔仏〕●リンドバーグ、世界初の大西洋横断単独無着陸飛行を達成〔米〕●世界初のトーキー映画『ジャズ・シンガー』が公開に〔米〕●ヘミングウェイ『女のいない男たち』〔米〕●キャザー『大司教に死来る』〔米〕●フォークナー『蚊』〔米〕●アプトン・シンクレア『石油!』〔米〕●V・ウルフ『灯台へ』〔英〕●リース『左岸、ボヘミアン風のパリのスケッチ』〔英〕●E・M・フォースター『小説の諸相』〔英〕●サンドラール『プラン・ド・レギュイユ』〔スイス〕●ラミュ『地上の美』〔スイス〕●ギュスターヴ・ルー『さようなら』〔スイス〕●バッケッリ『ポンテルンゴの悪魔』〔伊〕●パオロ・ヴィタ=フィンツィ『偽書撰』〔伊〕●「一九二七年世代」と呼ばれる作家グループ、活動活発化〔西〕●バリェ=インクラン『奇跡の宮廷』、『大尉の娘』〔西〕●S・ツヴァイク『感情の惑乱』、『人類の星の時間』〔墺〕●ロート『果てしなき逃走』〔墺〕●ラング『メトロポリス』〔独〕●ハイデガー『存在と時間』〔独〕●カフカ『アメリカ』〔独〕●ヘッセ『荒野の狼』〔独〕●マクシモヴィッチ『幼年時代の園』〔セルビア〕●フロンスキー『クロコチの黄色い家』〔スロヴァキア〕●アレクセイ・N・トルストイ『技師ガーリンの双曲面体』〔露〕●A・レイェス『ゴンゴラに関する諸問題』〔メキシコ〕●芥川龍之介、自殺〔日〕

一九二九年　▼十月二十四日ウォール街株価大暴落、世界大恐慌に●学術誌「ドキュマン」創刊〔編集長バタィユ、〜三〇〕〔仏〕●クローデル『繻子の靴』〔仏〕●J・ロマン『船が……』〔仏〕●ジッド『女の学校』〔〜三六〕〔仏〕●コクトー『恐るべき子供たち』〔仏〕●**ルヴェルディ『風の泉、一九一五－一九二九』**、**『ガラスの水たまり』**〔仏〕●ダビ『北ホテル』〔仏〕●ユルスナール『アレクシあるいは空しい戦いについて』〔仏〕●コレット『第二の女』〔仏〕●ジロドゥー『アンフィトリオン三八』〔仏〕●ニューヨーク近代美術館開館〔米〕●ヘミングウェイ『武器よさらば』〔米〕●フォークナー『響きと怒り』、『サートリス』〔米〕●ヴァン・ダイン『僧正殺人事件』〔米〕●ナボコフ『チョールブの帰還』〔米〕●D・H・ロレンス『死んだ男』〔英〕●E・シットウェル『黄金海岸の習わし』〔英〕●H・グリーン『生きる』〔英〕●ラミュ『葡萄栽培者たちの祭』〔スイス〕●モラーヴィア『無関心な人々』〔伊〕●ゴメス・デ・ラ・セルナ『人間もどき』〔西〕●リルケ『若き詩人への手紙』〔墺〕●**S・ツヴァイク**『ジョゼフ・フーシェ』、**『過去への旅』**〔墺〕●ミース・ファン・デル・ローエ《バルセロナ万国博覧会のドイツ館》〔独〕●デーブリーン『ベルリン・アレクサンダー広場』〔独〕●レマルク『西部戦線異状なし』〔独〕●アウエルバッハ『世俗詩人ダンテ』〔独〕●クラーゲス『心情の敵対者としての精神』〔〜三三〕〔独〕●アンドリッチ『ゴヤ』〔セルビア〕●ツルニャンスキー『流浪』〔セルビア〕●フロンスキー『蜜の心』〔スロヴァキア〕●アレクセイ・N・トルストイ『ピョートル一世』〔〜四五〕〔露〕●ヤシェンスキ『パリを焼く』〔露〕●**グスマン『ボスの影』**〔メキシコ〕●ガジェゴス『ドニャ・バルバラ』〔ベネズエラ〕●ボルヘス『サン・マルティンの手帖』〔アルゼンチン〕●小林多喜二『蟹工船』〔日〕

一九三二年〔三十八歳〕

十月、『夜の果てへの旅 *Voyage au bout de la nuit*』、ルイ＝フェルディナン・セリーヌの筆名にて、ドノエル社より出版。世界の悲惨を生々しく描き出したデビュー作は圧倒的な売上を記録。ゴンクール賞獲得確実と目されたが、審査員団の政治的駆け引きの結果、これを逸し、大きな騒動となる。

▼ジュネーブ軍縮会議〔米・英・日〕▼イエズス会に解散命令、離婚法・カタルーニャ自治憲章・農地改革法成立〔西〕▼総選挙でナチス第一党に〔独〕●J・ロマン『善意の人びと』（〜四七）〔仏〕●F・モーリヤック『蝮のからみあい』〔仏〕●ベルクソン『道徳と宗教の二源泉』〔仏〕●ヘミングウェイ『午後の死』〔米〕●マクリーシュ『征服者』（ピュリッツァー賞受賞）〔米〕●ドス・パソス『一九一九年』〔米〕●**キャザー『名もなき人びと』**〔米〕●フォークナー『八月の光』〔米〕●コールドウェル『タバコ・ロード』〔米〕●フィッツジェラルド『ワルツは私と』〔米〕●E・S・ガードナー『ビロードの爪』（ペリー・メイスン第一作）〔米〕●O・ハックスリー『すばらしい新世界』〔英〕●H・リード『現代詩の形式』〔英〕●シャルル＝アルベール・サングリア『ペトラルカ』〔スイス〕●S・ツヴァイク『マリー・アントワネット』〔墺〕●ホフマンスタール『アンドレアス』〔墺〕●ロート『ラデツキー行進曲』〔墺〕●クルティウス『危機に立つドイツ精神』〔独〕●クルレジャ『フィリップ・ラティノヴィチの帰還』〔クロアチア〕●ドゥーチッチ『都市とキマイラ』〔セルビア〕●ボウエン『北方へ』〔愛〕●ヤシェンスキ『人間は皮膚を変える』（〜三三）〔露〕●M・アスエラ『蛍』〔メキシコ〕●グスマン『青年ミナ——ナバラの英雄』〔メキシコ〕●グイラルデス『小径』〔アルゼンチン〕●ボルヘス『論議』〔アルゼンチン〕

一九三三年〔三十九歳〕

十月、前年の騒動への抗議からゴンクール賞審査委員を辞したリュシアン・デカーヴに招かれ、メダンでのゾラを讃える集会で演説、自然主義の時代の終焉を告知する。

▼ニューディール諸法成立〔米〕▼スタヴィスキー事件〔仏〕▼ヒトラー首相就任、全権委任法成立、国際連盟脱退〔独〕●ルネ・クレール『巴里祭』〔仏〕●シュルレアリスムの芸術誌「ミノトール」創刊（〜三九）〔仏〕●J・マリタン『キリスト教哲学について』〔仏〕●J・ロマン『ヨーロッパの問題』〔仏〕●コレット『牝猫』〔仏〕●マルロー『人間の条件』（ゴンクール賞受賞）〔仏〕●デュアメル『パスキエ家年代記』（〜四五）〔仏〕●クノー『はまむぎ』〔仏〕●〈プレイヤッド〉叢書創刊（ガリマール社）〔仏〕●J・グルニエ『孤島』〔仏〕●S・アンダーソン『森の中の死』〔米〕●N・ウェスト『孤独な娘』〔米〕●ヘミングウェイ『勝者には何もやるな』〔米〕●スタイン『アリス・B．トクラス自伝』〔米〕●オニール『ああ、荒野！』〔米〕●**V・ウルフ『フラッシュ　ある犬の伝記』**〔英〕●E・シットウェル『イギリス畸人伝』〔英〕●H・リード『現代の芸術』〔英〕●レオン・ボップ『ジャック・アルノーと小説的総体』〔スイス〕●ブニュエル『糧なき土地』〔西〕●ロルカ『血の婚礼』〔西〕●T・マン『ヨーゼフとその兄弟たち』（〜四三）〔独〕●ケストナー『飛ぶ教室』〔独〕●ゴンブローヴィッチ『成長期の手記』（五七年『バカカイ』と改題）〔ポーランド〕●エリアーデ『マイトレイ』〔ルーマニア〕●フロンスキー『ヨゼフ・マック』〔スロヴァキア〕●オフェイロン『素朴な人々の住処』〔愛〕●ブーニン、ノーベル文学賞受賞〔露〕●西脇順三郎訳『ヂオイス詩集』〔日〕

一九三四年〔四十歳〕

おそらくこの頃、草稿『**戦争** *Guerre*』、次いで『ロンドン *Londres*』が執筆されたものと考えられる。

▼アストゥリアス地方でコミューン形成、政府軍による弾圧。カタルーニャの自治停止〔西〕▼ヒンデンブルク歿、ヒトラー総統兼首相就任〔独〕▼キーロフ暗殺事件、大粛清始まる〔露〕●ジオノ『世界の歌』〔仏〕●アラゴン『バーゼルの鐘』〔仏〕●ユルスナール『死神が馬車を導く』、『夢の貨幣』〔仏〕●J・ケッセル『私の知っていた男スタビスキー』〔仏〕●モンテルラン『独身者たち』(アカデミー文学大賞)〔仏〕●コレット『言い合い』〔仏〕●H・フォシヨン『形の生命』〔仏〕●ベルクソン『思想と動くもの』〔仏〕●バシュラール『新しい科学的精神』〔仏〕●レリス『幻のアフリカ』〔仏〕●フィッツジェラルド『夜はやさし』〔米〕●H・ミラー『北回帰線』〔米〕●ハメット『影なき男』〔米〕●J・M・ケイン『郵便配達は二度ベルを鳴らす』〔米〕●クリスティ『オリエント急行の殺人』〔英〕●ウォー『一握の塵』〔英〕●セイヤーズ『ナイン・テイラーズ』〔英〕●**H・リード『ユニット・ワン』**〔英〕●M・アリンガム『幽霊の死』〔英〕●リース『闇の中の航海』〔英〕●サンドラール『ジャン・ガルモの秘密の生涯』〔スイス〕●ラミュ『デルボランス』〔スイス〕●ピランデッロ、ノーベル文学賞受賞〔伊〕●アウブ『ルイス・アルバレス・ペトレニャ』〔西〕●ペソア『歴史は告げる』〔ポルトガル〕●S・ツヴァイク『エラスムス・ロッテルダムの勝利と悲劇』〔墺〕●クラーゲス『リズムの本質』〔独〕●デーブリーン『バビロン放浪』〔独〕●エリアーデ『天国からの帰還』〔ルーマニア〕●ヌシッチ『義賊たち』〔セルビア〕●ブリクセン『七つのゴシック物語』〔デンマーク〕●A・レイェス『タラウマラの草』〔メキシコ〕●谷崎潤一郎『文章讀本』〔日〕

一九三五年［四十一歳］

後に妻となる、ダンサーのリュセット・アルマンゾールと同棲生活を開始する。

▼三月、ハーレム人種暴動。五月、公共事業促進局（WPA）設立［米］▼アビシニア侵攻（〜三六）［伊］▼ブリュッセル万国博覧会［白］▼フランコ、陸軍参謀長に就任。右派政権、農地改革改正法（反農地改革法）を制定［西］▼ユダヤ人の公民権剝奪［独］▼コミンテルン世界大会開催［露］●**ギユー『黒い血』**［仏］●F・モーリヤック『夜の終り』［仏］●ジロドゥー《トロイ戦争は起こらないだろう》初演［仏］●ガーシュウィン《ポーギーとベス》［米］●ヘミングウェイ『アフリカの緑の丘』［米］●フィッツジェラルド『起床ラッパが消灯ラッパ』［米］●マクリーシュ『恐慌』［米］●キャザー『ルーシー・ゲイハート』［米］●フォークナー『標識塔』［米］●アレン・レーン、〈ペンギン・ブックス〉発刊［英］●セイヤーズ『学寮祭の夜』［英］●H・リード『緑の子供』［英］●N・マーシュ『殺人者登場』［英］●ル・コルビュジエ『輝く都市』［スイス］●サンドラール『ヤバイ世界の展望』［スイス］●ラミュ『人間の大きさ』、『問い』［スイス］●A・マチャード『フアン・デ・マイレナ』（〜三九）［西］●オルテガ・イ・ガセー『体系としての歴史』［西］●アレイクサンドレ『破壊すなわち愛』［西］●アロンソ『ゴンゴラの詩的言語』［西］●ホイジンガ『朝の影のなかに』［蘭］●デーブリーン『情け容赦なし』［独］●カネッティ『眩暈』［独］●H・マン『アンリ四世の青春』、『アンリ四世の完成』（〜三八）［独］●ベンヤミン『複製技術時代の芸術作品』［独］●ヴィトリン『地の塩』（文学アカデミー金桂冠賞受賞）［ポーランド］●ストヤノフ『コレラ』［ブルガリア］●アンドリッチ『ゴヤ』［セルビア］●パルダン『ヨーアン・スタイン』［デンマーク］●ボイエ『木のために』［スウェーデン］●マッティンソン『イラクサの花咲く』［スウェーデン］●グリーグ『われらの栄光

とわれらの力』〔ノルウェー〕●ボウエン『パリの家』〔愛〕●アフマートワ『レクイエム』(〜四〇)〔露〕●ボンバル『最後の霧』〔チリ〕●ボルヘス『汚辱の世界史』〔アルゼンチン〕●川端康成『雪国』(〜三七)〔日〕

一九三六年〔四十二歳〕

五月、『なしくずしの死 *Mort à crédit*』出版。フランス語の構文を裁断してゆく新たな文体へのセリーヌ自身の達成感に反し、その荒々しい性表現、救いのない物語に対して世間の反応は冷たかった。これにより、他の小説作品の構想が放棄される。夏、ソ連を訪れ、その見聞に基づき、反共産主義パンフレット『メア・クルパ *Mea Culpa*』を刊行。これまでセリーヌに好意的であった共産主義者たちの離反を招く。

▼合衆国大統領選挙でフランクリン・ローズヴェルトが再選〔米〕▼レオン・ブルムを首班とする人民戦線内閣成立(〜三八)〔仏〕▼スペイン内戦(〜三九)〔西〕▼スターリンによる粛清(〜三八)〔露〕▼二・二六事件〔日〕●ジッド、ラスト、ギユー、エルバール、シフラン、ダビとソヴィエトを訪問〔仏〕●J・ディヴィヴィエ『望郷』〔仏〕●F・モーリヤック『黒い天使』〔仏〕●アラゴン『お屋敷町』〔仏〕●ベルナノス『田舎司祭の日記』〔仏〕●ユルスナール『火』〔仏〕●チャップリン『モダン・タイムス』〔米〕●オニール、ノーベル文学賞受賞〔米〕●ミッチェル『風と共に去りぬ』〔米〕●H・ミラー『暗い春』〔米〕●ドス・パソス『ビッグ・マネー』〔米〕●キャザー『現実逃避』、『四十歳以下でなく』〔米〕●フォークナー『アブサロム、アブサロム!』〔米〕●J・M・ケイン『倍額保険』〔米〕●クリスティ『ABC殺人事件』〔英〕●O・ハックスリー『ガザに盲いて』〔英〕●M・アリンガム『判事への花束』〔英〕●C・S・ルイス『愛のアレゴリー』〔英〕●出版社兼ブッククラブ、ギルド・デュ・リーヴル社設立(〜七八)〔スイス〕●サンドラール『ハリウッド』〔スイス〕●ラミュ

『サヴォワの青年』〔スイス〕●ダヌンツィオ『死を試みたガブリエーレ・ダンヌンツィオの秘密の書、一〇〇、一〇〇、一〇〇、一〇〇のページ』（アンジェロ・コクレス名義）〔伊〕●シローネ『パンとぶどう酒』〔伊〕●A・マチャード『フアン・デ・マイレーナ』〔西〕●ドールス『バロック論』〔西〕●S・ツヴァイク『カステリョ対カルヴァン』〔墺〕●レルネト＝ホレーニア『バッゲ男爵』〔墺〕●フッサール『ヨーロッパ諸科学の危機と超越論的現象学』（未完）〔独〕●K・チャペック『山椒魚戦争』〔チェコ〕●ネーメト・ラースロー『罪』〔ハンガリー〕●エリアーデ『クリスティナお嬢さん』〔ルーマニア〕●アンドリッチ『短篇小説集三』〔セルビア〕●ラキッチ『詩集』〔セルビア〕●クルレジャ『ペトリツァ・ケレンプーフのバラード』〔クロアチア〕●ボルヘス『永遠の歴史』〔アルゼンチン〕

一九三七年〔四十三歳〕

十二月、激越な反ユダヤ主義のパンフレット『虐殺のためのバガテル *Bagatelles pour un massacre*』出版。爆発的な売上を記録する。反ユダヤ主義陣営は、特異な作家の加入を喜びつつも当惑、対する左翼陣営は以後、セリーヌへの非難を強めてゆく。

▼ヒンデンブルグ号爆発事故〔米〕▼イタリア、国際連盟を脱退〔伊〕▼フランコ、総統に就任〔西〕●ルノワール『大いなる幻影』〔仏〕●ブルトン『狂気の愛』〔仏〕●マルロー『希望』〔仏〕●**ルヴェルディ『屑鉄』**〔仏〕●カロザース、ナイロン・ストッキングを発明〔米〕●スタインベック『二十日鼠と人間』〔米〕●W・スティーヴンズ『青いギターの男』〔米〕●ヘミングウェイ『持つと持たぬと』〔米〕●J・M・ケイン『セレナーデ』〔米〕●ナボコフ『賜物』（〜三八）〔米〕●ホイットル、ターボジェット（ジェットエンジン）を完成〔英〕●**V・ウルフ『歳月』**〔英〕●セイヤーズ『忙しい蜜月旅行』〔英〕●E・シットウェル『黒い太陽の下に生く』〔英〕●フォックス『小説と民衆』

〔英〕●コードウェル『幻影と現実』〔英〕●ル・コルビュジエ『伽藍が白かったとき』〔スイス〕●アルベール・ベガン『ロマン的魂と夢』〔スイス〕●ギ・ド・プルタレス『奇跡の漁』〔スイス／仏〕●ピカソ《ゲルニカ》〔西〕●デーブリーン『死のない国』〔独〕●ゴンブローヴィッチ『フェルディドゥルケ』〔ポーランド〕●エリアーデ『蛇』〔ルーマニア〕●ブリクセン『アフリカ農場』〔デンマーク〕●メアリー・コラム『伝統と始祖たち』〔愛〕●A・レイェス『ゲーテの政治思想』〔メキシコ〕●パス『お前の明るき影の下で』、『人間の根』〔メキシコ〕

一九三八年〔四十四歳〕

十一月、反ユダヤ主義パンフレット第二作『死体の学校 *L'École des cadavres*』出版。来る戦争を阻止すべく、ヒトラー政権との同盟を主張する。

▼ブルム内閣総辞職、人民戦線崩壊〔仏〕▼ミュンヘン会談〔英・仏・伊・独〕▼「水晶の夜」〔独〕▼ドイツ、ズデーテンに進駐〔東欧〕▼レトロマンス語を第四の国語に採択〔スイス〕▼「絶対中立」の立場に戻り、国際連盟離脱〔スイス〕●カルネ『霧の波止場』〔仏〕●サルトル『嘔吐』〔仏〕●ラルボー『ローマの色』〔仏〕●ユルスナール『東方綺譚』〔仏〕●バシュラール『科学的精神の形成』、『火の精神分析』〔仏〕●ヘミングウェイ『第五列と最初の四十九短編』〔米〕●E・ウィルソン『三重の思考者たち』〔米〕●ヒッチコック『バルカン超特急』〔英〕●V・ウルフ『三ギニー』〔英〕●G・グリーン『ブライトン・ロック』〔英〕●コナリー『嘱望の敵』〔英〕●オーウェル『カタロニア賛歌』〔英〕●ラミュ『もし太陽が戻らなかったら』〔スイス〕●バッケッリ『ポー川の水車小屋』（〜四〇）〔伊〕●ホイジンガ『ホモ・ルーデンス』〔蘭〕●デーブリーン『青い虎』〔独〕●エリアーデ『天国における結婚』〔ルーマニア〕●**ヌシッチ『故人』**〔セルビア〕●クルレジャ『理性の敷居にて』、『ブリトヴァの宴会』（〜六三）〔クロアチア〕●ベケット『マーフィ』〔愛〕●ボウエン『心情の死滅』〔愛〕

●グスマン『パンチョ・ビジャの思い出』(～四〇)〔メキシコ〕●ロサダ出版創設〔アルゼンチン〕

一九三九年〔四十五歳〕

十二月、第二次世界大戦開戦に伴い、兵員輸送船シェラ号の船医として勤務。この船はイギリス軍護衛艦と衝突事件を起こす。

▼第二次世界大戦勃発〔欧〕●カルネ『陽は昇る』〔仏〕●P・シュナル『最後の曲がり角』〔仏〕●ジロドゥー『オンディーヌ』〔仏〕●ジッド『日記』(～五〇)〔仏〕●サン＝テグジュペリ『人間の大地』(アカデミー小説大賞)〔仏〕●ドリュ・ラ・ロシェル『ジル』〔仏〕●ユルスナール『とどめの一撃』〔仏〕●サロート『トロピスム』〔仏〕●スタインベック『怒りのぶどう』〔米〕●ドス・パソス『ある青年の冒険』〔米〕●オニール『氷屋来たる』〔米〕●チャンドラー『大いなる眠り』〔米〕●W・C・ウィリアムズ『全詩集　一九〇六－一九三八』〔米〕●クリスティ『そして誰もいなくなった』〔英〕●リース『真夜中よ、こんにちは』〔英〕●エドモン＝アンリ・クリジネル『眠らぬ人』〔スイス〕●ホセ・オルテガ・イ・ガセー、ブエノスアイレスに亡命〔西〕●パノフスキー『イコノロジー研究』〔独〕●デーブリーン『一九一八年十一月。あるドイツの革命』(～五〇)〔独〕●T・マン『ヴァイマルのロッテ』〔独〕●ジョイス『フィネガンズ・ウェイク』〔愛〕●F・オブライエン『スイム・トゥー・バーズにて』〔愛〕●セゼール『帰郷ノート』〔中南米〕●スダメリカナ出版創設。エメセー出版社創設〔アルゼンチン〕

一九四〇年〔四十六歳〕

六月、フランス軍の敗退、潰走に伴い、セリーヌも老人や子供を救急車に乗せて、ラ・ロシェルへと避難する。ドイツ占領後はパリ郊外ブゾンの無料診療所に勤務する。

▼ドイツ軍、パリ占領。ヴィシー政府成立〔仏・独〕▼トロツキー、メキシコで暗殺される〔露〕▼日独伊三国軍事同盟〔伊・独・日〕●チャップリン『独裁者』〔米〕●ヘミングウェイ『誰がために鐘は鳴る』、《第五列》初演〔米〕●キャザー『サファイラと奴隷娘』〔米〕●J・M・ケイン『横領者』〔米〕●マッカラーズ『心は孤独な狩人』〔米〕●チャンドラー『さらば愛しき人よ』〔米〕●e・e・カミングズ『五十詩集』〔米〕●E・ウィルソン『フィンランド駅へ』〔米〕●クライン『ユダヤ人も持たざるや』〔カナダ〕●プラット『ブレブーフとその兄弟たち』〔カナダ〕●フローリーとチェイン、ペニシリンの単離に成功〔英・豪〕●G・グリーン『権力と栄光』〔英〕●ケストラー『真昼の暗黒』〔英〕●H・リード『アナキズムの哲学』、『無垢と経験の記録』〔英〕●A・リヴァ『雲をつかむ』〔スイス〕●サルトル『想像力の問題』〔仏〕●バシュラール『否定の哲学』〔仏〕●ルヴェルディ『満杯のコップ』〔仏〕●エリアーデ『ホーニヒベルガー博士の秘密』、『セランポーレの夜』〔ルーマニア〕●フロンスキー『グラーチ書記』、『在米スロヴァキア移民を訪ねて』〔スロヴァキア〕●エリティス『定位』〔ギリシア〕●ビオイ・カサーレス『モレルの発明』〔アルゼンチン〕●織田作之助『夫婦善哉』〔日〕●太宰治『走れメロス』〔日〕

一九四一年〔四十七歳〕

二月、反ユダヤ主義パンフレット第三作『苦境 *Les Beaux Draps*』出版。この頃、対独協力右翼ジャーナリズムの新聞や雑誌に意見表明を連ねる。

▼六月二十二日、独ソ戦開始〔独・露〕▼十二月八日、日本真珠湾攻撃、米国参戦〔日・米〕●アンリ・プラ『三月の風』〔仏〕●ラルボー『罰せられざる悪徳・読書――フランス語の領域』〔仏〕●シーボーグ、マクミランら、プルトニウム238を合成〔米〕

●白黒テレビ放送開始〔米〕●O・ウェルズ『市民ケーン』〔米〕●I・バーリン《ホワイト・クリスマス》〔米〕●フィッツジェラルド『ラスト・タイクーン』（未完）〔米〕●**J・M・ケイン『ミルドレッド・ピアース　未必の故意』**〔米〕●ナボコフ『セバスチャン・ナイトの真実の生涯』〔米〕●V・ウルフ『幕間』〔英〕●ケアリー『馬の口から』（〜四四）〔英〕●ヴィットリーニ『シチリアでの会話』〔伊〕●パヴェーゼ『故郷』〔伊〕●レルネト＝ホレーニア『白羊宮の火星』〔墺〕●ブレヒト《肝っ玉おっ母とその子供たち》チューリヒにて初演〔独〕●M・アスエラ『新たなブルジョワ』〔メキシコ〕●パス『石と花の間で』〔メキシコ〕●ボルヘス『八岐の園』〔アルゼンチン〕

一九四二年〔四十八歳〕

年末、友人の映画俳優ロベール・ル・ヴィガンの飼っていた猫ベベールを、彼が放棄した後に譲り受ける。幼少期以来久々の動物との生活のなかで、その魅力の虜となる。

▼エル・アラメインの戦い〔欧・北アフリカ〕▼ミッドウェイ海戦〔日・米〕▼スターリングラードの戦い（〜四三）〔独・ソ〕●ギユー『夢のパン』（ポピュリスト賞受賞）〔仏〕●サン＝テグジュペリ『戦う操縦士』〔仏〕●カミュ『異邦人』、『シーシュポスの神話』〔仏〕●ポンジュ『物の味方』〔仏〕●エリュアール『詩と真実』〔仏〕●バシュラール『水と夢』〔仏〕●E・フェルミら、シカゴ大学構内に世界最初の原子炉を建設〔米〕●チャンドラー『高い窓』〔米〕●ベロー『朝のモノローグ二題』〔米〕●J・M・ケイン『美しき故意のからくり』〔米〕●S・ランガー『シンボルの哲学』〔米〕●V・ウルフ『蛾の死』〔英〕●T・S・エリオット『四つの四重奏』〔英〕●E・シットウェル『街の歌』〔英〕●ウンガレッティ『喜び』〔伊〕●**S・ツヴァイク**『昨日の世界』、『**チェス奇譚**』〔墺〕●ゼーガース『第七の十字架』、『トランジット』（〜四四）〔独〕●ブリクセン『冬の物語』〔デンマーク〕●A・レイェス『文学的経験について』〔メキシコ〕●パス『世界の岸辺で』、『孤独の詩、感応の詩』

〔メキシコ〕●ボルヘス＝ビオイ・カサーレス『ドン・イシドロ・パロディ　六つの難事件』〔アルゼンチン〕●郭沫若『屈原』〔中〕

一九四三年〔四十九歳〕

二月、リュセット・アルマンゾールと入籍。

▼九月八日、イタリア降伏〔伊〕▼十一月、カイロ会談、テヘラン会談〔米・英・ソ〕●サルトル『存在と無』、《蠅》上演〔仏〕●マルロー『アルテンブルクの胡桃の木』〔仏〕●コレット『ジジ』〔仏〕●サン＝テグジュペリ『星の王子さま』〔仏〕●バシュラール『空気と夢』〔仏〕●ドス・パソス『ナンバーワン』〔米〕●チャンドラー『湖中の女』〔米〕●J・M・ケイン『スリーカード』〔米〕●H・リード『芸術を通しての教育』〔英〕●ウンガレッティ『時の感覚』〔伊〕●アウブ『閉じられた戦場』〔西〕●ヘッセ『ガラス玉演戯』〔独〕●マクシモヴィッチ『まだらの小さな鞄』〔セルビア〕●谷崎潤一郎『細雪』(〜四八)〔日〕

一九四四年〔五十歳〕

一月、アルベール・セルイユの『ブゾン幾星霜 *Bezons à travers les âges*』に序文を寄せ、自身の出自・経歴とも重ねつつ、見捨てられゆく郊外への讃歌を綴る。同月、ロンドン滞在を描いた小説『ギニョルズ・バンド *Guignol's Band*』を未完の状態で出版。連合軍が接近し、ヴィシー・フランスの敗北が濃厚となるなか、セリーヌもたびたび脅迫状を受け取るなど身の危険を感じ、六月、デンマークを目指して、妻リュセット、愛猫ベベールとともに亡命。バーデン＝バーデン、ベルリン、クレンツリン、ジークマリンゲンと、連合軍による爆撃下のナチス・ドイツ領内を北へ南へ転々とする。このうちジークマリンゲンは、フィリップ・ペタンやピエール・ラヴァルなど、ヴィシー政権の主要メンバーの亡命地であり、ここでも医師の仕事を務める。

▼六月六日、連合軍、ノルマンディー上陸作戦決行〔欧・米〕▼八月二十五日、パリ解放。ドゴールが共和国臨時政府首席就任〔仏〕●サルトル《出口なし》初演〔仏〕●カミュ《誤解》初演〔仏〕●バタイユ『有罪者』〔仏〕●ボーヴォワール『他人の血』〔仏〕●ジュネ『花のノートルダム』〔仏〕●ベールフィット『特別な友情』〔仏〕●ベロー『宙ぶらりんの男』〔米〕●V・ウルフ『幽霊屋敷』〔英〕●**コナリー『不安な墓場』**〔英〕●オーデン『しばしの間は』〔英〕●ユング『心理学と錬金術』〔スイス〕●マンツィーニ『獅子のごとく強く』〔伊〕●アウブ『見て見ぬふりが招いた死』〔西〕●**H・ファラダ『酔っ払い』**（／五〇）〔独〕●イェンセン、ノーベル文学賞受賞〔デンマーク〕●ジョイス『スティーヴン・ヒアロー』〔愛〕●ボルヘス『工匠集』、『伝奇集』〔アルゼンチン〕

一九四五年〔五十一歳〕

三月、デンマーク、コペンハーゲンに到着。フランスでは粛清《エピュラシオン》が過熱し、四月、セリーヌにも国家反逆罪容疑で逮捕状が発行される。十二月、フランス政府の要請を受けて、セリーヌ夫妻は逮捕され、その後セリーヌは約一年半にわたってヴェステルフィングセル監獄に収監される。監獄では過酷な環境のもと、たびたび健康を崩しながら、新作『またの日のための夢物語 *Féerie pour une autre fois*』の原稿を書き連ねる。

▼二月、ヤルタ会談〔米・英・ソ〕▼五月八日、ドイツ降伏、停戦〔独〕▼七月十七日、ポツダム会談（〜八月二日）〔米・英・ソ〕▼米軍、広島（八月六日）、長崎（八月九日）に原子爆弾を投下。日本、ポツダム宣言受諾、八月十五日、無条件降伏〔日〕●〈セリ・ノワール〉

叢書創刊〔ガリマール社〕〔仏〕●カミュ《カリギュラ》初演〔仏〕●シモン『ペテン師』〔仏〕●ルヴェルディ『ほとんどの時間』〔仏〕●メルロ＝ポンティ『知覚の現象学』〔仏〕●T・ウィリアムズ《ガラスの動物園》初演〔米〕●サーバー『サーバー・カーニヴァル』〔米〕●フィッツジェラルド『崩壊』〔米〕●K・バーク『動機の文法』〔米〕●マクレナン『二つの孤独』〔カナダ〕●ゲヴルモン『突然の来訪者』〔カナダ〕●ロワ『はかなき幸福』〔カナダ〕●オーウェル『動物農場』〔英〕●コナリー『呪われた遊戯場』〔英〕●ウォー『ブライズヘッドふたたび』〔英〕●**サンドラール『雷に打たれた男』**〔スイス〕●モラーヴィア『アゴスティーノ』〔伊〕●ウィットリーニ『人間と否と』〔伊〕●C・レーヴィ『キリストはエボリにとどまりぬ』〔伊〕●ウンガレッティ『散逸詩編』〔伊〕●マンツィーニ『出版人への手紙』〔伊〕●アウブ『血の戦場』〔西〕●セフェリス『航海日誌Ⅱ』〔希〕●**S・ツヴァイク『聖伝』**〔墺〕●H・ブロッホ『ヴェルギリウスの死』〔独〕●アンドリッチ『ドリナの橋』、『トラーヴニク年代記』、『お嬢さん』〔セルビア〕●リンドグレン『長くつ下のピッピ』〔スウェーデン〕●ワルタリ『エジプト人シヌヘ』〔フィンランド〕●A・レイェス『ロマンセ集』〔メキシコ〕●G・ミストラル、ノーベル文学賞受賞〔チリ〕●ビオイ・カサーレス『脱獄計画』〔アルゼンチン〕

一九四七年〔五十三歳〕

杜撰な訴状に基づくフランスの身柄引渡要求を、デンマーク法務省は最終的に拒絶、六月、デンマークを離れないという条件つきでセリーヌを釈放する。弁護士ミケルセンが所有するバルト海岸沿岸クラルスコウゴーの建物に居住する。セリーヌに惚れ込んだアメリカのユダヤ人研究者ミルトン・ヒンダスもこの地を訪れ、悲惨なものに終わったセリーヌとの会見の記録『敗残の巨人 *The Crippled Giant*』を後に発表する。

▼マーシャル・プラン（ヨーロッパ復興計画）を立案〔米〕▼コミンフォルム結成〔東欧〕▼インド、パキスタン独立〔アジア〕●ジッド、

ノーベル文学賞受賞〔仏〕●マルロー『芸術の心理学』（～四九）〔仏〕●クノー『文体練習』〔仏〕●カミュ『ペスト』〔仏〕●**G・ルブラン『勇気の装置』**〔仏〕●ジュネ『女中たち』〔仏〕●ヴィアン『日々の泡』〔仏〕●アンテルム『人類』〔仏〕●**シモン『綱渡り』**〔仏〕●ヴェイユ『重力と恩寵』〔仏〕●J・M・ケイン『蝶』、『罪深い女』〔米〕●ベロー『犠牲者』〔米〕●E・ウィルソン『ベデカーなしのヨーロッパ』〔米〕●T・ウィリアムズ《欲望という名の電車》初演（ニューヨーク劇評家協会賞、ピュリッツァー賞他受賞）〔米〕●V・ウルフ『瞬間』〔英〕●E・シットウェル『カインの影』〔英〕●ハートリー『ユースタスとヒルダ』〔英〕●ラウリー『活火山の下』〔英〕●**A・リヴァ『みつばちの平和』**〔スイス〕●ウンガレッティ『悲しみ』〔伊〕●パヴェーゼ『異神との対話』〔伊〕●カルヴィーノ『蜘蛛の巣の小径』〔伊〕●ドールス『ドン・ファン――その伝説の起源について』、『哲学の秘密』〔西〕●T・マン『ファウスト博士』〔独〕●H・H・ヤーン『岸辺なき流れ』（～六一）〔独〕●ボルヒェルト『戸口の外で』〔独〕●ゴンブローヴィッチ『結婚』（西語版、六四パリ初演）〔ポーランド〕●メアリー・コラム『人生と夢と』〔愛〕●M・アスエラ『メキシコ小説の百年』〔メキシコ〕●A・ヤニェス『嵐がやってくる』〔メキシコ〕●ボルヘス『時間についての新しい反問』〔アルゼンチン〕

一九四八年〔五十四歳〕

夏、未完の小説『死地 *Casse-pipe*』の現存していた冒頭の断片のみ、発表。十一月、サルトルの『ユダヤ人問題の考察 *Réflexions sur la question juive*』における「セリーヌはナチス・ドイツに買収されていた」という記述に猛反発し、彼を自身の糞尿にたかる蟯虫に喩えて嘲笑する『ケツの狂躁病者に *À l'agité du bocal*』を発表。

▼ブリュッセル条約調印、西ヨーロッパ連合成立〔西欧〕▼ソ連、ベルリン封鎖〔東欧〕▼イタリア共和国発足〔伊〕▼イスラエル独立宣言〔パレスチナ〕▼ガンジー暗殺〔印〕▼アパルトヘイト開始〔南アフリカ〕●サン＝テグジュペリ『城砦』〔仏〕●ルヴェルディ『死

者たちの歌』、『私の航海日記』〔仏〕●サロート『見知らぬ男の肖像』〔仏〕●シャール『激情と神秘』〔仏〕●バシュラール『大地と意志の夢想』、『大地と休息の夢想』〔仏〕●キャザー『年老いた美女 その他』〔米〕●J・M・ケイン『蛾』〔米〕●T・S・エリオット、ノーベル文学賞受賞〔英〕●リーヴィス『偉大なる伝統』〔英〕●グレイヴズ『白い女神』〔英〕●サンドラール『難航海』〔スイス〕●バッケッリ『イエスの一瞥』〔伊〕●オルテガ・イ・ガセー、弟子のマリアスとともに、人文科学研究所を設立〔西〕●デーブリーン『新しい原始林』〔独〕●ノサック『死神とのインタヴュー』〔独〕●クルティウス『ヨーロッパ文学とラテン中世』〔独〕●**アイスネル『フランツ・カフカとプラハ』**〔チェコ〕●アンドリッチ『宰相の象』〔セルビア〕●フロンスキー『アンドレアス・ブール師匠』〔スロヴァキア〕

一九五〇年〔五十六歳〕

一月、フランス国内でセリーヌに対する判決が次のとおり確定——一年の禁固、五万フランの罰金、市民権剥奪、財産半分の没収。

▼マッカーシズムが発生〔米〕▼朝鮮戦争（～五三）〔朝鮮〕●「カイエ・デュ・シネマ」誌創刊〔仏〕●イヨネスコ《禿の女歌手》初演〔仏〕●J・グリーン『モイラ』〔仏〕●ニミエ『青い軽騎兵』〔仏〕●マルロー『サチュルヌ』〔仏〕●デュラス『太平洋の防波堤』〔仏〕●リースマン『孤独な群衆』〔米〕●ヘミングウェイ『川を渡って木立の中へ』〔米〕●ブラッドベリ『火星年代記』〔米〕●J・M・ケイン『嫉妬深い女』〔米〕●ラッセル、ノーベル文学賞受賞〔英〕●ピーク『ゴーメンガースト』〔英〕●C・S・ルイス『ライオンと魔女』〔英〕●D・レッシング『草は歌っている』〔英〕●プーレ『人間的時間の研究』〔仏〕●ピアジェ『発生的認識論序説』〔スイス〕●プーレ『人間的時間の研究』（～七二）〔白〕●パヴェーゼ『月とかがり火』〔伊〕●ゴンブリッチ『美術の歩み』〔墺〕●クルティウス

『ヨーロッパ文学をめぐるエッセイ』〔独〕●ズーアカンプ書店創業〔独〕●H・ブロッホ『罪なき人々』〔独〕●ハンセン『偽る者』〔デンマーク〕●ラーゲルクヴィスト『バラバ』〔スウェーデン〕●シンガー『モスカト家の人々』〔イディッシュ〕●パス『孤独の迷宮』〔メキシコ〕●ネルーダ『大いなる歌』〔チリ〕●コルタサル『試験』〔アルゼンチン〕

一九五一年〔五十七歳〕

四月、第一次世界大戦の軍功により特赦が下る。これによって六月、夫妻は、愛猫ベベールや愛犬ベッシーをはじめとする動物たちを連れて、七年越しの帰国。居をパリ近郊ムードンに定め、以後終生ここで暮らす。ガリマール社と出版契約を締結する。

▼サンフランシスコ講和条約、日米安全保障条約調印〔米・日〕●マルロー『沈黙の声』〔仏〕●カミュ『反抗的人間』〔仏〕●イヨネスコ《授業》初演〔仏〕●サルトル《悪魔と神》初演〔仏〕●ユルスナール『ハドリアヌス帝の回想』〔仏〕●グラック『シルトの岸辺』〔仏〕●サリンジャー『ライ麦畑でつかまえて』〔米〕●スタイロン『闇の中に横たわりて』〔米〕●J・ジョーンズ『地上より永遠に』〔米〕●J・M・ケイン『罪の根源』〔米〕●ポーエル『時の音楽』（〜七五）〔英〕●G・グリーン『情事の終わり』〔英〕●アウブ『開かれた戦場』〔西〕●セラ『蜂の巣』〔西〕●T・マン『選ばれし人』〔独〕●N・ザックス『エリ――イスラエルの受難の神秘劇』〔独〕●ケッペン『草むらの鳩たち』〔独〕●ラーゲルクヴィスト、ノーベル文学賞受賞〔スウェーデン〕●ベケット『モロイ』、『マロウンは死ぬ』〔愛〕●A・レイェス『ギリシアの宗教研究について』〔メキシコ〕●パス『鷲か太陽か？』〔メキシコ〕●コルタサル『動物寓話集』〔アルゼンチン〕●大岡昇平『野火』〔日〕

一九五二年〔五十八歳〕

六月、監獄以来書き直しを続けてきた『またの日のための夢物語』、ガリマール社より出版されるが、売上はごく少数にとどまる。

▼アイゼンハワー、大統領選勝利〔米〕▼ジョージ六世歿、エリザベス二世即位〔英〕●ルネ・クレマン『禁じられた遊び』〔仏〕●F・モーリャック、ノーベル文学賞受賞〔仏〕●プルースト『ジャン・サントゥイユ』〔仏〕●サルトル『聖ジュネ』〔仏〕●ボワロー＝ナルスジャック『悪魔のような女』〔仏〕●**シモン『ガリバー』**〔仏〕●マルロー『想像の美術館』（～五四）〔仏〕●ゴルドマン『人間の科学と哲学』〔仏〕●レヴィ＝ストロース『人種と歴史』〔仏〕●ファノン『黒い皮膚、白い仮面』〔仏〕●F・ジンネマン『真昼の決闘』（ゲイリー・クーパー、グレイス・ケリー主演）〔米〕●F・オコナー『賢い血』〔米〕●スタインベック『エデンの東』〔米〕●ヘミングウェイ『老人と海』〔米〕●R・エリソン『見えない人間』〔米〕●H・リード『現代芸術の哲学』〔英〕●サンドラール『ブラジル』〔スイス〕●デュレンマット『ミシシッピ氏の結婚』〔スイス〕●プーレ『内的距離』〔白〕●カルヴィーノ『まっぷたつの子爵』〔伊〕●ツェラーン『罌粟と記憶』〔独〕●カラスラヴォフ『普通の人々』（～七五）〔ブルガリア〕●タレフ『鉄の灯台』〔ブルガリア〕●オヴェーチキン『地区の日常』（～五六）〔露〕

一九五四年〔六十歳〕

六月、『ノルマンス（またの日の夢物語Ⅱ）*Normance: Féerie pour une autre fois II*』出版。連合軍によるパリ爆撃の一夜を描いたセリーヌの言語実験の極北に位置する作品であるが、変わらず売上は不調。

▼ブラウン対教育委員会裁判［米］▼ディエンビエンフーの戦い［インドシナ］▼アルジェリア戦争（〜六二）［アルジェリア］●サガン『悲しみよこんにちは』［仏］●ビュトール『ミラノ通り』［仏］●**シモン『春の祭典』**［仏］●アルレー『わらの女』［仏］●ボワロー＝ナルスジャック『めまい』［仏］●バルト『彼自身によるミシュレ』［仏］●リシャール『文学と感覚』［仏］●ヘミングウェイ、ノーベル文学賞受賞［米］●カザン『波止場』（マーロン・ブランド主演、アカデミー賞受賞）［米］●ヒッチコック『ダイヤルMを廻せ！』、『裏窓』［米］●ドス・パソス『前途有望』［米］●K・エイミス『ラッキー・ジム』［英］●ゴールディング『蝿の王』［英］●フレミング『死ぬのは奴らだ』［英］●フリッシュ『シュティラー』［スイス］●モラーヴィア『軽蔑』、『ローマの物語』［伊］●ウンガレッティ『約束の地』［伊］●アウブ『善意』［西］●T・マン『詐欺師フェーリクス・クルルの告白』［独］●E・ブロッホ『希望の原理』（〜五九）［独］●シンボルスカ『自問』［ポーランド］●サドヴャヌ『ニコアラ・ポトコアヴァ』［ルーマニア］●アンドリッチ『呪われた中庭』［セルビア］●エレンブルグ『雪どけ』（〜五六）［露］●フエンテス『仮面の日々』［メキシコ］●クリシュナムルティ『自我の終焉』［印］●アストゥリアス『緑の法王』［グアテマラ］●中野重治『むらぎも』［日］●庄野潤三『プールサイド小景』［日］

一九五五年［六十一歳］

三月、『Y教授との対話 *Entretiens avec le professeur Y*』出版。世間の自身に対する無理解を前に、自己の作品の詩学をコミカルな対話仕立てで明かしてみせた小品である。

▼ローザ・パークス逮捕、モンゴメリー・バス・ボイコット事件に（〜五六）［米］▼ワルシャワ条約機構結成［露・東欧］●レヴィ＝ストロース『悲しき熱帯』［仏］●ロブ＝グリエ『覗くひと』［仏］●ブランショ『文学空間』［仏］●リシャール『詩と深さ』［仏］●ルヴェルディ『天井の太陽に』［仏］●ナボコフ『ロリータ』［米］●ハイスミス『太陽がいっぱい』（フランス推理小説大賞受賞）［米］●T・ウィリアムズ『熱

いトタン屋根の猫』〔米〕●E・ウィルソン『死海文書』〔米〕●W・サイファー『ルネサンス様式の四段階』〔米〕●H・リード『イコンとイデア』〔英〕●パゾリーニ『生命ある若者』、レオネッティらと「オッフィチーナ」誌創刊（〜五九）〔伊〕●プラトリーニ『メテッロ』〔伊〕●ノサック『おそくとも十一月には』〔独〕●ツェラーン『閾から閾へ』〔独〕●エリアーデ『禁断の森』（仏語版、原題『聖ヨハネ祭の前夜』七一年）〔ルーマニア〕●プレダ『モロメテ一家』（〜六七）〔ルーマニア〕●マクシモヴィッチ『土の匂い』〔セルビア〕●ラックスネス、ノーベル文学賞受賞〔愛〕●ボウエン『愛の世界』〔愛〕●ルルフォ『ペドロ・パラモ』〔愛〕●パステルナーク『ドクトル・ジバゴ』（五七刊）〔露〕●石原慎太郎『太陽の季節』〔日〕●檀一雄『火宅の人』〔日〕

一九五六年

▼スエズ危機〔欧・中東〕▼ハンガリー動乱〔ハンガリー〕▼フルシチョフ、スターリン批判〔露〕●ガリ『空の根』（ゴンクール賞受賞）〔仏〕●ビュトール『時間割』（フェネオン賞受賞）〔仏〕●ゴルドマン『隠れたる神』〔仏〕●E・モラン『映画』〔仏〕●ルヴェルディ『ばらばらで』〔仏〕●アシュベリー『何本かの木』〔米〕●ギンズバーグ『吠える』〔米〕●バース『フローティング・オペラ』〔米〕●ボールドウィン『ジョヴァンニの部屋』〔米〕●N・ウィーナー『サイバネティックスはいかにして生まれたか』〔米〕●C・ウィルソン『アウトサイダー』〔英〕●H・リード『彫刻芸術』〔英〕●サンドラール『世界の果てに連れてって』〔スイス〕●デュレンマット『老貴婦人の訪問』〔スイス〕●マンツィーニ『鶴』〔伊〕●サングィネーティ『ラボリントゥス』〔伊〕●モンターレ『ディナールの蝶』〔伊〕●バッサーニ『フェッラーラの五つの物語』〔伊〕●サンチェス＝フェルロシオ『ハラーマ川』〔西〕●ヒメネス、ノーベル文学賞受賞〔西〕●ドーデラー『悪霊たち』〔墺〕●デーブリーン『ハムレット』〔独〕●シュトックハウゼン《ツァイトマーセ》〔独〕●マハフーズ『バイナル・カスライン』〔エジプト〕●パス『弓と竪琴』〔メキシコ〕●コルタサル『遊戯の終わり』〔アルゼンチン〕●三島由紀夫『金閣寺』〔日〕●深沢七郎『楢山節考』〔日〕

一九五七年［六十三歳］

六月、ドイツ亡命三部作の第一弾、『城から城 *D'un château l'autre*』出版。新たな世代を中心に好意的に受容され、この作品によってフランス文壇に復活を遂げる。これ以後、ムードンの自宅へTVや雑誌のインタビューなどが多く訪れることとなる。

▼EEC発足［欧］▼一九五七年公民権法［米］▼人工衛星スプートニク1号打ち上げ成功［露］●マルロー『神々の変貌』［仏］●カミュ『追放と王国』、ノーベル文学賞受賞［仏］●ビュトール『心変わり』（ルノードー賞受賞）［仏］●ロブ＝グリエ『嫉妬』［仏］●シモン『風』［仏］●バタイユ『空の青』、『文学と悪』、『エロティシズム』［仏］●バルト『神話作用』［仏］●バシュラール『空間の詩学』［仏］●ケルアック『路上』［米］●チョムスキー『文法の構造』［米］●フライ『批評の解剖』［米］●H・リード『インダストリアル・デザイン』［英］●ダレル『ジュスティーヌ』［英］●スタロバンスキー『ルソー　透明と障害』［スイス］●バッケッリ『ノストス』［伊］●カルヴィーノ『木のぼり男爵』［伊］●パゾリーニ『グラムシの遺骨』［伊］●ガッダ『メルラーナ街の混沌たる殺人事件』［伊］●ヴィットリーニ『公開日記』［伊］●オルテガ・イ・ガセー『個人と社会』［西］●ドールス『エル・グレコとトレド』［西］●アンデルシュ『ザンジバル』［独］●ショーレム『ユダヤ神秘主義』［独］●G・R・ホッケ『迷宮としての世界』［独］●E・グラッシ『芸術と神話』［独］●ゴンブローヴィッチ『トランス・アトランティック』、『日記』（～六六）［ポーランド］●**ブリクセン『最後の物語』**［デンマーク］●ベケット『勝負の終わり』［愛］●パス『太陽の石』［メキシコ］●ドノーソ『戴冠式』［チリ］●遠藤周作『海と毒薬』［日］

一九五九年〔六十五歳〕

これまで発表してきたバレエ台本をまとめた『音楽もなく、だれもおらず、何もないバレエ *Ballets sans musique, sans personne, sans rien*』出版。

▼キューバ革命、カストロ政権成立〔キューバ〕●イヨネスコ《犀》初演〔仏〕●クノー『地下鉄のザジ』〔仏〕●サロート『プラネタリウム』〔仏〕●ロブ＝グリエ『迷路のなかで』〔仏〕●トロワイヤ『正しき人々の光』（～六三）〔仏〕●ボヌフォワ『昨日は荒涼として支配して』〔仏〕●スナイダー『割り石』〔米〕●バロウズ『裸のランチ』〔米〕●ロス『さよならコロンバス』〔米〕●ベロー『雨の王ヘンダソン』〔米〕●パーディ『マルカムの遍歴』〔米〕●シリトー『長距離走者の孤独』〔英〕●G・スタイナー『トルストイかドストエフスキーか』〔英〕●クァジーモド、ノーベル文学賞受賞〔伊〕●カルヴィーノ『不在の騎士』〔伊〕●パゾリーニ『暴力的な生』〔伊〕●ヴィットリーニとカルヴィーノ、『メナボ』誌創刊（～六七）〔伊〕●ツェラーン『言語の格子』〔独〕●ヨーンゾン『ヤーコプについての推測』〔独〕●ベル『九時半のビリヤード』〔独〕●グラス『ブリキの太鼓』、『猫と鼠』（～六一）〔独〕●G・R・ホッケ『文学におけるマニエリスム』〔独〕●クルレジャ『アレタエウス』〔クロアチア〕●ヴィリ・セーアンセン『詩人と悪魔』〔デンマーク〕●ムーベリ『スウェーデンへの最後の手紙』〔スウェーデン〕●リンナ『ここ北極星の下で』（～六二）〔フィンランド〕●グスマン『マリアス諸島――小説とドラマ』、『アカデミア』〔メキシコ〕●コルタサル『秘密の武器』〔アルゼンチン〕●**S・オカンポ『復讐の女』**〔アルゼンチン〕●安岡章太郎『海辺の光景』〔日〕

一九六〇年［六十六歳］

五月、亡命三部作第二弾の『北 *Nord*』出版。

▼EECに対抗し、EFTAを結成〔英〕▼アルジェリア蜂起〔アルジェリア〕●サン＝ジョン・ペルス、ノーベル文学賞受賞〔仏〕●ソレルスら、前衛的文学雑誌「テル・ケル」を創刊（〜八二）〔仏〕●ギユー『敗れた戦い』〔仏〕●ルヴェルディ『海の自由』〔仏〕●**ビュトール『段階』、『レペルトワール I』**〔仏〕●シモン『フランドルへの道』〔仏〕●デュラス『ヒロシマ・モナムール』〔仏〕●ジュネ『バルコン』〔仏〕●バシュラール『夢想の詩学』〔仏〕●アプダイク『走れウサギ』〔米〕●バース『酔いどれ草の仲買人』〔米〕●ピンチョン『エントロピー』〔米〕●オコナー『烈しく攻むる者はこれを奪う』〔米〕●W・サイファー『ロココからキュビスムへ』〔米〕●ダレル『クレア』〔英〕●ウンガレッティ『老人の手帳』〔伊〕●モラーヴィア『倦怠』（ヴィアレッジョ賞受賞）〔伊〕●マトゥーテ『最初の記憶』〔西〕●『フェルナンド・ペソア詩集』〔ポルトガル〕●ゴンブリッチ『芸術と幻影』〔墺〕●ガーダマー『真理と方法』〔独〕●M・ヴァルザー『ハーフタイム』〔独〕●G・R・ホッケ『マグナ・グラエキア』〔独〕●ゴンブローヴィッチ『ポルノグラフィア』〔ポーランド〕●カネッティ『群衆と権力』〔ブルガリア〕●フロンスキー『トラソヴィスコ村の世界』〔スロヴァキア〕●ブリクセン『草に落ちる影』〔デンマーク〕●ヴォズネセンスキー『放物線』〔露〕●A・レイェス『言語学への新たな道』〔メキシコ〕●カブレラ＝インファンテ『平和のときも戦いのときも』〔キューバ〕●リスペクトール『家族の絆』〔ブラジル〕●ボルヘス『創造者』〔アルゼンチン〕●コルタサル『懸賞』〔アルゼンチン〕●倉橋由美子『パルタイ』〔日〕

一九六一年〔六十七歳〕

六月三十日、三部作最終作の『リゴドン *Rigodon*』を脱稿。翌七月一日、左側脳出血により死亡。墓碑にはセリーヌの愛した三本マストの帆船と夫妻の名前とが刻印された。

▼ベルリンの壁建設〔欧〕▼ガガーリンが乗った人間衛星ヴォストーク第一号打ち上げ成功〔露〕●「カイエ・ド・レルヌ」誌創刊〔仏〕

●「コミュニカシオン」誌創刊〔仏〕●ビュトール『驚異の物語――ボードレールのある夢をめぐるエッセイ』〔仏〕●ロブ＝グリエ『去年マリーエンバートで』〔仏〕●ボヌフォワ『ランボー』〔仏〕●ジュネ『屏風』〔仏〕●フーコー『狂気の歴史』〔仏〕●バシュラール『蠟燭の焰』〔仏〕●リシャール『マラルメの想像的宇宙』〔仏〕●バロウズ『ソフト・マシーン』〔米〕●ギンズバーグ『カディッシュ』〔米〕●ハインライン『異星の客』〔米〕●ヘラー『キャッチ＝22』〔米〕●マッカラーズ『針のない時計』〔米〕●カーソン『沈黙の春』〔米〕●ヘミングウェイ自殺〔米〕●ナイポール『ビスワス氏の家』〔英〕●G・スタイナー『悲劇の死』〔英〕●ラウリー『天なる主よ、聞きたまえ』〔英〕●フリッシュ『アンドラ』、『我が名はガンテンバイン』（〜六四）〔スイス〕●スタロバンスキー『活きた眼』（〜七〇）〔スイス〕●プーレ『円環の変貌』〔白〕

●パオロ・ヴィタ＝フィンツィ『偽書撰』〔伊〕●アウブ『バルベルデ通り』〔西〕●シュピッツァー『フランス抒情詩史の解釈』〔墺〕

●バッハマン『三十歳』〔墺〕●ヨーンゾン『三冊目のアヒム伝』〔独〕●レム『ソラリス』〔ポーランド〕●アンドリッチ、ノーベル文学賞受賞〔セルビア〕●クルレジャ『旗』（〜六七）〔クロアチア〕●アクショーノフ『星の切符』〔露〕●ベケット『事の次第』〔愛〕●アマード『老練なる船乗りたち』〔ブラジル〕●ガルシア＝マルケス『大佐に手紙は来ない』〔コロンビア〕●**S・オカンポ『招かれた女たち』**〔アルゼンチン〕

●オネッティ『造船所』〔ウルグアイ〕●吉本隆明『言語にとって美とは何か』〔日〕

訳者解題

戦争万歳——セリーヌ概観

なにはさておき、戦争万歳、である。大摑みな類型の分類にかかれば一括りに反戦文学と目されかねぬ、しかも本人も一九三〇年代の来るべき戦争を前にしての焦燥感のなかで筆を握ったこの草稿の末尾に書きつけられる文言がよりにもよって、戦争万歳、である。これは決して呑気なアイロニーの類ではなく、事実、本作以後、彼は爆撃をはじめとした戦争の暴威を前に、逆にそれらと一体化してゆくことで、唯一無二の文体を作り上げてゆくだろう。この反転性、反発していた対象への生成変化をもたらすような捻《ねじ》れのエクリチュールこそが、セリーヌという作家の本領であり、こうした点こそが、アンリ・バルビュス（Henri Barbusse 一八七三－一九三五）をはじめとする第一次大戦を描いた反戦作家たちとセリーヌを分かち、むしろ戦線のあちら側で塹壕の中の悲惨と栄光を綴り続けたドイツの軍人作家エルンスト・ユンガー（Ernst Jünger 一八九五－一九九八）の方へと連ならせてゆくのではなかろうか――とはいえ、二度の邂逅《かいこう》の機会にめぐまれた当人どうしは、その後お互いに相手を歯牙にもかけぬ態度を見せつけるのだが。いずれにせよ、セリーヌの著作を丹念に紐《ひも》解いてゆくなかで如実に現れてくるのは、ユンガーに親炙する本邦のイデオローグ千坂恭二のロジックを借りて言えば、戦争に抵抗しようとするのではなく、むしろ戦争をその内部でまるごとに肯定し、そうして戦争を凌駕《りょうが》してゆかんとする姿勢だといえよう。

いや戦争だけではない。いまやセリーヌの枕詞と化し、彼とは切っても切れぬものとなっている「反ユダヤ主義」にしてからが、単純な善悪の審級で裁かれるがままに任せてはくれず、たとえば彼の反ユダヤ主義著作『虐殺のためのバガテル *Bagatelles pour un massacre*』（一九三七）では反ユダヤ主義の雄を自認するセリーヌが憎悪の言葉の奔流を吐き出し呑み込まれしてゆくうちに、いつしか終盤、自身が反対にユダヤ人そのものと化してゆくような一節が書き込まれていなかっただろうか。この書物に付された「塹壕で大笑いするために（Pour bien rire dans les tranchées）」という秀逸な宣伝文句は、この特異なポテンシャルの一端を過たず捉えている。物分かりのよい単線的理解を常に撥ねつけるこの捻れた肯定性のエクリチュールこそ、その死後およそ六十年が経過した二〇一七年においてなお、フランスで彼の反ユダヤ主義著作の再刊をめぐって賛成派と反対派が国論を二分し、結果、再刊見送りへと至るといった騒動を巻き起こす密かな淵源でもあろう。

忘れちゃならんが、インスピレーションってやつは、死からやって来るんだ。作業台の上に自分の肌身晒さなかったら、なにひとつだって手に入りゃしない。自分で支払う必要があるんだ！　タダで作り出されたものなんてのはきまって失敗、いやもっとひどい。ほら、タダでやってる作家連中がいるだろ。いまじゃ、みんなタダでやってる作家ばかりじゃないか。タダのものからはタダの臭いが臭ってくるのさ。

（ルイ・ポーウェル Louis Pauwels によるTVインタビュー、一九五九）

自身の身体と情動を身ぐるみ言語の俎上に提供して、新たな文体を追求していったセリーヌは、先にも述べたとおり、まずなにより一九三〇年代の作家であった。ナチス党の政権獲得の前年、『夜の果てへの旅 *Voyage au bout de la nuit*』（一九三二）によって鮮烈なデビューを飾った彼だったが、しかしこの第一作目では彼は「戦争」の経験を正面から扱うには至らなかった。次回作の構想を膨らますなかで、彼は友人と出版元のドノエル書店に宛てて「幼年期、戦争、ロンドン（Enfance—La guerre—Londres）」の三部仕立てを予定していると打ち明けている。結局、一つ目の「幼年期」のみが拡大してゆき、第二作『なしくずしの死 *Mort à crédit*』（一九三六）へと結実するのだが、後に挙げられた二つこそ、今回発見された草稿のなかの、本書『戦争 *Guerre*』、続編の『ロンドン *Londres*』として行李の奥に死蔵されてゆくことになったのだと考えうる。

一貫して『夜の果てへの旅』の文体には不満であった彼は、第二作の試行錯誤の過程でフランス語の構文を裁断してゆく新たな文体を獲得し、これを満を持して刊行した。しかし反響は著者の期待に大きく反し、そのあまりに赤裸な表現が当時は圧倒的な不評を被ることとなった。この第二作の受難が彼をして前記の構想を放棄させ、自身の書き物に「いまだ不足する憎悪」を求めて、反ユダヤ主義パンフレットの三部作『虐殺のためのバガテル』、『死体の学校 *L'École des cadavres*』（一九三八）、『苦境 *Les Beaux Draps*』（一九四一）へと向かわせた。この反ユダヤ主義陣営へのアンガジュマンは彼の生前のみならず死後にまで高くつく選択となるわけだが、やがて第二次大戦中、連合軍がパリに迫ってくるに及んで亡命を決意、ドイツを経由して、デンマークはコペンハーゲンを目的地に定める。このときの連合軍爆撃下の第三帝国亡命行は、後の戦後の三部作『城から城 *D'un château l'autre*』（一九五七）、『北 *Nord*』（一九六〇）、『リゴドン *Rigodon*』（一九六九・死後出版）の素材となってゆくだろう。亡命先のデンマークにおいては、フランス政府からの「国家反逆罪」の罪状によるデンマーク政府への依頼に基づき、逮捕、収監。フランス外務省の理不尽な引き渡し要求を突っぱねたデンマーク司法のおかげもあってなんとか死を免れることのできた彼は、第一次大戦の軍功により大赦を獲得し、一九五一年帰国、以後はパリ近郊ムードンで動物たちと踊り子たちに囲まれながら、「年代記作家」を自称しつつ、二度の戦争の新たな証言の書を記し続け、一九六一年、その生涯を終えた。

　ところで、この作家の日本での受容は、日本で教鞭もとるセリーヌ研究者であり小説家のミカエル・フェリエ（Michaël Ferrier）も本国のインタビューに答えて述べているとおり、残念ながらきわめて偏りのあるものであった。日本こそ彼の反ユダヤ主義著作が翻訳され正式に流通している唯一の国（フランスではいまだきわめて高価な戦前の古書やネット上の海賊版が幅を利かせている）であり、生田耕作、高坂和彦両氏を中心とした訳業、さらには七〇年代以後の国書刊行会による作品集〈セリーヌの作品〉全十五巻の刊行が作家の紹介に大きな寄与を果たしてきたことは確かでありながら、一方でそれらがアンダーグラウンドな作家のイメージを醸成してもおり、文庫本としてはわずかに『夜の果てへの旅』、『なしくずしの死』がそれぞれ一冊ずつ刊行されているにすぎない。さらに研究・批評といった領域では、なおのこと大きな欠落が存在し続け、折りに触れ在野の領域でかろうじてその欠が補われてきた（たとえば吉林勲三の奇書『セリーヌ式電気餅搗機』［一九八三］）。まだ七〇年代から九〇年代には、フランスでの再評価のあおりも受けて、多少はセリーヌについて書く研究者も存在していたものの、今世紀に入ってからは彼らも一人また一人と鬼籍に入るか足を洗うかしてゆき、いまや国内のセリーヌ研究者を数え上げるのに片手どころか指一本二本あればといった窮状である。同世代のファシスト、ドリュ・ラ・ロシェル（Drieu la Rochelle 一八九三―一九四五）の研究者は存在しても、セリーヌの研究者は絶無に近いという現状――それゆえ一介の演劇パフォーマーである自分などが本書を訳してもいるわけだが――、このことはおそらく、なぜ本国においてこの反ユダヤ主義作家がマルセル・プルースト（Marcel Proust 一八七一－一九二二）と並ぶ二十世紀フランス文学の巨塔としての扱いを受け、死後も定期的に大騒動を喚起し続けるのかという問いに関わって、いわばフランスの「国体」とでもいったものを隠微に証し立てるこの作家の反ユダヤ主義以上の危険性が根にあるのではないかと思われてならない。なお、一方で実作の領域においては、先日亡くなった大江健三郎がセリーヌに愛着を寄せており、連作小説『静かな生活』（一九九〇）内の「小説の悲しみ」においてはこの作家を中心的題材として扱っていたことも言い添えておきたい。

「世紀の文学史的事件」

その知らせは、二〇二一年八月六日、飛び込んできた。「セリーヌの失われていた未発表の原稿群が、執筆からおよそ八十年の時を隔てて、このたび発見された」――ルモンド紙の一面を飾ったこのセンセーショナルな第一報はＳＮＳを通じて世界中を駆け巡り、自分もその興奮の渦に思わず呑み込まれたのを鮮明に記憶している。当時、訳者は、コロナ禍のなか延期となっていた、セリーヌの反ユダヤ主義パンフレット『死体の学校』を主題とした演劇作品の上演を終え、長期間にわたって継続してきたセリーヌ連作にひとまずの終止符を打ったことで、セリーヌの憑き物ともやや間遠なつきあいとなりかけていたところであり、そこへ降って湧いた思いもかけぬ知らせには、死んだばかりの亡友がにわかに蘇ってきたのを目の当たりにするような奇妙な驚愕《きょうがく》の念を覚えさせられたものである。ルモンド紙は、発見された原稿の写真を付しながら、詳細をおおむね以下のように伝えていた──今回発見された「財宝」は、セリーヌが生前レジスタンスに盗まれたと主張していた『クロゴルド王の意志』、『死地』、その他の草稿であり、その量は計数千枚にも及ぶ。二十世紀を代表する作家の原稿がこれだけの時を経て大量に発見されるというのは、その経緯からしても、まことに世紀の文学史的事件と呼んでさしつかえない出来事である。保管していたのはジャーナリストのジャン＝ピエール・ティボダ（Jean-Pierre Thibaudat）という人物であり、氏は前年二〇二〇年、弁護士のエマニュエル・ピエラ（Emmanuel Pierrat）と連絡を取り、長年にわたって保管してきた原稿をセリーヌの権利相続者二名に返還した。なお、その原稿がどういう経路を経て彼の手元にたどり着いたのかについては、氏は黙秘を貫いており、依然詳細は明らかではない──

セリーヌの書き物に憑かれたセリーニアンたちにとって、前述の「レジスタンスによる盗み」はセリーヌ伝説を構成する有名なエピソードのひとつであった。ナチスドイツによる占領期、反ユダヤ陣営の大立者として鳴らした彼は、ヴィシー・フランスの敗戦濃厚となるに及んで、他の多くの対独協力者らの顰《ひそ》みに倣い、一九四四年、先に述べた亡命の途につくことになるのだが、彼はこうして後にした自身のアパルトマンに関して、戦後、そこに保管されてあった大量の貴重な原稿群が、パリ解放に伴う「粛清」騒ぎの最中、レジスタンスの人間たちによって窃盗にあったと主張し続けていたのである。彼は、戦後の小説作品・インタビュー等でことあるごとにそのことに触れ、レジスタンスをいつもながらの罵詈雑言でこき下ろしている。

［レジスタンスの連中はこう叫んでいた］汚らわしいセリーヌ！　信じがたいほど夢にも見がたいほどのウンコまみれのクソドイツ野郎！　その証拠に連中、アルレット〔セリーヌの妻リュセットのこと〕とわたしが、五月二十二日、ひとたび出発するや、粛清のための大いなる大盗賊団を結成しやがった！　うちの目の見えない母を引きずり出し、あらいざらい掻っ払っていきやがった、十七の原稿を焼き払い、シーツなんかは蚤《のみ》の市に売り払い、『ギニョルズ・バンド』に関しちゃどうしていいのかわからない…『クロゴルド王』だってどうしたものか…『死地』にしたって…それで倉庫に突っ込んどいたが倉庫代払う金がないってんでこっそり競売屋ドルオに競りに出したのさ。ああ！　そういう陰謀はこっちには筒抜けなんだ…

（『またの日の夢物語 *Féerie pour une autre fois*』一九五二）

そう、たしかにセリーヌは何度も繰り返しこう主張していた。だが、一を百に膨らまし、現《うつつ》を夢にねじ曲げるセリーヌのことである。たとえいくぶんかの真実がそこに含まれていたにせよ、決して彼が言うような「レジスタンスの盗み」が事実そっくりそのままあったとは世界中のセリーニアンたちもなかば信じられずにいたはずである。ところが、今回、『クロゴルド王の意志』や『死地』、さらには誰も存在を知らなかった草稿までが、まさに彼が告げていたとおり、それも八十年の長きにわたって、レジスタンスによって保管されていたというのであるから、その衝撃は決して小さなものではありえなかった。

だが、である。二十世紀のスキャンダルたるセリーヌ、発見あいなり大団円とは事態は運ばない。その後、保管されていた原稿の中身が明らかになり、その辿ってきた来歴が表に出てくるに及び、どうも彼が主張していたとおりとは言いがたい成り行きが判明してきたのだ。

さて、ここで遺稿発見の顚末を紹介する前に、先ほどから言及している書名含め、発見された「財宝」の主な中身について説明しておこう。

――『クロゴルド王の意志 *La Volonté du roi Krogold*』未完草稿、およびその前身と考えられる「ルネ王」を主人公とする伝説物語のタイプ原稿。この作品については、本書の第一・第二シークエンスでも度々引用されているが、小説第二作『なしくずしの死 *Mort à crédit*』(一九三六)において主人公＝語り手にとって愛着のある特権的な物語として繰り返し語られているのが有名である。中世の伝説に材を取った、セリーヌとしては異色の作品であり、ガリマール社より、二〇二三年四月に出版された。

――『死地 *Casse-pipe*』の未発表部分の未完草稿。なお、やや複雑な経緯についてここで断りが必要かと思われるが、ここまで『死地』と記してきた作品は、日本において「発見」以前のこれまでは『戦争』と訳されてきた未完の作品であり、その一部が国書刊行会の作品集の第十四巻に収録されている。casse-pipeという単語は字義通りには「パイプを壊す」という意であり、麻酔のなかった昔、軍医が負傷兵に切断手術を行う際、兵隊が叫ばないよう歯に挟ませていたパイプであり、手術が失敗すると死に至り、パイプも口から転げ落ちて壊れる光景から転じて、「危険のつきまとう戦場」を意味するようになった特殊なニュアンスの俗語であり、『戦争』と訳して問題があるわけではないのだが、次項の *Guerre*（そのままずばり「戦争」としか訳しようのない）が刊行された以上、混乱を避けるべくcasse-pipeのニュアンスをできるだけ汲み取って『死地』という訳語を代わりに提案する次第である（あるいは俗語として語の重量を汲んだもう少し軽い訳語があればなおぴたりとはまるのだが）。第一次大戦開戦以前の兵営における訓練の日々が描かれた作品であり、本作についてもガリマール社より出版の予定があるようである。

――『戦争 *Guerre*』というタイトルで出版されることとなる、全六シークエンスの未発表草稿。これが本訳書の原書であるが、研究者の誰ひとりその存在を知らなかった草稿であり、最大の驚きをもって迎えられた。なお、本書前付の編者注記でも述べられているが（「編集についての注記――パスカル・フーシェによる」参照）、シークエンスの最初の頁には番号がそれぞれ、10、1、2、2'、3、4、と振られており、おそらく前半の9までが失われた、後半のみの草稿であることが推測される。

――『ロンドン *Londres*』と題された、全三部にわたる大部の未発表草稿。『戦争』の続編に位置し、ロンドン逃避行を物語る小説であり、発見された草稿のなかでは唯一、始まりから終わりまで完結した姿で発見された。ガリマール社より二〇二二年十月出版された。

――その他、『なしくずしの死』など既発表作品の草稿やタイプ原稿、書簡、写真、領収証など。加えて、そのなかには反ユダヤ主義文書も含まれていることも言い落としてはなるまい。

レジスタンスの窃盗?

二〇二二年九月、先に触れた原稿保管者のジャン゠ピエール・ティボダによる「ルイ゠フェルディナン・セリーヌ、発見された財宝 Louis-Ferdinand Céline, le trésor retrouvé」という小冊子が刊行された。ティボダは、かつて二〇〇六年までリベラシオン紙で演劇欄を担当していた演劇ジャーナリストであり、同書は左翼媒体メディアパールのウェブサイト上の自身のブログの内容を再録・編集したものである。経歴を見てのとおり、セリーヌとは対極的な政治的立場であり、自身の父母もセリーヌと対立するレジスタンスの一員であったことを明かしている。以下の記述は、他のセリーヌ研究者の発言も加味しつつ、同書の内容を中心にまとめたものである。

ティボダは一九八〇年代と推測される時期に、友人を介してある人物より、この遺稿を託されることになったのだという。そして、持ち帰ってみてその中身に驚いた彼は、その後四十年近くに渡って徹底した秘密を守りながら、遺稿を自身の手元に保管してきたのだった。もともとセリーヌの作品に少なからぬ魅力を感じてきた彼は、自身の抱えることになった財産のその文学的巨大さに慄きつつも、この作家の矛盾含みの文学空間に徐々に圧倒され、やがてみずからこれらの遺稿の内容別の整理、さらには主要作品の解読、原稿起こしまで行っていったと述懐している。

それでは、なぜ四十年経過したいま、これらの原稿が表に明かされることとなったのか？　彼の説明によれば、遺稿の委託者と彼との間で取り決めがなされており、八十年代の当時すでに齢七十を超えていたセリーヌの未亡人リュセット・デトゥーシュ（Lucette Destouches）の亡くなるまではあくまで秘密のままに保管を続けることに合意していたのだという。なんとなれば、亡きセリーヌの反ユダヤ主義パンフレの再刊を拒み、セリーヌのイメージの清浄化に心を砕く——少なくともティボダにはそのように思われた——リュセットの生前に遺稿が表沙汰になれば、そのなかに含まれている反ユダヤ主義に関わる文書がいかなる処遇を受けることになるかわかったものではないからである。ティボダは彼女の死後、遺稿が完全なかたちで公的な文学アーカイヴ機関に移譲されることを望んでいたのであった。しかし爆撃下ドイツの戦火を潜った踊り子リュセットの生命力は周囲の予想を遥かに超えて逞しく、その後百七歳（！）まで長寿を全うし、二〇一九年の十一月、息を引きとったのであった。

結果、思いもかけぬ長年月、遺稿を保管する結果となったティボダだが、早速、著作権に詳しい弁護士の前述エマニュエル・ピエラと連絡を取り、セリーヌの著作権相続者との会談の場を持つこととなった。その相続者とは、ひとりはリュセットの顧問弁護士として、セリーヌの死後その著作権を管理するとともに、先駆的なセリーヌの伝記である『セリーヌ *Céline*』全三巻（一九七七–八一）を著したフランソワ・ジボー（François Gibault）であり、もうひとりはダンサーであるリュセットの弟子であり彼女の後半生に絶えず付き添ったヴェロニク・ショヴァン（Véronique Chauvin）である。しかし権利者二人の目に映るティボダは、あくまでレジスタンスに「盗まれた」セリーヌの貴重な財産を隠匿していた犯罪人であり、しかもその遺稿が誰の手によってもたらされたものかについて彼はいまだに黙秘を貫いていた。かくして、両陣営の間で裁判沙汰の争いが展開されることとなる。ティボダは警察に対しても遺稿の出所については黙秘を貫いたものの最終的には無罪放免となり、遺稿は権利者の手元に返還された。そして権利者の意向に沿って、研究者グループがそれぞれの草稿の解読を急ピッチで開始（なお、ティボダの解読はいっさい参考とされることはなかった）、二〇二二年五月の本書『戦争』刊行を皮切りに、『ロンドン』、『クロゴルド王の意志』と出版が続いている。

では、実際、遺稿は誰の手によってティボダにもたらされたのか？　ティボダは二〇二一年のルモンド紙の第一報によって様々な憶測を呼んだ後、彼への遺贈者と最終的な談判を行った上で、その経緯を世に明らかにした。この遺稿は、レジスタンスの大立者、イヴォン・モランダ（Yvon Morandat　一九一三–七二）がパリ解放後に接収されたアパルトマンの家具ともども保管していたものであり、彼の死後、その娘より彼に委託されたものなのだという。モランダは第二次大戦中、自由フランスに合流し、戦後は左派ゴーリストとしてドゴール政権を支えた政治家であり、映画『パリは燃えているか』においてジャン＝ポール・ベルモンド（Jean-Paul Belmondo 一九三三－二〇二一）が扮した人物としても名高い。パリの広場のひとつにいまもその名を残す彼こそが、レジスタンスによって接収されたセリーヌのアパルトマンに一九四六年まで住み着くこととなった人物だったのである。彼はその後もセリーヌの残していった動産を（セリーヌの先の言に反して）売却することなく保管し続けたのであった。さらには、セリーヌのデンマーク亡命期間、一九五〇年、五一年の二度に渡って、彼はセリーヌの友人を介して手紙を送り、財産を返還する用意のある旨伝えていたのだという。それに対してセリーヌは友人のピエール・モニエを介して、こうはねつける。「どういたしましてだ、モランダさん。けどやつが持ってるのなんてただの試し書きの草稿にすぎん、我が家で粛清者どもがかっさらってたのは完全版の手稿なんだ！」セリーヌの伝記作家であり研究者のエミール・ブラミ Émile Brami はさらに加えて、セリーヌのフランス帰国後の早い時期に、モニエを交えて両者の会合までもが持たれたのだと伝えている。いずれにせよ、ティボダによれば自身の「犠牲者」としての立ち位置を手放したがらなかったセリーヌは、レジスタンスが草稿を手付かずのまま保管しているなどとは到底信じられず、こうしてこれらの草稿とは再会することなく生を終えた。モランダからの知らせの後も、セリーヌが「レジスタンスの窃盗」を主張し続けるのは先に述べたとおりだが、ティボダが強調するのは、モランダはその政治的立場の違いを超えて、草稿の価値を理解した上で保存し続けたのであり、決して「盗んだ」のではなく、「救出した」のであるという点である。

　以上がティボダによる説明のあらましである。しかし、それでは『死地』の残りの原稿はどうなったのか、さらには当初疑われていたオスカル・ロゼンブリー Oscar Rosembly なる人物が保管していたという原稿の証言もあり、依然として「窃盗」をめぐって解明されるべき謎は残っているのが現状である。

想起、一九一四

　ここまで今回の草稿群の発見についてやや詳しくみてきたが、ここからは今回訳出した『戦争』へと焦点を絞ってゆく。まず、本書の記述とその題材となったセリーヌ自身の生との関連を考えたいのだが、その前に、この作家特有の生と作品との関係について軽く触れておくべきであろう。

　ジャン＝ジャック・ルソー（Jean-Jacques Rousseau 一七一二－七八）以来、語り手（je）が「他の誰にも似ぬ」この私（je）を「自然の真実ありのまま」に提示しようとする自伝文学の伝統をもつフランスにおいて、作家の実人生とその文学作品が問題となるのは、むろんなにもセリーヌに限ったことではなく、さらにセリーヌも祖のひとりとみなしうる政治的アンガジュマンの文学思潮が流通する二十世紀中葉ともなれば、日本でも馴染みの「政治と文学」といったプロブレマティークとも接続しつつ、大きな議論の渦が形成されてきたのは周知の事実である。そこでは、作家の文学世界は現実世界をいかなるかたちで反映しているのか、あるいは現実世界にいかなる変容をもたらしうるものであるのか、そしていかなる独自のステータスを主張しうるのかをめぐって喧《かまびす》しく議論が戦わされてきた。

だが、セリーヌの場合、事態はより繊細かつ微妙である。というのも、戦後には歴史の忠実な「年代記作者」を自認することになるセリーヌは、本作でも述べられているとおり、過去という「尻軽女」から「涙と悔恨の化粧」をひっぺがして、当時ありのままの「あらゆる色彩、あらゆる暗黒、あらゆる光明、他の連中の行動の委細まで」を語り尽くす、いわば忠実な証言者として自己規定しつつも、一方では、そのままでは耐えがたい現実を、汚辱で塗り尽くすことで少しでも息のできるものへとねじ曲げ、置き換える手続きに自身のエクリチュールの源泉を見てもおり、さらに厄介なことには、本作の勲章の話題を例にとれば、このことは実人生ではやましい点など微塵《みじん》もないれっきとした事実であるにもかかわらず、小説内では周囲の手違いによってもたらされた好機に乗じた虚偽として提示されており、いわば嘘をついているという嘘をつくといった込み入った現実の歪曲が行われてもいるからである。それゆえセリーヌの独特さの総体を視野に収めようとすれば、この実人生と作品をめぐる矛盾含みのプリズムの痕跡を多様な角度から追跡することが必然的に求められよう。しかも、『夜の果てへの旅』のゴンクール賞騒動、『なしくずしの死』の予想外の徹底的悪評、そして反ユダヤ主義書物の戦後における糾弾と、作品の発表が絶えず実人生での世間による作家の糾弾を招来し、それが今度は翻って新たな作品内において断罪される犠牲者としての自己像を前景化させていったことをも考え合わせれば、作品と実人生とのこの複雑な往還のベクトルを尋ねることで、はじめて彼の作品生成のプロセスは鮮明に浮かび上がってくるはずである。さらに付言するならば、彼の作品においては、語り手＝主人公の「おれ／私 je」が、読者である「おまえたち vous」に語って聞かせるという形式を基本的に採用しており、そこでは読者は「おまえたち vous」に自己を一体化させるのか、あるいは作品発表当時の読者層に「おまえたち vous」を同定するかの選択をひとまず迫られようが、そこで前者を選んでセリーヌに糾弾されるに任せるのならともかく、後者の選択肢も視野の一隅に入ってくるとするならば、ひとはやはり当時の作家の実人生と時代状況を視野に収めざるをえない成り行きとなるのではあるまいか。

実際、テーマ批評のジャン＝ピエール・リシャール（Jean-Pierre Richard 一九二二－二〇一九）などは、こういった点に鈍感であるためか、結果として大摑みで凡庸な物語に足を掬われ、〈作家の本来性→反ユダヤ主義によるその喪失→戦後における本来性の回復〉というセリーヌの「文学性」を擁護しようとするものがたびたび陥る退屈な図式をなぞることとなったように思われる（『セリーヌの吐き気 *Nausée de Céline*』［一九七三］）。

以上の前置きを踏まえつつ、ここでは『戦争』に直接関係するかぎりでの作家の自己形成期を、他作品との関係も視野におさめつつ概観したい。

生年月日は一八九四年五月二十七日、生地はパリ近郊クールブヴォワ。このドレフュス事件の勃発した年号は後年、作家の反ユダヤ主義と奇妙な因縁を結ぶこととなり、またこの生誕地さえも彼の筆にかかってはやがて呪いの固有名詞として描かれることになるのだが、それはともかく、保険会社に勤める父フェルナンと、小さなレース織商店を営む母マルグリットとの間に生まれ、ルイ＝フェルディナン・デトゥーシュの名を授かった彼は、この時代の典型的なプチブル商家における幼少期を送ることとなる。なお父方のデトゥーシュ家はブルターニュ地方に遡る家系であり、反動派の〈文学元帥〉バルベー・ドールヴィイ（Barbey d'Aurevilly 一八〇八－八九）が『デ・トゥーシュの騎士 *Le Chevalier des Touches*』（一八六四）で反革命戦争の英雄として小説化した騎士とも極めて遠いながら血縁は繋がっているようである。こうした父のブルターニュへの憧憬は、ルイ少年にもそのまま引き継がれ、やがて本作品を含めた小説作品における「海」や「船」、さらには「北」への作家の偏愛を形作ってゆくだろう。

さて、前出フランソワ・ジボーの伝記などによって明らかになったこととして、『なしくずしの死』において（そしてまさに本作でも）徹底して険悪な関係として描かれることとなる親子の間柄であるが、実際にはルイは一人っ子として両親の深い愛情に包まれて育ったのであり、彼からも両親に対する率直な感謝の念が手紙の端々であまた述べられている。本書に見られるような両親に対する口汚い罵りは、あくまで小説世界でのみ表現されるに至ったものである。

　ルイは生まれるやたちまち、結核が心配された母のもとから引き離され、三歳まで乳母によって田舎の村で育てられた。その後はパリの両親に引き取られ、さらに一八九九年からはショワズール小路《パサージュ》へと居を移す。本作でもベレジナ小路《パサージュ》の名で言及され、『なしくずしの死』において文学史に燦然《さんぜん》と刻印された商店街である。

　商家の一人息子に課せられた理想の将来とは、立派な百貨店《グラン・マガザン》の店員として雇用されることであった。十年以上前にエミール・ゾラ（Émile Zola　一八四〇－一九〇二）によって『ボヌール・デ・ダム百貨店 *Au Bonheur des Dames*』（一八八三）に描き出された百貨店《グラン・マガザン》の破竹の勢いはいまだに衰えるところを知らず、この時代、ルイの母が営んでいたような小商店は旧時代のものとして淘汰されてゆく定めにあったのである。時代に取り残されぬやり手の商人として自己形成してゆくにあたって、学校教育などはむろん無用の長物であり、初等教育が修了するやそうそうに商売の道へと歩を進めてゆくことになるのだが、ただし外国語を操れればそれは雇用に向けての大きなアドバンテージとなるだろう。そう考えた両親は、ルイをまずドイツへ（一九〇七－〇八年）、次いでイギリスへ（一九〇九年）と語学留学に送り出す。このうち本作にとって重要であり、またやはり『なしくずしの死』でもひときわ重要な位置を与えられることになるのは、イギリス留学の方である。現実においてはブロードステアーズの寄宿学校で同輩たちに混じって、英語とスポーツの上達に励んだ彼だったが、小説世界では英語は一言も喋るまいと沈黙を貫いた反抗児としての自画像が描き出されている。この点、本作、『ロンドン』ならびに『ギニョルズ・バンド』に見られる英語の響きへの愛着とは対照的な叙述であり、反ユダヤ主義著作での「ユダヤの巣窟」としてのロンドンの位置付けも含め、セリーヌの「英国」や「英語」はさらなる分析に値する主題であろうかと思われる。

こうして三年間の語学研修を終えた十五歳の彼は、パリに戻ってくるや、いよいよ実地での職業訓練を開始することとなる。まずは織物商レーモンの店、次いで宝石商ロベールの店、さらには彫金細工商ヴァグネルの店でそれぞれ数カ月ずつの丁稚奉公を勤めあげ、最後には宝石商ラクロシュの店に雇われる。この見習期間についてもやはり、『なしくずしの死』でグロテスクな性描写も交えて印象的に描かれているが、本作において、「彫金細工抱えて大通りの端から端まで売り込みに歩いてた頃」として言及されるのもこの時期のことである。

店主のラクロシュの信頼を勝ち取った彼は、その後ニースの支店に出向、人生で初めての両親からの自由を謳歌する。そうしてパリに帰ってきた彼はいまや十八歳に達していた。このままラクロシュの店で雇われることはほぼ既定路線となっており、セリーヌ研究の泰斗アンリ・ゴダール（Henri Godard）に言わせれば「おそらく一時の気分転換のつもりで」彼は三年間の兵役を前倒しで志願する。一九一二年のことである。配属先はランブイエの第十二胸甲騎兵隊。総力戦以前の当時においては、胸甲騎兵は軍隊の花形として、民衆の憧れの存在であった。しかし、入ってみての生活は予想していた華々しいものとは大きく異なり、厳格なヒエラルキーと粗暴な軍事訓練、さらには糞尿の処理まで含めた馬たちの世話に日夜明け暮れる日々で、ルイの神経はかなり参ってしまったようである。ここでの経験をコミカルに小説化したものが『死地』であるが、この時期については当時の手記が一九五七年に発見され、『胸甲騎兵デトゥーシュの手記 *Carnet du cuirassier Destouches*』（一九七〇）として『死地』と抱き合わせで出版されている。本書との絡みで、後に述べる男性性／女性性と関連して興味深いと思われる箇所のみ引用しておこう。

馬の手入れを終えて部屋へ上がりベッドでひとりきりになったときなんか、幾度となく途方もない絶望に襲われた、一七歳にもなるのに初聖体拝領の女の子みたいに泣きじゃくった。そうして自分が空っぽだと感じた、元気なのは口先だけで、ぼく自身の奥底には何もないんだと、ぼくは一人前の男じゃないんだと――長い間、自分のことをそう思いこんでいたのに。

なお、第十二胸甲騎兵隊では同僚の兵士の大半はフランス語を解さないブルターニュの兵隊たちであり、大戦で死んでいった彼らのことは後に複数の作品で折りに触れ回想されることになるが、本作の第一シークエンスで登場する戦友たちもそうした兵士たちをモデルとしていよう。

さて、ここまでの人生を辿ってきて訳者自身思いを新たにするのは、この時点までであれば当時無数にいた無名戦士たちのひとりの肖像としてなんら違和感のないことである。してみれば、やはりセリーヌをセリーヌたらしめたのは「十四年の戦争」、アンリ・ゴダール言うところのクローデルの回心にも比すべき急変を彼にもたらした第一次世界大戦の経験であった。

一九一四年の夏、まもなく軍隊生活二年目の終わりに差し掛かろうとしていた彼は、徐々に馬の扱いにも習熟し、その位も上等兵、さらには軍曹へと昇進していた。そこへ、青天の霹靂《へきれき》、第一次世界大戦の開戦である。当初は政界軍部上層部から民衆に至るまで短期間の戦争と楽観視されていたのは有名なことであるが、前線でも銃後でも鬼畜ドイツ野郎《ボッシュ》どもを殲滅《せんめつ》せんとする愛国心の高揚は凄まじかった。八月初頭には神聖連合《ユニオン・サクレ》の挙国一致内閣が誕生。ドイツ軍がかねてより温めていたシュリーフェン・プランにのっとり軍の主力を「西部戦線」へと注ぎ込むなか、ジョフル元帥率いるフランス軍も総力を結集して応戦する。一九一四年の戦争は、いまだ一九一五年以後の塹壕に象徴される陣地線の様相は呈しておらず、セリーヌが戦った三カ月間も大戦初期の「機動戦」であった。とはいえ死者の数はこの初期の戦闘が実は最も多く、後のヴェルダン、ソンムを凌ぐ大量の死体が砲弾のもとに斃《たお》れていったのである。詩人のシャルル・ペギー（Charles Péguy 一八七三－一九一四）や小説家のアラン＝フルニエ（Alain-Fournier 一八八六－一九一四）もこの時期の戦闘で命を落としている。セリーヌ属する第十二胸甲騎兵隊は、開戦の報が届くと、駐屯地のランブイエから列車にて一路、ロレーヌ地方へ送られた。父母への手紙には、「誰もが己の義務を果たすものと確信しています。士気はいままでにないほどの高まりようです」。最初の二カ月はムーズ川沿いのヴォエヴル付近で輜重隊の掩護を任じられ、一時間間隔の途切れ途切れの睡眠でかろうじて身を休めながら、ひたすら行軍を続ける毎日だった。敵兵との戦闘や初めての敵兵殺害なども事細かに両親への手紙に書き送っているが、やがて疲労は極みに達し、死体の山を前に異様な精神状態となっていったようである。「ほぼ三日間同じ戦線です。死んだ者は次から次へと生きている者で補充されるので死体は山積みになり焼き払わねばならないほど、さらにはムーズ川は渡河しようとしてはこちらの砲兵隊に倦《う》むことなく呑まれ続けるドイツ兵の死体でいっぱいでその上を歩いて渡れるほどです」。

進撃を続けるドイツ軍に後退を余儀なくされていたフランス軍だったが、九月の前半、「マルヌの奇跡」によって戦況を挽回、ここから両陣営が敵軍の北側面にまわろうと次々と海に向かって北上、戦線は瞬く間に拡大してゆき、これがやがて翌年からの塹壕戦へと繋がってゆく。ルイの連隊も、十月、ムーズ川を離れフランドル地方へ北上、ベルギー領内のイーペル周辺での戦線に配置される。ある日、歩兵連隊二部隊の連絡を行う伝令が募られたところ、これにルイが志願した。十月二十七日、その帰路、敵の銃弾の跳ね返りを受け、ルイは右腕を負傷。命からがら自力で歩いて、イーペル近辺の移動野戦病院に収容されたのは本書の冒頭にも符合する事実である。なお、頭部も砲弾で負傷し穿孔《せんこう》手術を受けたという伝説がセリーヌの生前まことしやかに広まっていたが、これはあくまで樹木にぶつかった際に頭部を打撲したに留まるであろうと、複数の伝記で跡づけられている。いずれにせよ、セリーヌはこのときの衝撃の後遺症で終生、耳鳴りに苦しめられることとなる。頭蓋をつんざくこの騒音については、ほとんどの小説で繰り返し述べられてゆくことになるが、以後は本書『戦争』こそがその端緒にして白眉とみなされよう。

イーペルで応急手当てを受けた彼は、本書の舞台プルデュ＝シュル・ラ・リスの病院のモデルとされる、アーズブルックのサン＝ジャック中学校を転用した第六仮設病院へと送られる。ここでの一か月については本人の証言も乏しく、『戦争』が刊行されるまで小説作品にも記述は見当たらず（『夜の果てへの旅』では負傷に至る以前のイーペル周辺での出来事が語られた後、「それから起こったことは語っても今の人間にはわかってもらえない」からと物語は中断され、パリへと一挙に舞台は移行する）、セリーヌの生涯におけるなかばミッシングリンクのひとつであった。分かっていることは、この病院で看護にあたっていたアリス・ダヴィッドという、当時二十歳のルイより十歳ほど年上の女性と少なからず深い関係へと至ったことであり、この点についてはアリスからルイに宛てた愛情こまやかな手紙が、その後の亡命行をも潜り抜けて、彼の手元に保存されてきた。さらに加えて、ルイがこの地を離れて後、アリスは彼の子を身籠ったという噂もまことしやかに伝えられてきたが、この真偽についてはどうも依然明らかではない。なお、本書のレスピナスのモデルと目されるこの人物を含め、この地におけるセリーヌの研究は、ピエール＝マリ・ミルー（Pierre-Marie Mirou）の『セリーヌ――〈北〉の数々

Célin: plein Nord』(二〇一四)に詳しい。なお、ほかに『戦争』のモデルとしては、ルイの父の勤める保険会社のウゼという人物が本書のアルナシュ氏に名を変えたと思われるほか、医師や神父についてもアーズブルックの病院に該当する人物が見当たるが、主要人物のベベール＝カスカード、およびアンジェルについてはおそらく完全な創作で、その人物像にはこの後の人生で出会うことになるいくつかの人物の面影が見て取れる。また、勲章の件については、先にも述べたとおり実際にはこの年十一月、ジョフル元帥の署名入りで軍功の事実に基づき与えられたものであり、小説で語られるような手違いの跡は認めようもない。

この後、ルイはパリの、さらにはヴィルジュイフの病院へと送られるなど、小説にはない療養の期間をしばらく経た後、ロンドンのフランス総領事館に配属され、銃後の生活をロンドンで過ごすこととなるだろう。だが、ここからは、続編『ロンドン』で語られる領域である。

『戦争』の反響と疑義

『戦争』は二〇二二年五月五日、刊行された。あいかわらずスキャンダラスなセリーヌのイメージや先に記した数奇な「発見」のニュースに加え、ガリマール社の総力を込めたプロモーションも功を奏して、古典作品としてはにわかに信じがたいような売り上げを記録、漫画『ONE PIECE』一〇一巻を僅差でおさえ(!)全ジャンル中の週間ベストセラーにも君臨したという。前年に同じガリマール社から刊行されたプルーストの同じく未発表の草稿をはるかに凌ぐ売上であり、彼を陰に陽にライバル視していたセリーヌも草葉の陰でほくそ笑んでいようか。なお、作者にとっては、これは一九三七年の反ユダヤ主義パンフレット『虐殺のためのバガテル』以来の爆発的ヒットである。ともあれ現在それから約一年が経過し、多くの記事や議論も出揃ったところであり、ここではこの間の反響を確認しておきたい。

まず大多数の反応は概ね好意的なものであった。初稿ゆえの表記や表現の一貫性に欠ける部分を惜しみつつも、この作家に特有の生々しい言語の力が、俗語、とりわけ性表現の奔流のなかで煌めきを放っている、といった具合の評が多くを占めた。前半が失われ、途中から開始している点についても、原文編者のパスカル・フーシェ（Pascal Fouché）が期待して述べたとおり、かえってその短さゆえにセリーヌの特徴が凝縮された一冊となっており、かなりのヴォリュームを持つ『夜の果ての旅』や『なしくずしの死』を前に尻込みしている読者にとっては好適な入り口として機能したようである。

しかし以上のような反応に取り立てて刺激的な意見は見られないことも確かであり、それぞれに興味深い情報提供は多々あれど、その中心的な内容としてはおおよそ大半が判で押したような販促用の提灯記事であったと要約せざるをえまい。もちろん刊行後まもないことであり、書籍等で本格的に内容が掘り下げられてゆくのはこれからのことであろう。そうしたなかで例外的にここで取り上げるに値する内容を持った議論を二点ほど、少し詳しく見ておこう。

　まず、積極的に批判的議論を展開している人物として、セリーヌ研究のフィリップ・ルーサン（Philippe Roussin）がいる。彼は二〇一七年の反ユダヤ主義パンフレット再刊騒動の際と同様の論調で、セリーヌの「国民作家化」に警鐘を鳴らし続けている。彼に言わせれば、六〇年代の国際的アヴァンギャルドの時代に幕を閉ざし、フランス国産文化への巻き返しを図るべく「テル・ケル Tel Quel」派らが七〇年代以後に持ち出したのがセリーヌであり（実際、フィリップ・ソレルス［Philippe Sollers 一九三六－二〇二三］によるセリーヌ礼賛の一連の文書や、ジュリア・クリステヴァ［Julia Kristeva 一九四一－］の『恐怖の権力 *Pouvoirs de l'horreur*』［一九八〇］などが、作家の死後の復権に寄与したのは確かである）、そこから反ユダヤ主義の汚辱を脱色してゆくことで、新たな誇るべき「国民作家」セリーヌが誕生していったのだという。そうしてハンナ・アレント（Hannah Arendt 一九〇六－七五）を引用しながら、同じ第一次大戦の戦場を経験しつつも、ベルトルト・ブレヒト（Bertolt Brecht 一八九八－一九五六）らとは対照的に反ユダヤ主義へと向かっていったその後のセリーヌの行路を決して等閑に付してはならぬと強調する。

だが、訳者からすればこの種の議論は、紋切り型である以前にどうも二重三重に転倒していて、事態はむしろ、ルーサンのような論者によって作家の反ユダヤ主義の汚名が定期的に喚起されるがゆえに怖いもの見たさが加わって今回のような「国民作家」的ビッグニュースが形作られているのであり、一方でその「国民作家」的メディア表象がますますこうした良識的反ユダヤ主義糾弾の火に油を注いでもいるのではないか。すなわち、一種のイタチごっこのような図式が（少なくとも、「六〇年代」までのフランスの自閉性に風穴が開けられ、自国の反ユダヤ主義の自己批判が緒についた「七〇年代」以後）出来上がっているのであり、追求されるべきはこの円環状の加熱を掻き立てる熱源に位置するフランスの「国体」とセリーヌの「文体」の関係の究明なのではなかろうかと訳者には思われる。とはいえ、彼の『戦争』評には他には見られない貴重な指摘があるのも確かで、たとえば『戦争』は、フランス「世紀末」文学を代表するジョリ＝カルル・ユイスマンス（Joris-Karl Huysmans 一八四八－一九〇七）の初期の普仏戦争譚『背嚢を背に *Sac au dos*』（一八七七）にその設定の多くを負っているのではないかとの指摘は真剣に考察するに値しようし、また作品の執筆年代の政治的意味——一九三四年はフランス・ファシズムの画期と目される二月六日事件の年であり、決して無害な年号とは言えない——に目を向けるよう促す指摘もなるほど傾聴に値するものだと思われる。

さて、続いて目立つ議論としては、上記のルーサンも含めてよいのだが、主にイタリアのジュリア・メラ（Giulia Mela）、ピエルルイジ・ペリーニ（Pierluigi Pellini）の二人、および先にも触れたエミール・ブラミを中心として、テキストの編集の手続き自体に対する強烈な疑義が寄せられている。この点、微に入り細を穿った議論でもあり、ここでその詳細に立ち入るわけにはいかないのだが、彼らの批判の要点だけを列挙すれば、

❶草稿冒頭の一文「完全にってわけじゃない。（Pas tout à fait.）」が書籍ではカットされている点に

ついて――これは書物にひとつの完成作品としての相貌を与えるための加工であって、文献学的手続きとしては不誠実ではないか。

❷『戦争』という表題について――このタイトルは草稿自体には記されておらず、作者の書簡における作品構想のみにのっとったものであり、大いに問題含みである。

❸執筆時期について――編者は一九三四年と設定しているが、実際はもっと遡って一九三二年のデビュー作『夜の果てへの旅』完成以前に位置づけるべきではないか。この草稿は決して独立した作品ではなく、最終的にカットされた『旅』の創作途上の段階の原稿の一部だと考えるのが自然である。

以上の三点の主張に概ね集約できるかと思われる。なお、各点についての訳者の考えを細部を捨象して結論のみを記せば、❶については冒頭の編者注記で明確にその旨記されているわけで、この後二〇二三年五月に出版された専門家・愛好家向けの〈プレイヤード叢書〉とは異なって、一般読者を宛先とし、完結した「作品」としての相貌も要求されよう文庫版の編集方針としてはひとつのありうる選択肢ではなかろうか。❷は次の❸と密接に関連する点であり、執筆年代が編者の設定する一九三四年と確定するならば、当時の構想に沿って『戦争』と題することにとりたてて問題はなかろう。❸は彼らが探偵小説の種明かしさながらにもっとも詳細かつ説得力のある議論を行なっている点であるのだが、一方で彼らの説に対しても多数の疑問が生じるところで、とりわけ本書での読者（vous）との関係の取り方や、自己の作品への言及（「麗しき文学にしたってお手のもの」）、さらには『クロゴルド王の意志』の引用といった諸特性を考えると、やはり第二作『なしくずしの死』への文体模索期である一九三三あるいは一九三四年に位置づけるべきなのではないかと訳者個人としては結論づける。いずれにしても、彼らが望んでいるのは草稿を権利者が独占するのではなく、一日も早くあらゆる研究者に公開することであり、この点、訳者も異存はない。

「間」への喪

それでは、『戦争』では実際に何が問題となっているのか。発見された遺稿が出揃った後に研究はやがて活性化してくるものと思われるが、ここでは参考までに訳者のひとつの見方のアウトラインを手短に示しておきたい。

まず確認しておく必要があるのは、セリーヌにとって第一次大戦とは人類史をそれ以前とそれ以後とにまっぷたつに画する、大いなる切断であったということである。他の作品でもそうだが、本作でも戦前のブルジョワ道徳を体現する主人公の両親などは、この酸鼻な戦場による切断を知らぬ、時代錯誤《アナクロニスム》の存在として一刀両断に切り捨てられる。

では、本作において微妙な立ち位置で描かれるカスカード＝べベールとは、果たして何者だろうか？　主人公フェルディナンの「視界をおっ広げてくれた」師匠のごとき人物でありながら、しかし物語終盤においては、自分の妻に密告され銃殺刑に処された後、語り手によって、彼にも「やはりどこかしら戦争以前のなにかが残って」いたのであって、それにアンジェルが「取って代わってくれた」のだと語られている。父母に代表される戦前のプチブル的価値意識と、アンジェルに代表される戦後の直截的な欲動の世界との中間に位置するこの存在はどっちつかずの曖昧な位置を小説内で担っており、にわかには理解しがたい存在である。

このことを考えてゆくにあたって、まず「野戦病院」という舞台設定から検討してみる必要があるだろう。失われた前半部について推測を逞しくしても限界はあろうが、本書の記述から逆算して考えれば、おそらく基本的にそこではフェルディナンが戦場で負傷を負うに至った流れ、および作中で度々言及される「連隊のトラックの略奪」の経緯などが語られていたのだろうと推察される。そこから接続する本書の第一シークエンス（先に記したシークエンス番号10）に続いて位置する、第二シークエンス以後（シークエンス番号1以後）を後半部だと考えるとして、この後半部においては、前線と銃後の間に位置する「野戦病院」を舞台空間として物語は展開してゆく。この「間」、銃後への帰還と前線への参加との両ベクトルが行き交う交点に位置するこの場所の設定は示唆的である。というのも、これこそが、前線と銃後、戦争と平和との境界線が不分明となってゆく宙吊り《シュスパンシオン》のトポスとして、本書に固有のナラティヴを可能としているのではないかと考えられるからである。セリーヌの場合、第二次大戦前の他の作品においても、たとえば『夜の果てへの旅』は、ひとたび戦争に参加した後は世界中の銃後のそこかしこに戦争の影が侵襲してくるような構造を取っていたし、『ギニョルズ・バンド』（および本作続編『ロンドン』）においては戦争にじわじわ狩り立てられてゆく銃後の奔放な生活が描かれていた。このように総力戦以後における前線と銃後の曖昧化という主題は、彼の前半期の作品を貫くモチーフといえようが、本作においては、その舞台設定が他の作品のようにあくまで銃後に置かれるのと異なって、交点としての「間」に設定されてあるというのは重要な特徴であると思われる。

　行くものと帰るものとの行き交うこの交点プルデュ＝シュル＝ラ＝リスは、爆撃に脅かされながらも「日増しに溢れかえって、世界中の人間が行き交う四つ辻と化していた」が、そこでは商品としての「女性」が稀少価値を持つ商品として高値をつけ、「どうぞ大金かっ攫《さら》ってけと言わんばかりの」商品市場が現出している。数少ない「女性」をめぐって、我先にと「男性」たちが殺到する売り手市場である。一方でそれに対する商品の買い手、貨幣を手にしている「男性」たちの存在基盤も脆弱であり、彼らには戦場での死の脅迫が絶えず背後にちらつかされてある。それゆえ手にした「女性」商品に対する処遇は、最終シークエンスに見られるとおり、暴力性ではち切れんばかりに苛烈を極め、アンジェルが何度も死んでしまったのではないかとフェルディナンが気を揉むほどである。

　しかしながら、この非対称な商品取引の場には兵士としての男性と商品としての女性に加えて、特殊な存在がもうひとり介入する。それこそがカスカード＝ベベールという女衒《マクロー》である。日本語に適切な訳語の見つかりにくいこの語は、つまるところ売春婦のヒモであり、彼女らの「ケツ」によって生計を支えられていながら、同時にそうした彼女らを複数（訳文の表現でいえば「代わりの役」の「二番手」以後も）抱えて、多様な手立てで男性たちからの売り上げを最大化してゆく経営者としての側面も併せ持っている。この女衒《マクロー》は――それこそ続編『ロンドン』あるいは『ギニョルズ・バンド』でその生態が事細かに描き出されてゆくこととなるのだが――男性・女性の非対称な商品取引の場にパラサイトする存在でありつつ、同時にその取引を可能としている存在でもあるという二重性を帯びているのである。戦場で全き男性性を発揮することを拒否したこの男こそは、女性商品の取引の法に寄生しつつ、それを成立させる、とことんいかがわしい存在であり、カスカード＝ベベールとは、この不分明な「間」に蠢動するつかの間の存在に与えられた固有名なのである。戦場と銃後の「間」に一時的に成立したこの地帯こそが、男性性を体現することを拒みつつ、女性性を彼らに売り鬻《ひさ》ぐ女衒《マクロー》にとっての、生存可能なテリトリーなのである。

それでは、カスカード＝ベベールがあえなく銃殺され、この「間」の空間が死滅の危機に瀕した際に、何が起こるか？　この師の後を襲って、主人公フェルディナンこそがアンジェルの女衒《マクロー》となってゆくのである。ただし、彼にいきなり過分な任務は務まらず、実地での訓練をいまだ要するのであったが。いや、そうした訓練を待つまでもなく、フェルディナンこそは師の教えに忠実に、その以前からパラサイトの術を学んでいたのではなかったか。勲章授与の恣意性を逆手にとって、軍法に寄生してサバイブしてゆく術を選んだのは彼だったではないか。

この「間」でパラサイトしながら生き延びてゆく術、これこそカスカード＝ベベールがフェルディナンに授けてくれたものである。そして、その後「戦争」が全世界を隈なく覆い尽くし、「銃後」が根絶やしとなっていくに及んで、この場所も過去の存在、「戦争以前の」存在として、父母の世界同様に時代遅れ《アナクロニスム》になってゆく。先に触れた二月六日事件の熱狂のなかで、このようないかがわしい「間」は遠い過去の亡霊のような存在として、セリーヌ以外の誰の目にも映ることのないものと化していた。そして、このアナクロニックな幽霊たちは、『戦争』以後の作品においても、たびたびセリーヌによって証言台へと召喚されてゆくこととなるだろう――『なしくずしの死』のクルシアル・デ・ペレールから、『ギニョルズ・バンド』における（同名異人物の）カスカードをはじめとする女衒《マクロー》たちへと至るまで。作者特有の錯乱の手続きを介して、これらもはや存在しえぬ「間」の者たちへの、終わることなき喪としての文学が執り行われていくのである。

以上の簡略な考察は、イヴ・パジェス（Yves Pagès）の記念碑的なセリーヌ論『セリーヌ、政治的なるもののフィクション *Céline, fictions du politique*』（一九九四）の行論に着想を負っている。この本では、第一次大戦以前のベル・エポック期における、非インテリ層におけるアナキスムの隆盛が掘り起こされ、そのセリーヌへの影響と、そこへ第一次大戦のもたらした切断が緻密に考証されており、セリーヌ作品を時代との緊張関係において理解するために欠くことのできぬ一冊だと思われる。

翻訳について

最後に本書の翻訳について、少々。

本書は Louis-Ferdinand Céline, *Guerre*, Gallimard, 2022 の全訳である。

フランスの規範文法を逸脱し、俗語・卑語を駆使したセリーヌの作品の翻訳が困難であることなど今更述べるまでもあるまい。文体実験の極北である後期作品ともなるとジェイムズ・ジョイスの作品にも比すべき翻訳不可能性が立ちはだかってこようが、本書のような時期の作品にしても、破格の構文をどう日本語文に移し替えてゆくかは決して簡単な作業ではありえなかった。また、セリーヌの作品を翻訳していて毎度痛感するのは、フランス語におけるラブレー以来の俗語・卑語・隠語など総じて汚らしい語彙の目眩《めくるめ》く豊かさと、反対に現代日本語におけるその貧弱さである。これは訳者の菲才ゆえの実感ばかりでなく、セリーヌ翻訳の大家、高坂和彦氏も『なしくずしの死』解説において嘆かれておられたことであり、こう述べて事実間違いなかろうかと思うのだが、本書が日本語の猥雑化に僅かでも資するところがあれば訳者としては望外の喜びである。

セリーヌは、たとえばある親しい女性への手紙で、自身のことを「私なんぞある種の音楽を作っている労働者以上のなにものでもないんだよ、ほかの全てのことは興味もないし、理解もできないし、パニック起こすくらいに退屈なのさ」と語り、世の中の人間たちの大文字の観念《イデー》に固着した「鈍重さ」を非難している。ニーチェに劣らず徹底して軽さと笑いと音楽とを愛し続けた彼に対して、日本での既存のセリーヌ像はあまりに深刻で鈍重なように訳者には感じられてきた（一例をあげれば、中公文庫版『夜の果てへの旅』における「その墓石には《否《ノン》》の一語だけが刻まれた」という、全く事実に反する記載など——実際の墓石には、セリーヌの愛した船のスケッチが描かれている）。決して既存の翻訳の訳者の責任というよりは、紹介された時代や文脈によるものだと思われるが、こうした「アングラ」なセリーヌ像から少しでも脱皮させるべく、できうる限り原文の軽快さ、軽妙さを損なわないような訳文を心がけた。

原文での記号の扱いについて。原文の読点《ヴィルギュル》の位置は可能な範囲でそのままに保存し、またセリーヌの『なしくずしの死』以後の特徴となっていく「…（トロワ・ポワン）」については、日本語文の慣例（「……」）とは反するがそのまま移行した。なお、会話の際の記号については、原文の編集では始まりに「——（ティレ）」が引かれてあるだけのところを、日本語における可読性と慣例を踏まえ、通常の鉤括弧に置換したことを断っておく。

本書の翻訳は、劇団解体社におけるセリーヌ連作の作業がなければなしえなかったことであり、演出の清水信臣、振付の日野昼子両氏はじめ劇団関係者ならびにその来場者には深く感謝している。また、企画を気に入っていただき、果敢に引き受けてくださった幻戯書房・中村健太郎氏、および彼を紹介してくれた演劇批評家の荻野哲矢氏にも心より御礼申し上げる。

二〇二三年四月

森澤友一朗

［著者略歴］

ルイ＝フェルディナン・セリーヌ［Louis-Ferdinand Céline 1894–1961］

フランスの作家・医師。パリ郊外で医業に携わるなか、俗語・卑語を駆使したデビュー作『夜の果てへの旅』で圧倒的反響を巻き起こした。第二次大戦にあたっては、激越な反ユダヤ主義パンフレットを書き連ねたため、終戦間際にデンマークへ亡命、現地にて逮捕、収監された。大赦を得ての帰国後は、パリ郊外ムードンに居を構え、亡命行を主題とした三部作などでフランス語の構文を破砕する言語実験を推し進めた。死後も現在に至るまで、その文学的達成と反ユダヤ主義言説との関係が国内外で度々スキャンダラスな議論を巻き起こし続けている。

［訳者略歴］

森澤友一朗［もりさわ・ゆういちろう］

一九八四年、岡山県生まれ。翻訳者。劇団解体社所属、パフォーマー・文芸・制作。東京大学文学部フランス語学フランス文学専修課程卒。劇団では過去に「セリーヌの世紀」と題して、訳し下ろしたセリーヌのパンフレや小説を題材とした連作を国際プロジェクトとして展開。

〈ルリユール叢書〉

戦《せん》争《そう》

二〇二三年一二月八日　第一刷発行
二〇二四年一月一六日　第二刷発行

著者　ルイ＝フェルディナン・セリーヌ
訳者　森澤友一朗
発行者　田尻　勉
発行所　幻戯書房
郵便番号一〇一－〇〇五二
東京都千代田区神田小川町三－十二　岩崎ビル二階
電話　〇三(五二八三)三九三四
FAX　〇三(五二八三)三九三五
URL　http://www.genki-shobou.co.jp/
印刷・製本　中央精版印刷

ISBN978-4-86488-288-0 C0397

〈ルリユール叢書〉発刊の言

　厖大な情報が、目にもとまらぬ速さで時々刻々と世界中を駆けめぐる今日、かえって〈遅い文化〉の意義が目に入りやすくなってきました。例えば、読書はその最たるものです。それというのも読書とは、それぞれの人が自分のリズムで本を読み、日々の生活や仕事、世界が変化する速さとは異なる時間を味わう営みでもあります。人間に深く根ざした文化と言えましょう。

　本はまた、ページを開かないときでも、そこにあって固有の時間を生みだすものです。試しに時代や言語など、出自を異にする本が棚に並ぶのを眺めてみましょう。ときには数冊の本のなかに、数百年、あるいは千年といった時間の幅が見いだされるかもしれません。そうした本の背や表紙を目にすることから、すでに読書は始まっています。

　気になった本を手にとり、一冊また一冊と読んでいくと、目には見えない書物同士の結び目として「古典」と呼ばれる作品があることに気づきます。先人の知を尊重し、これを古典として保存、継承していくなかで書物の世界は築かれているのです。かつて盛んに翻訳刊行された「世界文学全集」も、各国文学の古典を次代の読者へと手渡し、共有する試みでした。

　古今東西の古典文学は、書物という形をまとって、時代や言語を越えて移動します。〈ルリユール叢書〉は、どこかの書棚でよき隣人として一所に集う――私たち人間が希望しながらも容易に実現しえない、異文化・異言語・異人同士が寛容と友愛で結びあうユートピアのような――〈文芸の共和国〉を目指します。

　また、それぞれの読者にとって古典もいろいろです。私たちは、そのつど本を読みながら、時間をかけた読書の積み重ねのなかで、自分だけの古典を発見していくのです。〈ルリユール叢書〉は、新たな古典のかたちをみなさんとともに探り、育んでいく試みとして出発します。

Reliure〈ルリユール〉は「製本、装丁」を意味する言葉です。
ルリユール叢書は、全集として閉じることのない
世界文学叢書を目指し、多種多様な作品を綴じながら、
文学の精神を紐解いていきます。
一冊一冊を読むことで、読者みずからが〈世界文学〉を
作り上げていくことを願って——

［**本叢書の特色**］

❖名作の古典新訳から異端の知られざる未発表・未邦訳まで、世界各国の小説・詩・戯曲・エッセイ・伝記・評論などジャンルを問わず紹介していきます（刊行ラインナップをご覧ください）。

❖巻末には、外国文学者ならではの精緻、詳細な作家・作品分析がなされた「訳者解題」と、世界文学史・文化史が見えてくる「作家年譜」が付きます。

❖カバー・帯・表紙の三つが多色多彩に織りなされた、ユニークな装幀。

〈ルリユール叢書〉［既刊ラインナップ］

アベル・サンチェス	ミゲル・デ・ウナムーノ［富田広樹＝訳］
フェリシア、私の愚行録	ネルシア［福井寧＝訳］
マクティーグ　サンフランシスコの物語	フランク・ノリス［高野泰志 訳］
呪われた詩人たち	ポール・ヴェルレーヌ［倉方健作＝訳］
アムール・ジョーヌ	トリスタン・コルビエール［小澤真＝訳］
ドクター・マリゴールド　朗読小説傑作選	チャールズ・ディケンズ［井原慶一郎＝編訳］
従弟クリスティアンの家で　他五篇	テーオドール・シュトルム［岡本雅克＝訳］
独裁者ティラノ・バンデラス　灼熱の地の小説	バリェ＝インクラン［大楠栄三＝訳］
アルフィエーリ悲劇選　フィリッポ　サウル	ヴィットーリオ・アルフィエーリ［菅野類＝訳］
断想集	ジャコモ・レオパルディ［國司航佑＝訳］
颱風［タイフーン］	レンジェル・メニヘールト［小谷野敦＝訳］
子供時代	ナタリー・サロート［湯原かの子＝訳］
聖伝	シュテファン・ツヴァイク［宇和川雄・籠碧＝訳］
ボスの影	マルティン・ルイス・グスマン［寺尾隆吉＝訳］
山の花環　小宇宙の光	ペタル二世ペトロビッチ＝ニェゴシュ［田中一生・山崎洋＝訳］
イェレナ、いない女　他十三篇	イボ・アンドリッチ［田中一生・山崎洋・山崎佳代子＝訳］
フラッシュ　ある犬の伝記	ヴァージニア・ウルフ［岩崎雅之＝訳］
仮面の陰に　あるいは女性の力	ルイザ・メイ・オルコット［大串尚代＝訳］
ミルドレッド・ピアース　未必の故意	ジェイムズ・M・ケイン［吉田恭子＝訳］
ニルス・リューネ	イェンス・ピータ・ヤコブセン［奥山裕介＝訳］
ヘンリヒ・シュティリング自伝　真実の物語	ユング＝シュティリング［牧原豊樹＝訳］
過去への旅　チェス奇譚	シュテファン・ツヴァイク［宇和川雄・籠碧＝訳］
魂の不滅なる白い砂漠　詩と詩論	ピエール・ルヴェルディ［平林通洋・山口孝行＝訳］

部屋をめぐる旅 他二篇	グザヴィエ・ド・メーストル［加藤一輝＝訳］
修繕屋マルゴ 他二篇	フジュレ・ド・モンブロン［福井寧＝訳］
シラー戯曲傑作選 ヴィルヘルム・テル	フリードリヒ・シラー［本田博之＝訳］
復讐の女／招かれた女たち	シルビナ・オカンポ［寺尾隆吉＝訳］
ルツィンデ 他四篇	フリードリヒ・シュレーゲル［武田利勝＝訳］
放浪者 あるいは海賊ペロル	ジョウゼフ・コンラッド［山本薫＝訳］
運河の家　人殺し	ジョルジュ・シムノン［森井良＝訳／瀬名秀明＝解説］
魔法の指輪［上・下］	ド・ラ・モット・フケー［池中愛海・鈴木優・和泉雅人＝訳］
詩人の訪れ 他三篇	C・F・ラミュ［笠間直穂子＝訳］
みつばちの平和 他一篇	アリス・リヴァ［正田靖子＝訳］
三つの物語	スタール夫人［石井啓子＝訳］
ストロング・ポイズン	ドロシー・L・セイヤーズ［大西寿明＝訳］
ピェール 黙示録よりも深く［上・下］	ハーマン・メルヴィル［牧野有通＝訳］
聖ヒエロニュムスの加護のもとに	ヴァレリー・ラルボー［西村靖敬＝訳］
恋の霊 ある気質の描写	トマス・ハーディ［南協子＝訳］
シャーンドル・マーチャーシュ 地中海の冒険［上・下］	ジュール・ヴェルヌ［三枝大修＝訳］
昼と夜　絶対の愛	アルフレッド・ジャリ［佐原怜＝訳］
乾杯、神さま	エレナ・ポニアトウスカ［鋤柄史子＝訳］
モン＝オリオル	ギ・ド・モーパッサン［渡辺響子＝訳］
シラー戯曲傑作選 メアリー・ステュアート	フリードリヒ・シラー［津﨑正行＝訳］
シラー戯曲傑作選 ドン・カルロス スペインの王子	フリードリヒ・シラー［青木敦子＝訳］
稜線の路	ガブリエル・マルセル［古川正樹＝訳］
ドイツの歌姫 他五篇	ラーザ・ラザーレヴィチ［栗原成郎＝訳］
戦争	ルイ＝フェルディナン・セリーヌ［森澤友一朗＝訳］

〈ルリユール叢書〉刊行ラインナップ

［以下、続刊予定］

ガリバー	クロード・シモン［芳川泰久＝訳］
ポンペイ最後の日［上・下］	エドワード・ブルワー＝リットン［田中千惠子＝訳］
ドイツ・ヴァンパイア怪縁奇談集	ラウパッハ、シュピンドラー 他［森口大地＝編訳］
ジュネーヴ短編集	ロドルフ・テプフェール［加藤一輝＝訳］
汚名柱の記	アレッサンドロ・マンゾーニ［霜田洋祐＝訳］
ニーベルンゲン	フリードリヒ・ヘッベル［磯崎康太郎＝訳］
不安な墓場	シリル・コナリー［南佳介＝訳］
撮影技師セラフィーノ・グッビオの手記	ルイジ・ピランデッロ［菊池正和＝訳］
笑う男［上・下］	ヴィクトル・ユゴー［中野芳彦＝訳］
ロンリー・ロンドナーズ	サム・セルヴォン［星野真志＝訳］
スリー	アン・クイン［西野方子＝訳］
ユダヤの女たち ある長編小説	マックス・ブロート［中村寿＝訳］
ミヒャエル・コールハース 他二篇	ハインリヒ・フォン・クライスト［西尾宇広＝訳］
遠き日々	パオロ・ヴィタ＝フィンツィ［土肥秀行＝訳］
パリの秘密［1〜5］	ウージェーヌ・シュー［東辰之介＝訳］
黒い血［上・下］	ルイ・ギユー［三ツ堀広一郎＝訳］
梨の木の下に	テオドーア・フォンターネ［三ッ石祐子＝訳］
殉教者たち［上・下］	シャトーブリアン［高橋久美＝訳］
ポール＝ロワイヤル史概要	ジャン・ラシーヌ［御園敬介＝訳］
名もなき人びと	ウィラ・キャザー［山本洋平＝訳］
水先案内人［上・下］	ジェイムズ・フェニモア・クーパー［関根全宏＝訳］
ノストローモ［上・下］	ジョウゼフ・コンラッド［山本薫＝訳］

＊順不同、タイトルは仮題、巻数は暫定です。＊この他多数の続刊を予定しています。